# 피천득 대화록

# 피천득 대화록

대담 · 좌담 · 강연

정정호 엮음

범우사

# 피천득의 대화적 상상력

"태초에 말씀이 계시니라."

사람은 말을 하고 산다. ……

런던에서 제일 먼저 개장한 윌리라는 커피 하우스는 에디슨과 스틸이 만나서 말하던 장소였다.

소크라테스, 플라톤, 공자 같은 성인도 말을 잘하였기 때문에 그들의 사상이 전파 계승된 것이다.

나는 이야기를 좋아한다. ……

나는 이야기가 하고 싶어서 추운 날 먼길을 간 일이 있고, 밤을 새우는 것도 예사였다. 찻주전자에 물이 끓고 방이 더우면 온 세상이 우리의 것인 것 같았다. ……

눈 오는 날 다리 저는 당나귀를 타고 친구를 만나러 가는 그림이 있다. 만나서 즐거운 것은 청담(淸談)이리라.

— 피천득 수필 〈이야기〉

올해 2022년은 금아 피천득 선생(1910~2007)이 타계한 지 15주기가 되는 해이다. 이에 편자는 피천득 선생이 직접 쓰신 '글'들을 모두 모아 《피천득 문학 전집》(전 7권)을 책임 편집하여 출판하였다. 이와 동시에 전집의 별권 형태로 피천득 선생이 생전에 '말'로 행하신 강연, 대담, 좌담을 묶어 기록으로 남기고자 한다. 말은 기록된 글과 달라서 보존하기가 매우 어렵다.

그럼에도 글과 말은 쓰임새가 서로 다르다. 어떤 경우는 말이 글보다 더 직접적이고 전달력과 생명력이 많을 수 있다. 어떤 경우는 글보다 말에 더 권위와 중요성이 부여되는 경우가 있다. 공자의 말씀, 예수님의 말씀에서 볼 수 있듯이 "말씀중심주의"라는 말도 있지 않은가? 작가가 글로 남기지 못한 또는 글로 남기기 어려운 사항들은 말로 남기는 경우가 많다. 이런 면에서 말로 수행된 강연, 대담, 좌담은 글 못지않게 중요하다. 한 사람의 말과 글은 결국 상보적인 관계에 있다. 이제 문학 전집과 대화집을 모두 모았으니 피천득 선생님의 글과 말이 모두 모이게 된 것이리라.

피천득의 삶과 문학의 인식 구조는 '대화적 상상력'이다. 우리는 흔히 피천득의 삶이 단순, 소박하고 문학은 쉽고 짧아서 역사와 사회의 깊이와 넓이를 가늠하지 못한다고 생각하기 쉽다. 그러나 이것은 우리가 금아의 삶과 문학의 겉모습에 속아 넘어가는 것이다. 소극적으로 보이는 피천득의 문학세계는 압축과 절제 속에 있다. 억압된 것은 언제나 되돌아온다고 하지 않는가? 피천득의 문학의 표면에서 볼 수 없는 심층을 들여다볼 때 우리는 새로운 역동적 대화 구조를 볼 수 있다.

피천득은 10세 이전에 양부모를 여의고 어려서 서당에 다니면서 《통감절요》를 3권까지 읽었다. 1926년에 상하이로 가서 영미계 미선 고등학교와 대학에 다니면서 기독교를 접하며 《성경》도 읽었다. 1930년대 중반 금강산에서 승려가 되기 위해 1년간 《유마경》과 《법화경》을 읽었고 80대가 다 되어서 가톨릭교에서 프란치스코란 세례명을 받았다.

해방 직후 경성제국대학 예과 교수로 부임한 후 서울대 사범대에서 영문학 교수로 조기 퇴임하였다. 혼란의 해방 공간과 민족상잔의 비극 6·25전쟁을 겪고 4·19혁명과 5·16군사정변을 통한 군사 독재를 체험하고 문민정부의 시작을 보았다. 88 서울올림픽과 2002 월드컵 경기까지 몸소 체험하며 98세라는 당대로는 보기 드물게 장수하였던 문인이자 학자였다.

피천득의 삶과 문학은 지난 100년 이상 한반도에서 일어났던 모든 상황들과 밀접하게 연계되어 있다. 따라서 그의 겉보기에 단아한 세계의 상부 구조는 다양체라는 하부 구조를 가지고 있다. 우리가 그의 삶과 문학을 총체적으로 이해하기 위해서는 그 다양체의 씨줄과 날줄로 엉킨 실타래를 조심스럽게 그리고 치밀하게 풀어내야 할 것이다. 그의 사유의 역동적 구조는 다른 말로 하면 '대화적 상상력'을 가진다.

앞으로 우리는 피천득의 대화적 상상력의 실체를 그의 문학, 사회, 정치, 철학, 종교적 차원에서 파악해야 할 것이다. 피천득의 시와 수필은 단순 구조만을 보여주지만 우리는 그 밑에 깔려 있는 복합체를 인식해야 한다. 피천득은 일상 대화에 이러한 역동적인 모습을 잘 보여주고 있다. 우리가 그의 대화들에 관심을 가지는 이유가 바로 여기에 있다. 이제부터 피천득의 작품에서 구체적으로 대화(이야기)를 찾아보자.

대화는 독백과는 달리 두 사람 간의 말의 교환이다. 교환 과정에서 다양한 변수가 작동될 수 있다. 어떤 특정 주제에 대해 의견 차도 있을 수 있고 대담자의 개인적인 목적이나 취향에 따라 피대담자를 유도할 수 있기는 하지만 결국 공감과 차이를 조정하는 과정이 개재될 수 밖에 없다. 이러한 역동적 과정에서 두 사람 간의 진정한 대화적 상상력이 작동되는 것이다. 우리는 여기에 실린 대담, 좌담에서 피천득의 글에서 얻을 수 없는 수많은 느낌과 지식을 얻을 수 있다고 믿는다.

여기서 '말'은 혼자 하는 말인 독백도 있겠지만 대부분의 경우 말하는 상대자와 함께 '대화'하는 것이다. 독백도 사실은 자신과의 대화이다. 기도도 신과의 대화이다. 어떤 '이야기'도 말하는 사람이나 작가는 이미 언제나 그 이야기를 듣거나 읽는 청자나 독자를 상정한다. 그런 의미에서 말이나 이야기는 본질적으로 모두 발신자와 수신자를 토대로 '대화'라는 의사소통하는 방식하는 하나이다.

피천득이 1920년대 후반부터 30년대 중반 이후까지 오랫동안 상하이의 후장 대학에서 유학 중에 가장 기다린 것은 편지였다. 〈기다리는 편지〉란 수필에서 피천득은 고국에서 오는 편지를 애타게 기다렸으나 오지 않는다. 아버지를 7살에 잃고 어머니는 10살에 돌아가시어 천애고아가 되었고, 변변한 친척도 없었던 피천득은 도대체 누구의 편지를 기다렸을까? 친구일까? 또는 어떤 여성일까?

나는 오지 않는 편지 한 장을 기다립니다. 오늘 아침에도 기다렸습니다. 내가 죽는 날까지는 기다리려고 합니다. 이곳은 상해 시가지서 7마일이나 떨어져 있는 양수포(揚樹浦)인 고로 교내(校內)에 조그마한 우편소가 있습니다. (……)

　　읽던 책 덮고 강물을 바라볼 때 밤 깊게 캠퍼스를 거닐 때 어디서인지 화륜선이 떠오면 그 배에는 내 편지가 실렸으리라고 아니 못한 나그네들을 향하여 손을 흔들어 준 적도 한두 번이 아닙니다.

　　아마 나더러 미쳤다는 사람도 있겠지요. 그러나 밤이 되면 내일은 편지가 오리라는 희망으로 자리에 나갑니다. 그리고 날이 밝으면 오늘은 오리라는 기쁨으로 일어납니다. 기다리는 이 편지가 앞날 어느 때에 오는지 영영 아주 오지 않을지 나는 모르겠습니다. 그러나 이 편지를 기다리는 희망이 없이는 하루라도 살아갈 수가 없습니다.

　　오지 않을 편지를 기다린다는 것은 피천득에게 어떤 의미인가? 편지란 당시에는 기본적으로 지인과의 대화의 장으로서 가장 확실한 의사소통 수단이었다. 피천득이 유일한 대화 수단인 편지가 올 가능성도 없는데 무작정 기다린다는 것은 아마도 1920~30년대 일제강점기의 모국어 말살 정책과 아울러 소통 부재의 비극과도 연관 있을 것이다. 대화나 의사소통 부재의 답답한 현실을 표현한 것이다. 기다린다는 것은 어떤 잊을 수 없는 그리움의 표상일 수도 있다.

　　편지를 못하던 시대를 그린 피천득의 시가 있다.

　　떨어져 사는 우리
　　편지조차 못 하리니
　　같은 때 별을 보고
　　서로 생각하자 했네
　　깊은 밤 흐린 하늘에

샛별 찾는 이 마음 (〈이 마음〉 1연)

편지로 소통이 어려우면 같은 때 '별'을 보고 서로 생각하고 마음을 소통시키고 새벽녘의 '샛별' 때까지 잠 못 자고 기다린다. 우주 저편 은하수의 별들은 오래전부터 지구와 가까이에 있는 달과 더불어 태곳적부터 인간들과 대화의 상대였고 멀리 떨어져 만날 수 없는 사람들의 대화 매개체였다. 피천득은 미국 시인 로버트 프로스트는 "젊은이들에게 이야기하기를 좋아하는 그저 평범한 사람"(수필 〈로버트 프로스트II〉)이었고 찰스 램은 "친구와 이야기하는 것을 좋아하였다"(수필 〈찰스 램〉)라고 표현하였다.

그러나 편지를 써도 보낼 곳이 없는 경우도 있다. 그의 시 〈편지〉를 읽어보자.

오늘도 강물에
띄웠어요

쓰기는 했건만
부칠 곳 없어

흐르는 물 위에
던졌어요. (전문)

편지를 부칠 곳이 없는 경우는 상황상 편지 교환이 안 되는 경우보다 나쁠 수 있다. 왜냐하면 이 경우는 달이나 별을 사이에 두고 상대방을 생각하면서 대화를 할 수도 없기 때문이다. 완전히 대화와 소통의 가능성이 봉쇄된 경우이다. 어떤 경우일까?

피천득은 말하기 또는 대화하기를 즐겼다. 그는 누구를 만나도 점잖은 척하며 일부러 침묵을 지키지 않고 그렇다고 대화를 주도하기 위해 많은 말을 하지는 않지만 항상 카랑카랑한 목소리로 말했다. "말은 은이요, 침묵은 금이다"라는 격언을 그대로 믿지 않았다.

침묵은 말의 준비 기간이요, 쉬는 기간이요, 바보들이 체면을 유지하는 기간이다. 좋은 말을 하기에는 침묵을 필요로 한다. 때로는 긴 침묵을 필요로 한다. 말을 잘한다는 것은 말을 많이 한다는 것이 아니요, 농도 진한 맛을 아껴서 한다는 말이다. 말은 은같이 명료할 수 있고 알루미늄같이 가벼울 수도 있다. 침묵은 금같이 참을성 있을 수도 있고 납같이 무겁고 구리같이 답답하기도 하다. 그러나 금강석같은 말은 있어도 그렇게 찬란한 침묵은 있을 수 없다. 클레오파트라의 사랑은 말로 이루어지고 말로 깨졌다. (수필 〈이야기〉)

피천득은 침묵의 필요성을 인정하지만 웅변이 필요하며 침묵과 말의 조화를 믿고 있었다. 모든 것은 말로 이루어지기 때문이다. 말(언어)이 없다면 문학도 없고 나아가 인간 문화와 문명 자체가 불가능하다.

허튼소리나 쓸데없는 말이 아닌 "농도 진한 말을 아껴서 한다"는 것이 피천득의 방침이다.

내가 말을 너무 많이 하고 빨리 하여 위엄이 없다고 일러주는 친구가 있다. 그래 나는 명성이 높은 어떤 분이 회석(會席)에서 말을 한 마디도 하지 않고 눈만 꿈벅꿈벅 하던 것을 기억하고 그 흉내를 내보려 하였다. 그랬더니 이것은 더 큰 고통이었다. 가슴이 터질 것같이 답답하여 나는 그 노릇을 다시 안 하기로 하였다. (수필 〈낙서〉)

피천득은 만년에도 대화할 때 활기차고 명랑한 어조로 말하기를 즐겨했다.
그의 시 〈장수〉에서 그의 목소리가 잘 드러난다.

회갑 지난 제자들이 찾아와
나와 같이 대학생 웃음을 웃는다
내 목소리가 예전같이 낭랑하다고 (1~3행)

제자들과 대화하는 80세가 넘은 노 교수의 목소리는 대학생처럼 낭랑하기만 했다.
결국 언어 예술인 문학은 작가와 독자 또는 세상 사이의 대화이다. 나아가 문학은 자연과의 대화이기도 하다.

나는 작은 놀라움, 작은 웃음, 작은 기쁨을 위하여 글을 읽는다. 문학은 낯익은 사물에 새로운 매력을 부여하여 나를 풍유(諷諭)하게 하여준다. 구름과 별을 더 아름답게 보이게 하고 눈, 비, 바람, 가지가지의 자연현상을 허술하게 놓쳐 버리지 않고 즐길 수 있게 하여준다. 도연명을 읽은 뒤에 국화를 더 좋아하게 되고 워즈워스의 시를 왼 뒤에 수선화를 더 아끼게 되었다. 운곡(耘谷)의 〈눈 맞아 휘어진 대〉를 알기에 대나무를 다

시 보게 되고, 백화나무를 눈여겨보게 된 것은 시인 프로스트를 안 후부
터이다. (수필 〈순례〉)

편자는 피천득의 이러한 인간, 사회, 자연과의 대화 의식을 '대화
적 상상력'이라 부르고 싶다. 이러한 대화적 상상력은 결국 주체와 대
상 간의 공감으로 이어지므로 자연과의 대화인 정경교융(情景交融)은
문학의 중요한 기능과 역할이 되는 것이다.
의사소통은 인간과 인간, 인간과 자연 사이에만 일어나는 것은
아니다. 어떤 사물이 과거의 상황을 이야기해주는 경우도 있다. 피천
득의 시 〈파이프〉를 보자.

지름길에서 한들거리던 코스모스
건널목에서 웃고 있던 아이의 더러운 얼굴
"잊지는 마세요" 하던 어떤 여인의 말
파이프는 오래전 이야기들을 한다. (2연)

밖은 유리창을 흔들 정도로 눈보라 치는 밤에 벽난로에서 장작이
활활 타오른다. 시의 화자는 쌈지와 파이프를 꺼낸다. 갑자기 파이프
는 과거의 이야기를 시작한다. 과거의 어떤 시각적 광경, 청각적 기
억, 후각적 냄새 등이 과거의 장면을 생생하게 부활하고 재연시키는
경우가 흔히 있다. 시의 2연에서 시인은 파이프를 통해 '코스모스', '아
이의 더러운 얼굴', '어떤 여인의 말'과 관련된 사건들이 파노라마처럼
하나의 이야기를 만들어낸다. 벽난로 앞의 파이프는 과거와의 대화
에서 오래된 이야기를 이끌어 내고 있다.

피천득이 영문학자로서 한국 문학에 크게 기여한 것은 영시의 한국어 번역이다. 그는 셰익스피어, 블레이크, 워즈워스, 로제티, 프로스트 등 여러 시인들의 주옥 같은 명편들을 아름답고 자연스러운 한국어로 옮겼다. 번역이란 것도 기본적으로 외국어(출발어)와 모국어(도착어) 사이의 대화이다. 외국 문학 번역은 외국 시인, 작가와 한국 독자들과의 대화의 통로를 여는 작업이다. 피천득은 번역시집《내가 사랑하는 시》(2008)에 붙인 〈서문〉에서 자신이 외국의 시를 번역한 이유를 다음과 같이 설명한다.

그 이유는 단순합니다. 내가 좋아하는 외국의 시를 보다 많은 우리나라의 독자들과 함께 나누고 싶었기 때문입니다. 내가 시를 번역하면서 가장 염두에 두었던 것은 시인이 시에 담아둔 본래의 의미를 훼손하지 않으면서, 마치 우리나라 시를 읽는 것처럼 자연스러운 느낌이 드는 번역을 하자는 것이었습니다. 사실 다른 나라 말로 쓰인 시를 완전하게 옮긴다는 것은 불가능한 일입니다. 시에는 그 나라 언어만이 가지고 있는 고유의 감성과 정서가 담겨 있기 때문입니다. 외국어에 능통해서 외국의 시를 원문 그대로 감상할 수 있다면 가장 좋겠지만 현실적으로 그럴 수 있는 독자는 얼마되지 않습니다. 그래서 내가 쉽고 재미있게 번역을 해보자는 생각을 하게 됐습니다.

번역문학가 피천득의 번역은 작가의 의도보다는 독자 중심 번역이다. 과감한 의역으로 자연스러운 번역을 강조하였다. 그 결과는 쉽고 재미있는 번역이다. 이러한 번역은 한국 독자와 외국 작가의 대화를 원활하게 할 것은 분명하다. 어떤 의미에서는 시인으로서의 피천득과 번역 문학가 피천득이 서로 "대화"하는 상보적인 관계를 구축했다고 볼 수 있다.

피천득은 만년에도 몇몇 친구와 꾸준히 만났다. 98세까지 장수하며 주로 책 읽기, 음악 듣기, 명화 감상, 산책 그리고 문인 친구나 후배 또는 제자들과 만나 대화를 나누었다.

마음 놓이는 친구가 없는 것같이 불행한 일은 없다. 늙어서는 더욱 그렇다. 나에게는 수십 년간 사귀어 온 친구들이 있다. 그러나 하나둘 세상을 떠나 그 수가 줄어간다. 친구는 나의 일부분이다. 나 자신이 줄어가고 있다.

나 죽을 때 옆에 있어 주기를 바랐던 친구가 멀리 가버리기도 하였다. 다행히 지금 나에게도 일주일에 한 번쯤 만나는 친구 몇 분이 있다. 만나서 즐기는 것은 청담뿐이 아니다. 늙는 이야기, 자식 이야기, 그런 것들이다. 때로는 학문의 고답한 경지에 들어가기도 하지만 어느덧 섹스가 화제가 되어 소리 내어 웃기도 한다. (수필 〈우정〉)

대화 중에 친구들과의 대화가 가장 즐겁고 자유롭다. 늙어가면서 주위에 격의 없는 대화나 농담을 나눌 사람들이 있는 것은 얼마나 다행한 일인가!

피천득의 대표 시의 하나인 〈이 순간〉에 친구들과 대화하기를 찬양하고 있다.

그들이 나를 잊고
내 기억 속에서 그들이 없어진다 하더라도

이 순간 내가

친구들과 웃고 이야기한다는 것은

그 얼마나 즐거운 사실인가 (3연)


이 시는 피천득의 "순간의 미학"을 잘 보여주고 있다. 무엇보다 지금 이 순간이 중요하다. 이 순간 친구들과 웃으면서 대화하는 것이 가장 즐거운 사실일 뿐이다.

대화적 상상력을 통해 피천득은 어떤 인식론적 효과를 얻었는가? 첫째 '소극적'인 태도의 문체이다. 피천득의 경우 소극적은 '적극적'의 반대말이고 부정적 반대어는 아니다. 적극적이란 능동적이고 채우는 것이다. 그러나 우선 나를 비워야 나라는 주체 속에 타자라는 객체가 비집고 들어올 수 있는 시공간이 생겨난다. 둘째 대화란 '연한 마음'을 가져올 수 있다. '강한 마음'은 흔히 경직되고 억압적이 되기 쉽다. 그러나 대화를 통한 연한 마음은 부드러움, 이해, 용서, 포용을 가져올 수 있다. 셋째로 무엇보다도 대화는 적극적과 다르게 자기 중심에서 벗어나 타인과의 공감을 불러오는 타자적 상상력이 용이하다. 따라서 대화는 그것이 사람 사이의 관계든 자연과의 관계든 소통, 교류, 이동, 변화를 가능케 한다.

피천득의 대화록은 그가 쓴 시, 수필, 산문, 번역에서 제외되었던 강연, 대담과 좌담회에서 언명된 것으로 그의 삶과 문학을 이해하는 데 중요한 자료들이다.

이 책은 일대일 대담 9편과 좌담 2편 그리고 강연(질의응답 포함) 1편으로 구성되어 있다(그러나 일부 대담은 게재 허락을 받지 못해 이곳에 포함시키지 못해 매우 아쉽다. 다음 기회에는 수록될 수 있기를 기대해본다).

이 책의 제목이 대화록이지만 여기에는 기록으로 남아 있는 강연도 한 편 들어 있고 새로운 시도로 피천득 선생님과 필자와의 가상 대담도 넣었다. 부록에 피 선생의 차남 피수영 박사와 박소현 수필가가 한 대담을 넣었다. 또한 피천득 선생의 애제자이며 수필가인 이창국 교수와 편자의 대담도 실었다.

지난 수년간 이 대화집을 엮는 데 많은 분들의 도움을 받았다. 우선 피천득 선생의 차남 피수영 박사의 관심과 격려에 감사를 드린다. 또한 평소에 편자를 아끼며 지도해 주시는 이창국 교수님께도 인사드린다. 무엇보다도 이 책을 엮는 데 적극적으로 도아주시고 흔쾌히 재수록을 허락해 주신 여러 대담자 여러분들께 머리 숙여 깊은 감사를 드린다. 그리고 금아피천득선생기념사업회 조준행 회장님과 김진모 사무총장께도 고마움을 전한다.

끝으로 피천득문학전집간행위원회 변주선 위원장님, 이희숙, 김선웅, 안현기 수석부위원장님, 총무 최성희 교수님께도 감사드린다. 그리고 범우사 윤형두 회장님, 윤재민 사장님 그리고 김영석 실장님, 신윤정 기자, 윤실, 김혜원 대리에게도 머리 숙인다. 이 책 한 권 묶어 펴내는 데도 모든 것들이 합하여 선을 이룬다는 말을 실감하고 있다. 아무쪼록 이 대화집이 독자들에게 피천득의 삶과 문학과 사상을 포괄적으로 이해하는 데 조금이라도 도움이 되기를 바랄 뿐이다.

2022년 5월
편자 정정호 삼가

# 차 례

## I. 대담

## II. 좌담

# III. 강연

# IV. 가상 대담

# 부록

화 보

서울 남산 문학의집에서 〈내 문학의 뿌리〉라는 제목으로
강연하실 때의 피천득 선생님(2002년 5월 22일).

금아 선생 반포동 자택에서 왼쪽이 정정호(1998년 5월 18일).

박완서 소설가와 함께

리영희 교수와 함께(2003)

맨 왼쪽부터 법정, 피천득, 김재순, 최인호(2004. 12. 17)

피천득과 손광성(1995년 서초구 구반포 피천득 선생 자택 앞에서)

# 제 1 부
## 대담

# 1. "사회에 해는 끼치지 말아야"

대담 : 이성주 (1991)[*]

〈하늘의 무지개를 보면 내 가슴은 뛴다. 내 어릴 적 그랬었고 어른이 되어 그러하며 늙어서도 그러하길. 아니면 나를 죽게 하라〉. 이 유명한 시를 남긴 W 워즈워스는 소년의 가슴을 오래 간직해서인지 80세까지 살았다. 영국 낭만파 시인을 연상시키는 금아 피천득 선생은 81세니까 워즈워스보다 1년 연상인 셈. 도심이나 다름없는 서울 구반포 아파트가 그의 이미지와는 어울리지 않았지만 거실에 들어서니 주인의 소박 단순한 취향을 금방 느낄 수 있었다.

이런 분의 생각과 사는 자세는 어쩌면 요즘의 청장년 세대가 잃고 있는 〈어느 한 쪽〉인지 모른다. "인터뷰는 사양하겠어요. 뭐 요즘 세상에 대해 말하자면 누구든 똑같은 말을 하게 될 것이고. 정 만나고 싶으면 사담(私談)이나 나눕시다."

예상했던 것과는 딴판으로 목소리에는 윤기가 있었고 용태 역시 60대 중반 정도로 젊어보인다. 두번 뵙고 가까스로 〈사담〉의 활자화에 대한 반승낙을 얻었다.

---

[*]  이성주 :《동아일보》문화부장

이성주 : 선생님의 우아하고 세련된 글에 향수를 느끼는 사람들
        이 많습니다. 건강도 좋으신데 요즘에는 별로 글을 안
        쓰시는 것 같아요.

피천득 : 거의 안 써요. 詩는 가끔 쓰고 있지만. 나름대로 안 쓰는
        이유가 있지요. 나의 글은 요즘 독서층의 취향에 안 맞
        는 것으로 느껴집니다. 격렬하거나 투쟁적인 것, 극적인
        클라이맥스 같은 게 제 글에는 없고 그런 것은 나의 성
        격에도 맞지 않아요. 다시 말해 내 글은 이 시대의 환경
        과 어울리지 않는다고 생각하고 있는 것입니다. 저는 그
        저 나 자신 편하고 또 독자가 편하게 읽을 수 있는 글을
        씁니다. 주제도 소시민적 삶에 바탕을 두고 있는데 그런
        글을 계속 쓴다는 것도 요즘 세상에서는 이상할 것 같아
        요.

        그는 확실히 의식적으로 세상과 어느 정도의 거리를 두
        고 살고 있는 것 같다. 노년이라는 이유에서만이 아니라
        자신의 작은 세계가 깨지거나 흔들림을 원치 않기 때문
        인 것 같다. 그러나 세상이라는 큰배에서 누구도 떠날 수
        없음은 바로 그의 말에서 증명된다. "요즘 세상과 어울리
        지 않기 때문에 거의 안 쓰고 있다"는 사실이 바로 그것
        아닌가.

이성주 : 선생님이 의식하고 있는 요즘 세상은 어떤 모습입니까.

피천득 : 글쎄요. 별로 얘기하고 싶지 않아요. 나 자신 완벽하지

도 못한데 누굴 나무라겠습니까.

이성주 : 지금이 선생님이 겪으신 시대 가운데 최악이라고는 생
　　　　각지 않습니까.

피천득 : 그렇지는 않아요. 나는 일제 말이 최악이었다고 생각합
　　　　니다. 당시에는 아무런 희망이 없었어요. 정말 암담했습
　　　　니다. 생활 자체도 너무 어려웠고.

그는 한 개의 신문을 보고 있다고 했다. 《동아일보》를 보
는데 자기와는 옛날부터 인연도 많다는 것이었다. 신문
을 보고 있다면 그가 요즘의 세상 돌아가는 꼴에 생각이
없을 리 없다. 다만 의식적으로 외면하려는 것 같았다.
어떤 평자는 "그는 남의 나쁜 점, 세상의 추한 것을 다 알
면서 그런 것은 애써 피하려 한다. 그는 아름답고 찬양할
만한 것만을 쓰려고 노력하는 것 같다"는 내용의 글을 남
긴 바 있다. 말에서도 그의 태도는 그러했다.

## 엉뚱한 욕심가져 탈

이성주 : 요즘 알고 계시겠지만 구조악(構造惡)이니 총체적 부패니
　　　　하는 말이 나올 정도입니다. 정치인, 관리, 사업가들은
　　　　말할 것도 없고 교수들이 돈을 받고 부정 입학을 시키는
　　　　판이고. 또 이렇게 모은 돈을 사치나 투기에 쓰고.

피천득 : 그저 꼭 한마디만 하자면 선을 행하지는 못할망정 타인
　　　　이나 사회에 적극적인 해는 끼치지 말았으면 하는 것입

니다. 그리고 덧붙이자면 사람이 어떤 욕심을 갖는 것은 당연한 것이지만 가치판단이 잘못돼 정말 가져야 할 욕심을 갖지 않고 있는 거예요.

皮 선생의 글을 읽어본 사람이면 읽는 사람은 산뜻하게 읽게 되지만 쓴 사람은 내용과 문장에 얼마나 많은 신경을 썼는지 느낄 수 있을 것이다. 욕심이라면 이런 류의 욕심을 그는 말하고 있는 것 같았다.

이성주 : 선생님은 정말 세속의 욕심과는 거리가 먼 것 같군요. 이렇게 방금 이사 온 듯한 아파트는 처음 구경합니다.

피천득 : 저는 원래 그래요. 아무것도 없어요. 장롱도 없고 겨우 냉장고 하나 있는데 이것도 누가 사다 준 것이고.

이성주 : 이 그림들은 왜 벽에 안 걸고 놔두고 있죠.

피천득 : 못질하기가 싫어요. 콘크리트에 못질하는 게 힘도 들지만 쾅쾅 소리나고 남의 집에까지 소리가 울리지 않아요. 그래서 내버려 둡니다.

〈어린 왕자〉, 〈피터 팬〉을 좋아한다는 "81세의 소년"을 떠올리면서 미소가 떠올랐다.

이성주 : 문학이나 우리 인생 얘기를 들려주실까요. 선생님은 이제껏 1백여 편의 수필과 詩를 쓰셨지요. 과작(寡作)인 편

인데 그 이유는 어디에 있습니까.

피천득 : 글, 특히 수필은 아무렇게나 쓰는 게 아니라는 것이 제 생각입니다. 소설은 플롯이라도 있어서 엮어 나갈 수 있지만 수필은 그렇지 않아요. 정성을 들이지 않으면 우선 재미가 없게 됩니다.

이성주 : 요즘의 경향과는 많이 다른 것 같습니다. 다작이 나쁜 것만은 아니겠지만 최근 출판되는 문학 서적을 보면 어떤 것은 문장이나 화법도 엉성해 팸플릿도 아니고 이런 것을 과연 문학이라는 이름의 범주에 넣을 수 있는지 의문도 생겨요.

피천득 : 저한테도 책이 많이 오고 있는데 어떤 때는 책 공해가 아닌가 하는 느낌도 듭니다. 이런 것을 과연 발표해야 하는 것인지 의문이에요. 매명(賣名)을 하려는 것이 아닌지 하는 생각도 들고. 저는 대단한 글이 아니면 그냥 가만히 있는 게 좋다고 생각해요.

이성주 : 선생님 글을 읽어보면 〈작고 아름다운 것〉을 추구하는 선생님의 취향을 대번 느끼게 됩니다.

## 〈큰 것〉 남길 생각 안 해

피천득 : 저는 어렵고 복잡한 것에는 별 흥미를 못 느낍니다. 또 뭔가 큰 것을 후세에 남긴다는 데에도 흥미가 없어요.

그냥 쓰고 싶은 것을 쓰고 또 쓰고 싶을 때 쓰면서 여생을 보내고 있습니다.

그의 문학과 인생에 관한 것은 말을 삼가는 그의 입에서보다 〈피천득론〉을 쓴 김우창씨의 글에서 명료히 나타난다.

금아 선생의 글이 우리 삶의 착잡한 모습의 전모를 들춰내는 게 아니라 할지는 모르나 그것은 우리 마음 깊이 자리잡고 있는 목가적 이상을 상기시켜준다. 그 목가는 우리 모든 사람이 생각할 수 있는 온화한 행복의 모습을 띠고 있다. 선생은 이 온화한 행복이 멀리 있는 것이 아니라 우리의 나날에 있다고 말씀하신다.

목가적 행복. 정말 누구나 가슴깊이 그것을 그리고 있지만 세상은 자꾸 그것과 멀어지고 있다는데 우리의 고통이 있다. 문제는 어떻게 누가 그 이상을 구현할 것인가일 것이다.

앨빈 토플러는 "자기만의 조그만 행복"은 불가능하다고 말했다. 의사 지바고와 연인(戀人) 라라가 우랄의 산록에서 단 꿈을 꾸고 있을 때 누가 그 행복을 깨버렸는가. 혁명의 소용돌이였다. 토플러는 지난 50년대 미국 사회의 일반적 풍조를 사생활 중심주의(Privatism)라고 규정하고 이같은 조류가 60년대의 월남전 개입을 예방 못한 정신적 병폐였다고 주장했다. 그렇지만 거꾸로 생각할 수도 있다. 누구나 과욕을 버리고 자신에 충실하다면, 다시 말해서 피천득 선생의 말씀대로 "남에게 해나 끼치지 않는다면" 아노미라고 말하는 요즘같은 사회 붕괴의 지경에까지는 이르지 않을지 모른다.

이성주 : 선생님은 친구를 매우 소중히 생각하고 계시죠. 벗들 이외에 선생님의 행복에 기여하는 것으로는 무엇을 꼽을 수 있겠습니까.

피천득 : 물론 책이죠. 음악도 즐겨 듣고. 친구, 선배로는 잊을 수 없는 분들이 많아요. 춘원한테는 제가 신세진 적도 있구요. 30년대 동아일보에 선배 친구가 많았습니다. 현진건, 이상범, 주요한, 이은상씨 등. 인촌[김성수]과 고하[송진우]도 멀리서 뵈었는데 참으로 훌륭한 분들이란 인상을 받았습니다.

이성주 : 춘원 이광수 선생은 아직도 엇갈리는 평이 많은데.

피천득 : 그분은 참으로 착한 분이셨고 물욕이라고는 없었습니다. 대단한 문필가였죠. 동아일보 사설도 급할 때는 춘원에게 맡겼던 것으로 들었습니다. 말하듯 술술 써내려가는 그의 능력은 부러운 것이었죠. 일제 말의 친일이 문제인데 그의 문학적 업적과는 별개로 평가해야 한다고 생각합니다.

그의 자그마한 서재에는 가족사진과 그가 좋아하는 바이런, 워즈워스, 셀리 등의 사진이 걸려있다. 그리고 이들과는 세계가 다른 인물들, 아인슈타인과 도산 안창호 선생의 사진이 또 걸려있었다. 그는 신앙을 갖고 있다. 그러나 그의 신앙은 좀 다른 것이다. 차주환 교수는 "그의 신은 운명의 신이 아니라 우주의 법칙있는 조화를 이루게 하는 신이다. 피천득 씨는 스피노자와 아인슈타인에게 연결되는 그러한 신을 신봉하는 듯 여겨진다"고 쓴 바 있다.

## 도산의 인간성 흠모

도산 선생과 그는 상해에서 깊은 교감이 있었다. 그는 혁명가 민족지도자로서의 도산보다 도산의 인간성 그 소박함을 깊이 흠모한다고 쓴 바 있다.

살아있거나 죽었거나 소수를 사랑하고 존경할만한 인물을 가까이 하고 좋아하는 책을 읽고 찾아오는 제자들과의 만남에서 즐거움을 찾는 피천득 씨의 청정한 "작은 세계". 누구나 이 작은 세계를 가질 수 있다면 사회는 낙원이 되리라. 수천 년의 문명 문화를 들먹이면서 우리는 여전히 서로를 해치는 극악스러움을 버리지 못하고 있다. 나아가 이제 우리의 모태(母胎) 지구까지도 해치고 있는 게 아닌가. "크게 쓰려면 내가 죽은 뒤에나 써줘요". 그는 자기의 말로 인해 누구에게, 또는 자신에게 작은 상처라도 생길까 염려하는 듯했다. (오명철 기자 정리)

《동아일보》1991년 2월 24일

# 2. 청빈과 무욕의 서정

대담 : 김재홍(1993)[*]

본 대담은 1993년 4월 5일 피천득 선생의 반포아파트 자택에서 김재홍 주간(대담), 한명희 시인(정리)과 함께 진행한 것을 재수록한 것이다.

— 편집자 주

목련꽃이 순결하게 꽃망울을 터뜨리고 있는 봄날 식목일 오후에 피천득 선생님을 반포아파트 자택으로 찾아 나섰다. "인생은 빈 술잔, 주단 깔지 않은 층계"라는 인용구로 시작되는 선생님의 〈봄〉이라는 수필도 아련히 떠오르고 또 〈나의 사랑하는 생활〉도 애잔하게 부딪혀 왔다. 아무 장식도, 가구도 없는 그야말로 청빈 그 자체인 선생님의 거실에서 소박하게 맞이해 주시는 모습이 새삼 동심처럼 무구하게 목련꽃같이 맑게 느껴졌다.

피천득 : 봄 날씨가 아주 좋군요. 그런데 우리나라는 봄이 아주 짧아요. 가을도 짧고, 어떻게 여름은 자꾸 길어지는 것 같아요.

---

[*] 김재홍 : 문학평론가, 경희대 국어국문학과 명예교수

김재홍 : 외람되지만 예전에 선생님 수필을 많이 읽었어도 시인이라는 측면에서는 주목해 보지 못했습니다.

피천득 : 그건 다른 사람도 다 그렇다고 그래요.

김재홍 : 선생님 시에는 다른 분들이 가지지 못한 독특한 개성이 있는 것 같습니다. 〈시와 시인을 찾아서〉 권두 대담에 지난번부터 모신다는 게 오늘에서야 기회가 되었습니다. 선생님께서 시간을 허락해주셔서 감사합니다. 정년 퇴임하신 지도 20년쯤 되는 것 같은데요. 어떻게 소일하시는지요. 우습게도 돌아가셨다는 헛소문도 있었는데요.

피천득 : 내 나이도 그렇고, 사회적으로 아무 일에도 관여하지 않고, 회합 같은 데도 거의 나가지 않으니까 자연히 그렇게 되었겠지요. 어떤 이는 출판사에 전화를 해서 내 무덤이 어디 있느냐고 물었대요. (일동 웃음) 글을 읽기도 하고, 난 영문학을 했으니까 영시 녹음된 것을 듣고, 내가 전에 읽었던 좋은 시 찾아서 읽고 한시도 더러 읽어요. 시 몇 편을 날마다 읽는 거예요. 시를 읽지 않고 보내는 날은 거의 없어요. 산문도 물론 읽는 거고. 음악 듣는 시간이 부끄러울만치 많아요. 삼십 분 내지 한 시간 정도 요 근처 거닐고, 주로 생활이 그렇습니다. 전에는 비원엘 자주 갔고, 근자엔 주로 비 오시는 날 갔는데, 요새는 안내원이 양떼마냥 몰고 다녀서 거긴 잘 안 다니고, 바깥 생활은 그 정도입니다.

김재홍 : 특별히 건강에 유의하지 않으시는데도 건강하시네요. 무슨 비결이라도 있으신지요?

피천득 : 별 비결은 없고 소식하는 거지요. 아침에 주스 한 잔하고, 채소를 주로 먹는 거예요.

김재홍 : 사모님하고 두 분만 사신다구요. 자제분들은 다 외국 나가고. 적적하시겠습니다.

피천득 : 제자들이 찾아와 주고 해서 유복합니다.

김재홍 : 요즘 씌어지는 시들에 대해서는 어떤 생각을 갖고 계신지요?

피천득 : 요즘 작품을 많이 읽지 못해서 무슨 말씀을 드려야 할지 모르겠지만, 좋은 작품도 눈에 많이 띄더군요. 상당히 다양해지고. 내 안목이 구식이 되어서 그런지는 모르지만 간혹 자연스럽게 표현할 것을 뒤틀어서 말을 하나 하는 생각이 드는 것도 있습니다. 그래서 난해해지는 경향이 있을지도 모르지요. 이념시들의 즉흥적인 면과, 이념을 강하게 표현하는 면도 내가 가진 시관과는 다릅니다. 시관이 다르다는 것은 이런 말이겠지요. 시는 모든 다양한 것을 받아들일 수는 있지만 시로서 시가 돼야지요. 반체제로 나가더라도 감정적으로 치우치지 말고, 일단 정서적으로 승화가 되어서 나아가야 할 것 같거든요. 모든 것을 다 수용한다 하더라도 시는 예술인 이상 예술적인 것을 벗어나서 존재할 수는 없는 것이고, 예술적인 것

을 갖추고 그 안에서 자기가 주장할 것을 주장입니다.

김재홍 : 선생님께서 생각하시는 시는 삶의 총체성을 포괄해야 하는 것이고, 사회성도 충분히 수용하되 예술로서의 기본 요건인 시적 정서를 고양, 승화시켜야 된다는 말씀이시군요. 그런 점에서 요즘의 언어를 비튼 시, 경직된 이념시에 대해서는 회의를 가지고 계시다는 말씀으로 정리될 수 있을까요?

피천득 : 그런데, 요즘은 이념시라도 달라져 가는 경향이 있는 모양이지요?

김재홍 : 네, 그렇죠. 90년대 들어 민중시가 예술적으로 다듬어지고 성숙되어 가는 것이 중요한 특징입니다.

피천득 : 그건 참 다행한 일입니다. 시인이라면 누구나 민족이라든가 대중, 혹은 서민을 외면하고 문학을 할 수는 없을 거예요. 그들을 인식하지 않고 문학을 한다면 참다운 문학이 될 수 없겠지요.

김재홍 : 매우 탄력 있는 말씀이신데요, 일견 유연성이 있는 것으로 느껴집니다. 선생님의 생애사를 살펴보면서 대체로 세 시기로 구분해 보았습니다. 초기는 1910년 출생에서부터 경성 제일고보 4년을 거쳐 만 17세 되던 1927년 중국으로 가신 이후 10년 간의 중국 유학시절로, 중기는 1945년 교수생활을 시작하신 후 1974년 정년퇴직하실 때까지 교육자, 학자, 시인 내지 문필가로 활동하신 시기

가 될 것 같습니다. 후기는 은퇴 후 현재까지의 삶의 정리기 또는 사색기가 되겠구요. 굳이 상해로 가신 데는 특별한 이유가 있으신지요?

피천득 : 춘원, 주요한 때문이었지요.

김재홍 : 춘원, 요한이라면 도산 안창호로부터 이어지는 홍사단 계보가 아닙니까? 도산사상이라면 준비론이라고 할 수 있을 텐데요. 선생님도 준비론이나 홍사단에 관심을 가지셨나요?

피천득 : 네. 가깝습니다. 중국으로 가게 된 직접적인 동기는 춘원 때문이겠지요. 주요한 선생님도 나보다는 10년 장이고, 춘원은 18년 장인데…… 춘원 때문에 요한을 알게 됐고, 요한 선생 동생 요섭 선생이 중국 호강에 있었기 때문이지요.

김재홍 : 그러면 춘원하고는 어떻게 인연을 맺게 되셨나요.

피천득 : 춘원은 국민학교 4학년 때 만나게 되었는데, 그때 나는 2년 건너뛰어서 검정시험으로 경성제일고보에 입학을 했지요. 춘원이 재주가 있다고 생각했는지…… 우리 아버지는 일곱 살 때, 어머니는 열 살 때 돌아가시고 고아가 되었었는데요. 그래서 그런지 나를 귀여워해 주셨고, 문학을 시키려고 그랬는지 춘원이 《동아일보》 편집국장 시절에는 그 집에서 2,3년 산 적도 있습니다. 춘원이 상해에서 국내로 들어온 것에 대해 말들이 많은데, 1937년

수양동우회 사건으로 감옥 갔다 온 이후로 변절한 거지
요. 내가 상해로 갈 때도 일본 사람들이 경성을 서울이
라고 부를 때가 올지도 모른다고 했으니까요. 1937년에
변절했다고 봐야지요. 자신도 시인을 했고요.

김재홍 : 춘원이 21년 귀국해서《동아일보》에 입사한 거지요?

피천득 : 나는 주로 주요한의 동생인 주요섭과 친하게 지냈어요.
　　　　몇 해 동안 한 방에서 지낸 적이 있어요. 요섭 선생은 나
　　　　보다 8년 장인데《신동아》편집을 했거든요. 그때《신동
　　　　아》는 거의 문학잡지예요.

김재홍 : 주요섭 선생이 그 무렵에 다분히 좌파적 경향이 있지 않
　　　　았던가요?

피천득 : 글쎄요. 좌익적이라고 할까, 인도주의적이라고 할까 그
　　　　런 면이 다분하지요. 〈개밥〉, 〈도토리〉도 그렇고. 주요
　　　　한 씨도《아름다운 새벽》을 낸 이후는 친일하고도 다소
　　　　관계가 있고, 그이는 원래 명치학원이라는 사립학교 4학
　　　　년 때 동경 일고를 들어갔습니다. 다니다가 3 · 1운동이
　　　　나니까 그걸 버리고 상해로 갔지요. 춘원도 와세다 특대
　　　　생인데 그걸 버리고 상해로 가서 밥을 굶으면서 독립운
　　　　동을 했지요. 그분들은 그때만 해도 애국자였습니다.

김재홍 : 도산이 상해에서《독립신문》을 하고 있으니까 그걸 따
　　　　라서 주요한도 상해로 갔고 거기서 춘원도《독립신문》

을 편집했지요?

피천득 : 그때 것은 애국으로 인정해줘야 하지 않을까요? 그때 일고 다녔으면 얼마든지 사회적으로 뻗을 수 있었는데……. 지식인이라는 게 살기가, 특히 지조 지키기가 너무 어렵단 말입니다.

김재홍 : 선생님은 고향이 서울 아니십니까. 이분들은 서북 출신들 아닙니까. 춘원과의 개인적 인연이 그분들과 연결되고 그것이 상해로 공부하러 가시게 된 까닭이 되고, 그 뒤로 춘원, 도산의 영향권에서 세상을 바라보는 눈이 형성되었다고 보아도 큰 무리는 없을까요?

피천득 : 그런데 나는 개인주의적인 성향이 좀 많다고 할까? 그래서 사회적 활동이란 것에 좀 거리가 있지 않았을까 생각합니다.

김재홍 : 우국지사적 영향이 있으나 개인적인 소극적 성품 때문에 당신의 세계를 지키신 것이 아닌가 하는 생각이 듭니다. 선생님의 중기 얘기로 나아가서, 해방되면서는 어느 어느 대학에 계셨죠?

피천득 : 해방 전 얘기를 좀 더 하지요. 해방 전에는 주요섭과 하숙 생활도 했고, 생활비를 벌기 위해 학원 선생도 하고 그랬습니다. 해방 때는 경성 제대 이공학부에서 고용원으로 도서관 목록도 작성하고, 그러다가 해방을 맞았지요. 일본 패망 소리를 거기서 들었거든요. 집에 와서 있

으려니까 미군이 들어와서 영어로 공문 쓸 사람이 필요하다고 해서 거기서 일을 했지요. 해방 후 문교부에서 일을 하는데 부탁하러 찾아오는 사람들이 많아서 그만두어야겠다고 생각했고, 그 뒤로는 경성대학 예과에 교수로 나갔지요.

김재홍 : 거기 계시다가 서울대 사범대학으로 넘어오시게 된 건가요. 그 뒤로 서울대에서 30년 봉직했는데, 그때 제자들 중에 생각나는 제자가 있는지요?

피천득 : 대개 학자가 된 사람이 많은데 특히 성균관대학에 와 있는 유병천이라고, 그이는 미국서 대학교수를 했고, 천관우, 한운사 같은 분들도 기억납니다. 그때는 희망이 있고 하니까 행복스러웠지. 옷도 형편없이 입고 다녔어도…… 물질 생활이 행복을 주는 건 아니고, 희망만 있으면 행복스럽지요. 내 생애보다는 시를 더 얘기하지요.

김재홍 : 애, 그러잖아도 막 그 얘기를 할 참입니다. 1947년에 첫 시집을 내셨는데 문단 등장에 대해 조금 말씀해 주시지요.

피천득 : 1930년 《신동아》에 〈서정소곡〉 등 세 편을 실으면서 시를 발표하기 시작했지요. 지금 내 기억에는 없지만 김억이 칭찬해서 시평이 실린 게 있어요. 그 다음에 1932년 작 시를 1934년에 발표한 게 있는데, 〈생명〉이라고, 그게 내게 있어서는 다행이었어요. 생활도 그렇고, 학원

선생, 도서실 그런데 다니느라고 글을 통 안 썼지요. 저 항시를 못 쓸 바에는 침묵하고 가만히 있는 것이 나았지요. 친일적인 글을 쓰지 않은 것은 내가 강해서가 아니고 다행스런 일이지요.

김재홍 : 1947년에야 《서정시집》을 내셨으니까. 일제하에는 쓰시기만 하고 발표는 안 하신 셈이군요.

피천득 : 그렇지요. 〈단풍〉은 금강산에서 썼는데, 아무 희망도 없고 해서 거기서나 눌러앉을 작정을 하고 갔었지요. 봄에 가서 이듬해 봄에 왔어요. 나를 끌만한 중이 있었다면 안 오려고 그랬었지요. (피천득 선생님께서는 시화 판넬로 만들어진 〈단풍〉을 보여주셨다)

김재홍 : "단풍이 지오/ 단풍이 지오/ 피빛 저 산을 보고 살으렸더니/ 석양에 불붙은 나뭇잎같이 살으렸더니" 말입니까?

피천득 : 누가 이걸 보고 일찍 요절할 시라고 그랬었지요. 그래도 이렇게 살았어요. 47년에 시집을 냈는데 그때 주요섭 씨가 '상호' 출판사를 경영했지요. 그래서 나는 인세도 제대로 받고, 청전이 그림을 그려주고, 아마 그때 내가 문단과는 별로 관계가 없어서 그랬겠지요.

김재홍 : 문단과의 관계를 유지하지 않은 까닭이 개인적인 성품 때문이기도 했겠지만 오히려 그것 때문에 좌우익의 정치적인 대립에서 비켜나 있을 수 있었던 게 아닐까요?

피천득 : 그것까지…… 그게 이런 게 있어요. 솔직히 얘기하면 내
시에 〈생명〉이라는 게 있는데 그걸 김동석이 《상아탑》
주간을 할 때, 거기에 실어줬거든요. 그래서 내가 정지
용이라든지 하는 시인들도 좀 알고.

김재홍 : 그 문제는 아주 중요한 것 같습니다. 한용운, 이육사 같
은 분들도 문단과 거리를 유지했었지요. 그 점이 그분들
로 하여금 순수한 세계를 유지할 수 있게 하는 힘이 되었
을 것입니다. 47년 《서정시집》을 내셨고, 60년에 《금아
시문선》을 내셨지만, 시집은 한 권 내신 것으로 보아도
좋을 것 같습니다.
피천득 : 네. 거기에는 재수록이 많고 좀 더 가필이 되었겠지요.
6 · 25 피난 후부터는 수필을 주로 썼고, 요즘은 수필도
잘 못 씁니다.

김재홍 : 수필로는 한 경지를 개척해 낸 셈인데요.
피천득 : 그건 인정을 받은 거지요.

김재홍 : 시와 수필의 차이는 어떻게 생각하시나요?
피천득 : 내게 있어서는 같은 맥락인데 농도의 진하기라고 할까
요? 억지로 구별한다면 시에 있어서는 '농도'내지 '밀도'
가 강한 거고, 수필은 약간 그게 느슨하다고 할까. 결국
은 그 점 하나지요. 내게 있어서는 같은데 억지로 구분
한다면 밀도의 차이만 있다고 할 수 있어요.

김재홍 : 다르게 말하면 미적 긴장감이 다르게 표현된 것이라고 할 수 있겠군요. 어떤 시들이 특히 맘에 드시는지요?

피천득 : 어떤 경우에 있어서든지 승화된 경지라고 할까? 흥분된 상태가 평온으로 돌아와서 파격성이 없어진 뒤에 발표가 되어야 한다고 생각합니다. 가령 〈1930년 상해〉는 약간 좌파적이라고 할 수 있는 건데, 이때 빈부의 차이가 말할 수 없이 심각한 땐데, 저항을 하는 게 아니라…….

김재홍 : "알라 뚱시 치룽 속에/ 넝마같이 팔려 버릴/ 어린 아이가 둘/ 한 아이가/ 나를 보고 웃는다". 어린아이의 천진한 웃음을 통해 삶의 곤궁을 더 예리하게 부각시킨 거지요? 순진성의 아이러니라고 할 수 있겠군요.

피천득 : 《상아탑》에 실었던 〈생명〉도 역시 그런 건데. 그때는 '억압의 울분'이라는 소리도 못할 땐데. "억압의 울분을 풀 길이 없거든/ 드높은 창공을 바라보던 그대여/ 나는 보았다/ 사흘 동안 품겼던 달걀 속에서/ 티끌 같은 심장이 뛰고 있는 것을". 시인을 이런 식으로 표현했지요.

김재홍 : 생명의 약동에 대한 갈망이 드러나는 시라고 할 수 있겠군요. 이번에는 제 나름대로 읽어본 선생님의 시세계에 대해 선생님과 말씀을 나눠보고 싶습니다. 시는 아주 과작이시고 표현상에 있어서도 매우 단순하고, 센텐스도 짧고, 수사법상 기교도 소박하게 쓰신 듯합니다. 30년에 문단에 첫 선을 보이신 이후 최근까지 무려 50년 이상

작품을 발표하셨는데, 30년 초라면 김광균 선생님이나 미당 선생님, 혜산 선생님보다도 몇 년 앞선 해이고 그렇게 보면 생존해 계신 분 가운데 문단 최고 원로 가운데 한 분이신데 특별히 과작이신 이유가 있는 건가요?

피천득 : 체질 자체가 그런 거지요.

김재홍 : 당신을 드러내지 않으시려는 성품이랄까 과욕하지 않으시려는 까닭이겠지요.

피천득 : 천품이 화수분같이 그러는 것은 못 되는가 보지요.

김재홍 : 한용운이나 윤동주처럼 어쩌면 시인이란 시집 한 권으로 문학사상을 다 드러내기에 충분한지도 모르지요.

피천득 : 그 얘기가 나왔으니……. 굉장히 좋은 걸 많이 쓰면 더 말할 나위 없겠지만 단순히 많이 쓰는 것만으로는 물질적 물량주의가 되겠지요. 시를 물질화로 대량생산을 하는 건 아무래도…….

김재홍 : 시정신조차도 물화될 수 있다는 말씀이신데 그건 어쩌면 자본주의적인 소비구조와 맞물리는지도 모릅니다. 선생님의 시세계를 요약하면 첫 번째가 '순수주의'라고 하겠는데요. 그 경우 순수주의는 '순수서정'과는 다른 의미인데요, 작고 보잘것없는 세계에 대한 응시, 애정, 관심을 드러내시는 게 특징이라는 생각이 들었습니다. 그 것을 순수주의라고 표현해볼 수 있겠는데요, 그 점은 어

떻게 생각하시는지요?

피천득 : 타당하다고 봅니다. 그것도 천품이겠지요.

김재홍 : 워즈워스식의 자연발생적인 시관에 영향을 받으신 셈
인가요? 소박하고 평범한 생활 가운데 높은 이상을(plain
living & high thinking) 노래하는 것과 감정의 자유스런 흘
러넘침이 바로 바람직한 시라고 하는 낭만주의 시관 말
씀입니다.

피천득 : 네. 그 영향이 아주 크지요.

김재홍 : 그렇게 본다면 일종의 결벽주의 같은 게 있으신 듯한데
요. 물질적 소유에 대해 생리적으로 거부감을 가지신 것
도 같구요. 무욕의 즐거움, 관조와 명상, 그것도 워즈워
스적인 것과 관련지어 순수주의 내지 결벽주의라고도
할 수 있지 않을까요?

피천득 : 타당하다고 봅니다.

김재홍 : 맑고 청정함에 대한 결벽증이라고 할 수 있겠는데요, 최
근 작 중 아주 재미있는 시가 있더군요. 〈도둑과 꽃씨〉
라고, "마당에 꽃이/ 많이 피었구나// 방에는 책들만 있
구나// 가을에 와서/ 꽃씨나 가져 가야지" 이렇게 보면
도둑조차도 참 욕심이 없는 도둑인데요, 세상을 이렇게
만 볼 수 있을까요? 이런 낙관주의는 현실과 너무나도
동떨어진 게 아닐까요? 거친 세상을 도피하려는 게 아닐

까 하는 그런 외람된 생각도 듭니다. 이건 선생님 시의
또 다른 특성에 해당되는 것이기도 하지만요.

피천득 : 그런 게 있습니다. 개인주의적이고 도피주의적인, 그래
서 너무 사회를 등진 것 같은.

김재홍 : 선생님의 시적 분위기에는 소외된 사람들에 대한 애정
도 깊게 깔려 있는데요. 이것은 일종의 자기모순이라고
할 수 있지 않을까요.

피천득 : 바이탈이랄까 생명력이 노쇠하면 그렇게 되는 거예
요. (일동 웃음) 한시(漢詩)에 '만년에 유호정하야 만사에 무
관심'이라는 게 있는데…….

김재홍 : 노장적인 동양사상과도 관련이 될 수 있겠지요. 영시뿐
아니라 도연명이라든가 동양적인 것에도 영향을 많이
받으신 것 같습니다. 은자(隱者)의 사상 같은 것 말씀입니
다.

피천득 : 네. 한시도 아주 즐겨 읽습니다.

김재홍 : 선생님의 시에는 사라져가는 것, 소멸하는 것들에 대한
애정 또한 많이 나타나고, 현재적인 것보다는 과거적인
것에 대한 관심이 적지 않게 나타나더군요. 이러한 것은
한국적 사고방식의 하나라고 할 수 있을 텐데요. 그 점
에 대해서는 어떻게 생각하시는지요? 거기에 어떤 체험
적인 요소가 있는 건 아닌지요?

피천득 : 내 일생이 상실 체험입니다. 조실부모, 일제시대 등등.
　　　　페이소스라고 그러지요.

김재홍 : 페이소스라면 고독과 그리움의 세계, 상실, 이별 체험과
　　　　관련지어지겠는데 《금아연시(琴兒戀詩)》도 개인적인 체
　　　　험이신가요?
피천득 : 그런 건 일생을 통해 있지요. 이별이라는 게…… 한용운
　　　　선생한테도 이별이 주제가 되지요.

김재홍 : 그러면 문학이라는 건 뭘까요? 이별과 관련해서요.
피천득 : 기다림, 동경, 그리움, 뭐 그런…….

김재홍 : 이상적인 시인은 어떤 시인이라고 생각하시는지요?
피천득 : 감정에 있어서는 풍부하면서도 물질에 있어서는 본질적
　　　　으로 가난한 사람이겠지요. 그건 동서양을 통해서 일치
　　　　되는 게 아닌가 생각합니다.

김재홍 : 부유한 사람은 좋은 시인이 되기 어렵다는 말씀이신가
　　　　요?
피천득 : 난 그렇다고 생각합니다. 유산을 받았다고 하더라도 진
　　　　짜 시인이라면 그걸 버렸을 거라고 생각해요.

김재홍 : 시인이란 삶의 본질을 깊이 꿰뚫어보고, 그 속에 숨어 있
　　　　는 진실을 탐구하고 사랑해야 한다는 뜻이 되겠군요. 물

질이 주는 정신적 질곡을 경계해야 한다는 말씀이시군
요.

피천득 : 시를 쓸 수 있는 순간은 그 사람으로서는 은총을 받는 순
간일 겁니다. 독자도 그와 같은 진실한 심정을 가졌을
때만이 시를 감상하고, 그 시인과 가깝게 느껴지겠지요.
시인을 정말 사랑하지 않고는 시를 이해하지 못하지요.

김재홍 : 전인격의 표현이 바로 시다 그런 말씀이신가요?
피천득 : 사랑이 없이, 또 같은 무드로서 은총을 받은 심리 상태가
아니면 정말 그 시를 느낄 수는 없겠지요.

김재홍 : 올바로 시를 사랑하고 또 올바로 살아가는 사람이 올바
른 시를 쓸 수 있다는 말씀이시군요. 시가 바로 인간이
라는 일치론적 관점이라고나 할까요. 선생님의 시세계
를 요약해 보면 첫째 생명사상, 둘째 자유사상, 셋째 사
랑의 정신, 넷째 평화주의로 크게 뭉뚱그려 볼 수 있겠는
데요. 그걸 크게 노래하지 않고 작고 낮은 목소리로 노
래하시는 것이지요. 이 점에서 요즘 젊은 시인들이 귀
담아들어야 할 것 같습니다. 오늘의 시가 어떤 방향으로
나갔으면 좋겠다고 생각하시는 바가 있으면 한 말씀 해
주시지요.
피천득 : 내가 방향을 설정하기는 어렵고, 시는 모든 다양한 걸 다
받아들일 수 있지만 시가 예술인 이상 뭐를 읊던 시가 되
어야겠다고 생각합니다. 그러기 위해서는 서정적 미의

추구가 제일 큰 요소가 되겠지요.

김재홍 : 바람직한 시인의 길이란 어떤 것입니까?
피천득 : 사람답게 사는 것이겠지요?

김재홍 : 그렇다면 어떻게 사는 게 사람답게 사는 걸까요?
피천득 : 물질, 권력, 명예, 지위의 노예가 되어서는 안 될 것 같아
　　　　　요.

김재홍 : 참된 정신의 자유로움을 추구하는 가운데 깨끗하고 올
　　　　　바른 마음가짐을 가져야 한다는 말씀이신가요? 워즈워
　　　　　스식의 정복(淨福)이랄까, 고독의 행복론이라고도 할 수
　　　　　있겠군요? 속물화된 삶에 대한 저항의 양식일 수도 있구
　　　　　요.
피천득 : 인간의 자존심을 지키자는 말로도 요약될 수 있겠지요.
　　　　　스피노자는, 절대자유를 주는 조건으로 대학교수로 초
　　　　　빙되었을 때, 그 자유는 내가 지향하는 자유와는 거리가
　　　　　있을 거라고 말하며 거절을 했답니다. 물질적 욕망을 전
　　　　　혀 갖지 않은 것이지요.

김재홍 : 청빈의 철학이시군요. 그런 맥락에서 평생 시집 한 권
　　　　　내신 것을 이해해도 될까요?
피천득 : 나는 내 존재를 아니까 그런 거지요. 나같이 소극적인
　　　　　인생관을 가지면 한편으론 인류의 발전이 없을 게 아닙

니까? 이런 사람도 있고 저런 사람도 있는 거지요.

김재홍 : 상호보완적인 것이겠지요. 인류 역사는 도전과 모험, 개
척 정신이 부단히 흘러넘치면서도 그것이 내성의 철학
또는 명상의 정신과 조화를 이루어가는 데서 참된 발전
이 오는 것이겠지요.

피천득 : 어떤 행복이든 남의 행복을 희생해서는 안 된다고 봅니
다. 남을 희생해서 자기가 행복하다면 그건 오히려 죄악
이지요.

김재홍 : 너무 집요하게 대가 선생님을 고문(?)한 것 같습니다. 용
서하십시오.

대담이 끝나고도 선생님은 문학에 대한 여러 가지 말씀을 들려
주셨다. 특히 비평가 문제와 관련해서, 비평가는 보통사람보다 더 예
리한 지성과 관찰력, 도덕성을 갖추어야 함을 강조하시는 것이 인상
적이었다. 무엇보다 비평가는, 작가나 시인이 감추고 있거나 미처 생
각하지 못했던 것을 더 예리한 눈으로 봐서 작가와 독자에게 도움을
주는 사람이 되어야 하며, 또 정당성과 도덕성 및 비평적 안목을 가지
고 독자를 거기로 이끌어 나가는 사람이 되어야 한다고 하셨다.
소위 '위대한 비평가'는 지적 탁월성 및 예민성과 함께 도덕성을
갖추어야 함을 여러 차례 강조하셨다. 대담이 끝나고 김재홍 주간과
피선생님의 서울대 영어과 제자로서 새로 등단한 이희숙 시인과 함
께 반포아파트 상가거리로 가자고 하셔 굳이 만두를 한 그릇씩 사주

셨다. 어둠 속에 혼자서 조용히 댁으로 걸어 돌아가시는 작은 체구의 모습이 이 혼탁한 시대를 청빈하게 떠받쳐주는 작은 거인의 모습과도 같아 보여 새삼 마음 든든하게 또 따뜻하게 느껴졌다.

(정리 : 한명희 시인, 《시와시학》 1993 여름호)

# 3. 민족사의 전개와 초기 영문학

## 피천득 선생을 찾아서

대담 : 석경징(1997)[*]

### 성장기 영어 공부의 시작

석경징 : 선생님 안녕하십니까? 선생님께서 살아오신 세월은 우리나라로서도 어려운 고비도 우여곡절도 많은 시기였습니다. 그동안 영문학을 연구하고 교수하고 또 우리말 창작도 하고 여러가지 일들을 많이 하신 걸로 알고 있습니다. 그런 분의 말씀을 듣게 되어 감사드리며, 개인적으로도 기쁩니다. 힘드시겠지만 좋은 말씀 많이 해주셔서 공부하는 사람들한테 힘이 되도록 해주십시오.

피천득 : 별 말씀드릴 게 있겠습니까. 그저 나이가 많으니 그동안 사는 것이 변화가 좀 더 많았지. 그것 이외야 뭐 있겠습니까.

---

\* 고(故) 석경징 : 서울대 영어영문학과 명예교수

석경징 : 우선 영어 공부를 처음 시작하셨을 때 어떻게 하셨는 지 듣고 싶습니다. 그런데 경기중학교입니까? 제일고보입니까?

피천득 : 그때는 제일고보라고 그랬죠, 경기를. 화동에 있는 지금 그 집이 아마 지금은 다 달라졌을 거예요. 거기서 영어를 처음 배우기 시작했죠.

석경징 : 그때는 교사가 일본 사람들이었습니까?

피천득 : 예, 대개 일본 사람들이었죠. 한국 분은 수도 많지 않았고, 영어 선생님은 아마 한두 분 있었을 거예요. 그런데 그때는 일본 사람들이 전쟁 때도 아니고 해서 영어 공부를 많이 시킨 걸로 기억이 돼요. 그리고 영어 선생님들이 비교적 자유주의적이셨던 같아요. 그때 내 기억으로는 고리야마라는 일본인 선생이 있었어요. 동국학원이라던가 하는 사립대학 출신인데 그의 아버지도 거기 교수였다는 얘기도 있고, 그 양반이 아주 사상이 진취적인 사람이었어요. 그래서 학교에서는 이상스럽게 봤을지 몰라도 자유주의 사상을 강하게 가지고 있었어요. 그런데 그이한테 영어를 처음 배우기 시작했는데 지금 기억하는 것은 〈누가 바람을 보았을까요〉 뭐 그런 시부터. 또 자기도 시를 짓고. 그래서 영어에 재미를 붙인 것이 아마 그 양반 덕분이라고 생각해요. 또 그때부터 어떤 관계로 춘원 이광수 선생과 친하게 되었죠. 그이는 나보다 18년 연상이에요. 그런데 그 양반이 —그이가 사실

은 와세다 대학 철학과를 나온 분인데— 영문학에 대한 관심이 대단했어요. 그래서 하버드 클래식이라고 있죠, 시리즈 세계문학전집 같은 거. 내가 보기에는 그 양반이 그걸 굉장히 많이 읽으신 것 같애. 그리고 그 댁에 톨스토이 전집이 영어로 된 게 있었는데 —러시아 말을 못하시니까— 그것을 영어로 다 읽으시고. 그래서 내가 그 양반한테서도 영어를 많이 배웠어요.

석경징 : 주로 어떤 것을 배우셨어요?

피천득 : 그 양반한테서 배운 것이 영시도 배웠고, 또 영시 중에도 지금 내가 기억하는 것이…… 그런데 내가 그때 거기에 전력을 한 것도 아닌데 어떻게 그 어려운 것을 배웠는지 몰라. 그 양반한테서 'Concord Hymn'〔콩코드 찬가〕이라는 것을 배웠어요. 지금도 그것을 배웠다는 기억이 나는데. 그런데 그것을 어떻게 해서 그 양반이 나한테 가르쳐주신고 하니, 내가 일본에 대해서 적개심을 가지고 있었어요. 내가 시를 하나 썼는데, 그것이 일본은 얼마 안 가서 망한다는 내용이었지. 그때 그것을 어떻게 표현했는고 하니, 무궁화하고 사쿠라하고 비교를 했어. 사쿠라가 팔짝하고 뭐 이렇게 된다라고 썼어. 이런 것을 썼다가 춘원한테 보였더니 그 양반이 "지금 우리나라가 이런 형편이지만 그렇게 적에 대해서 배타적일 필요는 없다. 그리고 그 사람들 모두가 다 군국적인 사람은 아니다." 그러셨죠. 그러고는 그 양반이 가르쳐주신 게 'Concord

Hymn'이에요. 그래서 그게 아주 인상이 깊단 말야. 물론 내게는 그게 어려웠지만 아무튼 그 양반이 자세히 설명도 해주고 그랬어요.

석경징 : 그게 1920년대 아닌가요?

피천득 : 그렇지. 내 나이 열서너 살 때였지.

석경징 : 그때가 춘원이 중국에서 돌아와선가요?

피천득 : 그렇지. 돌아와서 그때 《동아일보》 편집국장으로 계실 때죠.

석경징 : 춘원은 그때 영어 실력이 상당히 높았던 모양이지요?

피천득 : 아, 영어 실력뿐 아니고 문학에 대한 관심도 컸어. 이런 일이 있었습니다. 그이가 와세다에서 철학을 하지 않았어요? 그것 다 버리고서는 상해에 가서 독립운동하고 그랬는데. 얘기가 옆으로 나가는지 몰라도. 그런데 그이가 영어에 관심이 대단한 게, 여기 돌아와서 《동아일보》에 계실 때, 경성제국대학에 사토오 기요시라는 교수가 있었어요. 그 사람이 키츠(John Keats)를 연구한 사람인데. 그런데 거기서 선과(選科)가 있었어요. 선과라는 것은 예과를 거치지 않고 들어가는 곳인데, 그러니까 고등학교를 거치지 않고 들어가는 데가 선과예요.

석경징 : 그러니까 본과생하고 같은 것인데 연구생 같은 것인가

요? 뭔가요?

피천득 : 아니. 선과생도 학생인데 다만 이제 패스를 안 했으니까 정식 학위를 그걸로는 주지 않는다는 거죠.

석경징 : 거기 들어갔어요?

피천득 : 예. 그 양반이 거길 들어갔는데 그것도 보통은 잘 하지 않는 일이죠. 그리고 춘원은 그때만 해도 유명할 때니까. 그래서 사토오 기요시라는 일본인 교수가 아주 황송해서 감격하기도 했지. 춘원 같은 이가 자기 강의를 듣겠다고 하니까, 선과생이 되어서.

석경징 : 청강생은 아닌 학생인가 본데, 서울대에도 그 연구생이란 게 있었는데요. 그런 것처럼 학위는 받지 않고 연구만 하는 것이죠.

피천득 : 예. 그런데 선과시험을 영어로 많이 치를 것 아녜요? 그래서 그것을 치렀는데 사토오 기요시가 아주 놀랐어요. 이렇게 영어를 잘할 수가 있나 하고. 더구나 그 양반은 철학을 했다니까. 그래서 이 양반은 오히려 춘원을 존경했죠. 그 양반으로부터 전에 본 기억이 있는데 토마스 그레이(Thomas Gray) 뭐 이런 것을 차근차근 강의한 걸 베낀 게 있었어요. 내 기억으로는 토마스 그레이의 엘레지가 있어요. 그리고 사토오 기요시란 자가 뭐가 전공인고 하니 키츠가 전공이거든요. 그래서 그 양반이 —일제 때는 대학교수라는 것이 얼마나 자유롭고 한가했는지—

글쎄 자기가 키츠 전공이라고 해마다 키츠만 가르쳐요.
학생들은 문제가 아냐. 듣기 싫은 놈은 그만두고 들을
사람은 듣고. 지금 그랬으면 큰일이지. 강의도 하고 싶
으면 하고 안 하고 싶으면 안 하고, 일주일에 한 번을 하
든 두 번을 하든. 하여튼 영어를 이렇게 잘할 수가 있나
하고 사토오 기요시가 아주 놀랐어요.

석경징 : 시험지를 보고서요?

피천득 : 그리고 그땐 대개 영어를 일본말로 해석하는 것 아녜요?
그것도 그렇지만 그 양반은 영어로도 행문(行文)을 잘했
어요.

석경징 : 아, 글을 잘 지으셨어요?

피천득 : 그러니깐 그이가 여러모로 재주를 보통사람 이상 타고
난 것 같아요. 그 시절에 삼재라고 불린 게 최남선, 홍명
희, 이광수고 나중에 가서 유진오, 주요한 그랬는데, 이
중에도 춘원이 가장 현대적인 재주라고 그럴까 ─그런
큰 작품을 쓴 게─ 뭐 그런 걸 가진 것 같아요.

## 상해 유학 시절의 대학과 영문학

석경징 : 그게 외국어 소양 덕분인 점도 있겠죠. 폭넓게 영어로
학문을 섭렵할 수 있어 더 현대적인 안목을 가질 수가 있
었겠죠. 경기중학교를 마치고는 그 후 어떻게 지내셨습

니까?

피천득 : 나는 경기를 마치지 못했어요. 그때 4학년 올라와서 우리집 형편이 이상스럽게 되었지. 우리 아버지가 종로에서 거상을 해서 돈이 좀 많은 집안이었어요. 나는 독자였는데 우리 어머니까지 돌아가시고 나니까 주위 사람들이 죄다 재산을 뺏고 뭐 별일들이 다 있었죠. 그런데 어떻게 되어 나중에 잔금 치른 것 등이 나한테 들어왔어. 그때 돈으로 —그때 그 돈이 큰 돈이라고 그랬는데— 거의 팔천 원 정도였어. 다는 안 들어왔는지도 모르고 어쨌든 몇천 원이 들어왔어요. 그래서 서울을 떠나야 됐어요. 그렇지 않으면 그것까지 뺏기게 되었거든. 그땐 대개 일본으로 공부하러 떠나지 않습니까. 물론 그 생각도 했죠. 그런데 춘원이 일본으로 간 사람들이 많으니 앞으로는 다른 교육을 받는 것이 좋을 수도 있다고 했죠. 특히 그때는 주요한 씨가 거기—상해 호강대학교—를 졸업하고 와서 《동아일보》에 취직을 했죠. 그런데 주요한 씨는 일본서부터 재주있는 것으로 유명한 사람이었어요. 명치학원이라고 있었어요. 사립학교인데 거기 4학년에서 그런 예가 없었다는데 일본 제일고등학교 이과를 들어갔어요. 제일고등학교 이과에 들어갔다면 대학은 거저 들어간 거나 마찬가지였고, 게다가 일본을 거쳐서 들어갔다면 그건 굉장한 것이었죠. 그래서 그 양반이 거길 들어갔다가 지금 나쁘게 말하면 허영이라 할 수 있지만 좌우간 그것을 버리고 상해로 갔거든요.

석경징 : 주요한이요?

피천득 : 그렇지 주요한이. 거기 그때 유니버시티 오브 상하이가 있었어. 호강이라는 것은 상해란 뜻이지. 그런데 거기 가서 그이가 응용화학과를 했어요. 보통은 주요한이라 하면 문과한 사람, 뭐 영문학과나 이런 것 한 사람인 줄 알 텐데 응용화학과를 했어. 그런데 응용화학하고 한국에 와서는 어떻게 할 도리가 없었어요. 그래서 《동아일보》에 취직한 거예요.

석경징 : 다시 춘원이 있는 곳으로 온 것이군요.

피천득 : 그래, 《동아일보》 기자로. 그런데 동생이 주요섭이라고 있었어요. 〈사랑방 손님과 어머니〉 그런 것 쓰고 그랬지. 주요섭이가 그 호강대학 교육학과에 재학 중이었죠. 그래서 그이를 믿고 내가 상해에 가려고 마음먹은 것도 있죠. 그이가 나를 돌봐줄 것이라는 생각으로. 그리고 상해에 가서는 내가 조선은행 상해지점에다가 돈을 맡겼지. 그리고 필요할 때는 돈을 찾아 쓰고 했는데, 그렇지 않으면 돈 가지고 갔다가 죄 잃어버리고들 오고 그랬어요. 내가 아주 운이 좋았다고 할까, 잘했다고 할까 뭐 그런 거지. 아무튼 상해 가서는 돈에 대해서는 궁색한 게 하나도 없이 지냈어. 그런데 그 학교는 귀족학교였지.

석경징 : 4년제 서양식 대학이었죠?

피천득 : 서양식 대학이었지. 그리고 선생이 영어로 가르쳤어. 무
슨 과든지 영어로 가르쳤지. 또 그 학교의 특징이 집이
근처라도 전부 기숙사에 있어야 했어. 토요일만 나갈 수
있었지. 그러니까 기숙사 방 수효만큼 학생들을 모집했
어요. 그리고 절강(浙江)재벌이라고 송자문, 그런 사람 아
세요?

석경징 : 예, 송씨 자매 아버지 말씀이시죠?
피천득 : 그래 절강재벌이었는데. 그 아들딸이……

석경징 : 송자문 자제들이 그 학교를 다녔어요?
피천득 : 그리고 왕정정이라고 있었거든요. 외교부장하던. 왕정
정이네 식구라든지 자식들도 그 학교를 다녔어. 상무인
서관(商務印書館) 주인인 왕운오(王雲五) 자제들도 다녔어.
아주 귀족학교였지.

석경징 : 상해에는 학생들이 그렇게 많지가 않았습니까?
피천득 : 우리나라 학생들이 그때는 그다지 많지 않았어요.

석경징 : 교육은 어떠했는지요? 일본 대학이 3년제인데 거기는
서양식으로 4년제였죠? 교과과정은 대개 어떤 식이었습
니까?
피천득 : 그건 4년제 미국식이었어요. 개학도 미국같이 9월에 하
고. 처음에는 내가 직업 같은 것을 생각하고 상과를 좀

다녔어요. 상업경영과라고. 그랬다가 내게 너무 맞질 않고 재미가 없고 해서 영문과로 옮겼는데 영문학 하는 학생은 아주 적었어요. 여기 우리나라 풍속은 다른 방면으로 나가는 사람들도 영어를 하나의 일로 생각하고서 거기 들어가는 사람도 참 많잖아요. 문학을 안 하더라도. 그런데 거기는 그렇지가 않았어요. 영문과는 학생이 아주 적었어. 그리고 특히 남자들은 잘 안 했고 여자들이 좀 했지. 그 사이 난 서울로 갔다 —상해사변이란 게 있어서— 금강산에도 가고 해서 대학 졸업하는 데 여러 해 걸렸어요. 그런데 상해에 다시 갔을 때에는 영문과 하는 사람이 여학생 셋하고 나하고 넷밖에 없었어요. 그래서 수업을 대개 선생 집에서 했어요. 차도 주고 케이크도 주고 했는데.

석경징 : 시니 소설이니 이런 것도 다 했죠?

피천득 : 그런 것 했죠. 지금 내가 생각하기에는 선생들이 대단한 사람들 같지는 않지만 그래도 열심히 가르쳤어. 자기네 집에서 공부하니깐 오붓한 느낌도 좀 있고 그랬어. 지금 뭐 했나 생각해보면 시는 그냥 제대로 영국 전통시 공부했고 그리고 셰익스피어를 좀 읽은 것 같고. 〈로미오와 줄리엣〉이니 이런 것 했고, 또 기억에 있는 게 소설은 하디(Thomas Hardy)의 《테스(Tess of the d'Urbervills)》와 《무명의 주드(Jude the Obscure)》를 한 것 같고. 그리고 스콧(Walter Scott)의 《미들로시언의 중심(Heart of Midlothian)》이

라는 게 있어. 그건 보통 잘 안 하는데 그걸 했어.

석경징 : 이와나미에 번역된 게 있더군요. 그 시대에는 그게 많이
　　　　읽힌 모양이지요.

피천득 : 응. 뭐 그런 것들 했고 시는 그냥 뭐 앤솔로지(Anthology)
　　　　같은 것을 했지.

석경징 : 디킨즈(Charles Dickens)는 배우지 않으셨는지?

피천득 : 디킨즈? 디킨즈 것도 좀 했어. 《데이비드 카퍼필드(David
　　　　Copperfield)》하고 또 몇 있었어.

석경징 : 과제물, 이를테면 논문이나 페이퍼 같은 것은 어땠어요?

피천득 : 그런 건 굉장히 시켰지. 들볶는다 할 만큼. 그리고 영어를
　　　　일일이 고쳐주고 했는데, 그거 하나는 아주 열심히 해줬지.

석경징 : 학생이 소수이고 하니 밀도 높은 수업이었나 보군요.

피천득 : 다시 써오라고 해서 많이 고치고 했지. 난 졸업논문으로
　　　　예이츠(W. B. Yeats)를 했는데 선생이 자기가 전공한 게 아
　　　　니면 대강 영어나 고쳐주었어. 그때 페이퍼를 어떻게나
　　　　많이 쓰게 하고 고쳐주고 했는지…… 여기서는 그렇게
　　　　못하지. 학생이 하도 많아서 도저히 못하지. 그래서 지
　　　　금도 여기 손가락에 굳은 살 박인 곳이 아직 있는데.

석경징 : 아, 그렇군요. 연필을 많이 사용하셔서 그렇죠?

피천득 : 그래, 그때만 해도 타자기 같은 것도 없고.

석경징 : 영문학과에서 어학도 배우셨습니까?
피천득 : 어학은 별로 듣지를 못했어요.

석경징 : 영어사라든지 문헌학적인 연구는 어땠나요?
피천득 : 그런 것들은 배운 기억이 없어요. 거기서 그런 것들은
별로 중요시하지 않았어요. 자기네들이 할 수 없어서 그
랬는지 아무튼 별로 하지 않은 것 같아요. 교수들이 미
국 사람이었고, 사실은 침례교회에서 맡아 한 거야.

석경징 : 상해에서 대학을 마치고 바로 귀국을 하셨습니까? 그 사
이에 금강산에도 다녀오셨다고 했는데.
피천득 : 그게 어떻게 된 건고 하니 졸업하기 전에 상해사변이라
는 게 났어요. 그래서 상해로 금방 돌아갈 수도 없는 형
편이었어. 그때는 금강산을 자유롭게 다닐 때니까 금강
산엘 들어갔어. 금강산에는 여러 번 갔어. 정말 공기가
좋습디다. 내금강엘 내가 죽 다녔는데 ―이다음에 남북
통일 되면 가보시겠지만― 외금강은 남성적입니다. 그
리고 내금강은 여성적이에요. 외국 것에다 비하면 외금
강도 남성적이다 여성적이다 할 것 없지만 그래도 금강
산 그 자체로 생각하면 그래요. 내금강은 절이 많아요.
기차 정거장에서 제일 가까운 곳으로 치면 장안사가 있
고 만폭동이라는 계곡이 있어. 그 계곡을 따라 올라가면

마하연이니 무슨 절들이 아주 많아요. 그 골짜기에 한번 올라갔다 오면 재미도 있고 아름답고. 글쎄, 그때가 언제인지 몰라. 내가 졸업을 했을 땐지. 아무튼 봄에 가서 그 이듬해 봄에 금강산을 나왔거든요. 그때 일본 전쟁이 그렇게 심하지는 않았지만, 우리나라의 희망이 적은 것 같기도 하고 아마 그런 생각이 들었을 거야. 그래서 거기서 눌러살 작정을 했어. 당시 고아였거든요. 가족은 없고, 돈은 약간 남았고. 그래서 거기에 묻혀 살면 좋겠다 싶어서 일 년 있는 동안에 불경을 공부했어요. 거기 장안사에 상월이라고 조실 스님이 있었어요. 그런데 그이가 아주 꼬장꼬장하고 맑은 그런 스님이에요. 그이한테서 유마경이니 법화경이니 이런 경전을 좀 배웠어요. 그이가 정성껏 가르쳐 주었어요. 그래서 웬만하면 거기에 있으려고 했지. 그런데 정나미가 떨어진 것이, 불교계에서 뭐라 할지 모르지만 내가 가서 불경에 대해 말씀 좀 들으러 왔다고 하니깐 그때 계시던 아주 유명한 스님 한 분의 첫마디가 "당신, 요시찰 대상이라 피해 다니는 것 아니오"였어. 그리고 그분은 자의인지 타의인지 모르겠지만 불단에 '천황 폐하 성수 만세'라고 뭐 그렇게 해놓았어.

석경징 : 그때는 다 그랬을 겁니다.
피천득 : 하도 신경들이 예민하니깐. 아무튼 이래저래 나도 좀 역정이 났거든. 그래서 도로 왔죠.

석경징 : 처음에 상과에 계셨다가 영문과로 옮겼다고 하셨는데 그때 어떤 마음을 가지고 어떤 의도에서 영문과로 옮기셨습니까?

피천득 : 좌우간 첫째 내 기질이 맞질 않았어. 난 지금도 장부 같은 것 —그때는 좀 배우고 했는데— 그런 것도 마음에 안 맞고. 장사한다는 건 그건 돈 이야기 아네요? 그런데 내 기질엔 맞질 않아. 더 얼마나 살 세상이라고 나 하고 싶은 것이 좋겠다 싶었지.

석경징 : 호강대학에 영문과 말고도 다른 외국 문학과가 있었습니까?

피천득 : 다른 과들은 있었지. 그러나 일본문학과는 없었어. 일본하고 그 학교하고는 아주 상극이었어. 거기 총장이 처음에는 미국 사람이었지만 장개석 정권이 들어선 뒤로 중국 사람이 해야 된다고 해서 중국인으로 바뀌었지. 물론 미국 교육을 받은 사람이지만. 그런데 그 사람이 총에 맞아 죽었는데 일본 사람이 쏘지 않았느냐 그런 얘기도 있었어. 장개석이 정권을 잡은 뒤에도 내가 거기 있었는데 장개석은 일본서 사관학교에 다녔어. 돌아가서 젊은 장교들을 양성하고 그랬지. 장개석에 대한 학생들의 충성심이랄까 존경심이 참 굉장합니다. 장개석 이름이 나오면 기립을 해요.

석경징 : 앉아 있다가요?

피천득 : 그렇지, 앉아 있다가. 그건 참 우리가 생각했던 것보다 더했지. 그리고 장개석이 서안에 한번 붙들려 간 적이 있었는데, 그가 풀려 나오자 그날 학교 안에서 폭죽이 터지고 야단들이었지. 그러니까 장개석에 대한 존경심이란 건 말할 수 없었어요. 그런데 자꾸 세력이 생기고 돈이 있고 그러니 절강재벌집하고 결혼하고 그랬지.

석경징 : 상해에 계실 때 임시정부가 있었고, 도산 선생이 계셨죠? 도산 선생을 존경하셨던 것 같은데요.

피천득 : 예, 그때 상해에는 외국인 거류지로 조계라는 게 있었죠. 공동 조계, 불란서 조계 등이 있었는데 임시정부는 불란서 조계 안에 있었습니다. 그래서 임시정부를 끝까지 돌봐주었지요. 일본이 불란서 조계 안에 들어올 때까지. 그리고 공동 조계 안에 일본인 구역이 있었고 그 안에 우치야마(內山)라는 서점이 있었죠. 그 2층에 노신(루쉰, 魯迅)이 머물러 있던 곳이 있었죠. 내가 상해에 있었던 일 중에 몹시 안타까운 일 가운데 하나는 왜 그때 노신을 만나보지 않았나 하는 거예요.

그런데 도산 선생은 상해에서 대개 이 주일에 한번은 찾아뵙고 했을 거예요. 도산 선생하고 그때 임시정부의 사이는…… 그때 도산 선생은 아주 낮은 서열로 만족하고 계시긴 했어. 사실 임시정부 때는 뭐라고 해야 할지. 처음부터 소급을 한다면 이런 얘기들이 있어요. 춘원의 얘기를 들은 것인데 ―춘원도 거기에 있었으니까― 도산 선생은 독립이 하루이틀에 될 일이 아니니, 우리가 지금 돈 좀 있고 할 때 조그만 집이라도 하나 장만하자는 그런 생각이셨죠. 그런데 거기 어떤 편들은 얼마 안 있으면 독립할 텐데 하는 생각에 집도 굉장한 것으로 세를 얻고 호화생활을 한 거지. 나중에는 관계를 별로 갖지 않으신 것 같아요. 김구 선생 이런 이는 행동파니까 제자도 양성을 하셨고 했지만, 윤봉길도 다 김구 선생 밑에서 나온 것 아네요? 김구 선생은 그처럼 적극적이셨던 데 비해 도산은 비교적 그러질 못했어. 그래서 오해도 받고 말썽도 있었고. 조그만 뜰이 있었는데 그 양반은 거기다가 꽃을 심고 하는 타입이거든. 나쁘게 보자면 혁명가가 그래서야 되겠는가 할 것 아네요? 그런데 도산은 스무 살 때부터 굉장한 사람이었습니다. 그러니까 타고나는 것 같아. 스무 살 때 벌써 사회지도자였어. 대동강 무슨 연설이라고 있었는데 그게 스무 살에 한 것이지. 돌아가신 것도 쉰아홉인가 예순 되기 전인데 지금까지도 그이를 존경하는 사람들이 많거든. 그런데 비교적 온건파라고 할지 그런 타입이죠. 인자하셨어. 보통 위인이라는 이들은 이상스런 데가 있거든요. 위인적인 데가 뭐 있거든. 그렇지만 도산 선생은 성질도 과단한 데가 있고 또 강한 데도 있었지만 비교적 인자하고 목소리가 우렁차면서도 날카롭지가 않고, 자기를 따르는 사람들을 따뜻하게 포용하는 그런 지도자였어요. 개인적인 얘기지만, 내가 한번은 병이 들었을 때, 기숙사에는 나를 돌봐줄 사람이 없어서 도산 선생이 나를 요양원에 입원시켜주셨지. 그땐 추울 땐데 아침이면 내 병문안을 오세요.

석경징 : 혹시 말씀하신 연설회가 만민공동회 연설 아니었습니까?

피천득 : 예, 아무튼 유명한 연설이었습니다. 대동강 연설이란 게. 그런데 그 양반이 아침이면 문안을 와주셨어. 딴 얘기지만 간호원이 한 명 있었는데, 사람이 아프고 그럴 때는 정이 굉장히 갑디다. 더군다나 한국 여자고 그러니까. 그 여자의 이름이 유순이라고 그랬어요. 내가 그 얘기를 왜 하는고 하니 춘원의 소설에 《흙》이라는 게 있거든. 그 《흙》의 여주인공 이름이 유순이거든. 춘원이 그 소설을 쓸 때 내가 그의 집에 있었는데 춘원이 주인공 이름을 뭘 하나 그래요. 그래서 그 간호원 생각을 하고서는 유순이라고 하십시오 그랬지. 그래서 그 여주인공 이름이 유순이가 됐지.

석경징 : 그랬군요.

피천득 : 뭐 그냥 일화지만.

석경징 : 도산 선생하고는 정기적으로 만나셨다는데 혹시 흥사단에 가입하셨습니까?

피천득 : 나는 지금도 흥사단이죠. 지금은 충실치 않지만. 그런데 그분이 본국에 와서 돌아가셨어요. 종합병원에서 돌

아가셨는데 도산 선생의 친가족 외에는 딱 한 사람만 장
례식에 입장을 허락했어. 유상규라고 도산의 주치의가
있었지. 외부 사람으로는 그 사람만 허락을 하고 아무도
오질 못하게 한 거지. 그래도 내가 장례식 날 어떻게 해
서든 참석했어야 하는 건데 나도 겁쟁이라 할까. 예수를
모른다고 한 베드로보다도 부끄러운 일이라 생각했지
만…… 그래서 난 장례식에 참석하질 못했어요.

## 해방 전의 거취와 해방 후 서울대 예과 시절

석경징 : 학업을 마치고 해방될 때까지는 선생님으로서는 이를테
면 공백기였는데…….

피천득 : 예. 공백기간이었죠. 상해에서는 사람들과 어울려서 돈
도 많이 쓰고 그랬어요. 부잣집 아이들하고. 그때는 돈
에 대한 관심도 적었어. 한국에 와서는 돈고생이 시작됐
지. 텍사스 석유회사 서울지점이 있었어요. 일본 사람이
매니저였는데 거기를 석 달 동안이나 다녔어. 하도 참
기 어려운 곳을 다녔으니까 '석 달 동안이나'지. 일본인
이 한국 사람 대우를 형편없이 했어. 말투라든지…… 영
어로 편지 쓰는 것 때문에 들어갔는데 그 일본 지점장이
번역할 것들을 내 앞에 던지고 가고 그래서 견딜 수가 있
어야지. 월터 드 라 메어(Walter John de la Mare)가 석유회
사를 다닌 적이 있거든요. 그를 생각하면서 참고 다니다
가 나중엔 화가 나서 굶어 죽으면 죽었지 그 사람 꼴은

못 보겠다고 하면서 그만두었어. 거길 그만두고 들어간 데가 아마 학원일 거야. 협성실업학교에서 하는 학원이었지. 일본인들이 난 사상이 나쁘다고 학교 선생 허가는 안 해주었거든요.

석경징 : 사상이 나쁘다는 건 상해에서 공부를 했다는 건가요?

피천득 : 그렇지. 또 홍사단원이고 뭐 이런 거 저런 거로 해서. 그 래서 영어 선생 노릇도 할 수 없었어. 거기는 학원이니까 다녔지. 전에 상과를 조금 다닌 덕분에 부기 같은 것을 조금 아니까 아이들에게 그런 것을 가르쳤어요. 그러면서 연명을 했지. 그러다 학원도 일본 사람들이 다들 그만두라고 해서 그것도 그만두게 되었어요.

석경징 : 당시가 전쟁 말기였죠?

피천득 : 예, 말기죠. 그래가지고는 징용도 가야 되고 먹을 것도 없고 이런 형편이었지. 그런데 태릉에 경성제국대학 이공학부가 있었는데, 친구 하나가 거기 근처 신곡동이라는 데 역장(驛長)으로 있었어요. 내 사정 얘기를 그 친구에게 했더니 그러면 내가 영어도 알고 그러니까 이 대학에 도서실이 있는데, 다 징용 가고 일본 사람들이 군대에 가고 해서 카탈로그를 영어로 만들 사람이 없는 모양이니 그것 혹시 한번 해보지 않겠느냐고 그래. 그러고서는 거기 이공학부 부장이 있었는데 ―지금으로 치면 단과대학 학장이지― 그 사람에게 부탁을 했거든. 그 사람

이 기차를 타면 꼭 역장을 만나게 된다니까. 거기서 이 친구가 자꾸 물어보거든. 그러니 성가셔서 그러면 어디 보자고 그래. 저희도 조금은 필요했던 모양이야. 영어로 카탈로그 같은 것도 만들고…… 그래서 임시 고원으로 취직을 했어요.

그런데 거기 다닐 때 머리 빡빡 깎고 또 각반이라는 게 있어. 그것을 차고 국민복이라는 것을 입고 아침이면 거기를 갔어. 각반 찰 때 내가 여러 번 울었어. 그렇지만 어떻게 할 수 있나. 그래서 해방되던 날까지 다녔지. 일본 황제가 항복하는 소리를 거기서 들었지. 강당에 모이라고 그러더군. 강당엘 갔는데 일본인 여자아이들은 그때부터 울기를 시작하는데 이미 소식 듣고 다 알고 있었던 거지. 나는 이 사람들이 왜 우나 그랬지. 이제 일본이 망하긴 망하는구나 싶더군. 그래서 그날 집으로 와서 그놈의 학교 안 간다 굶어 죽어도 안 간다 그랬지. 그때 집에서 뭘 팔아먹었는지 그럭저럭 지냈어.

그리고 미군이 언제 들어왔느냐 하면 9월 초쯤 들어왔습니다. 그리고 군정이 되었죠. 그때 하지(John R. Hodge) 준장이라는 이가 전체 사령관이었고 러치(A. L. Lerch)라는 사람이 행정관이었어요. 나는 집구석에서 야단났어요. 먹고 살 것은 없고 그러고 있는데 오천석 씨가 아침에 찾아왔단 말야. 나중에 문교부 장관도 하고 그랬지. 날보고 부탁이 있어 왔다고 해요, 미국 가서 공부한 사람들이 접시나 씻고 고학들을 해서 그런지 공문을 제대로 쓰는 이

가 별로 없으니 와서 좀 도와줬으면 좋겠다고 합디다. 나
야 지금 할 것도 없고 굶어 죽게 된 판인데 얼씨구나 할
거 아녜요? 아, 그러자고 그랬죠. 그래서 군정청에 우선
한 달 가 있다고 그랬어요, 그런데 또 운 좋게 되느라
고 그때 라카드(Earl N. Lockard)라는 사람이 문교장관이었
는데 ―그때는 일제 때 그대로 학무국장이라고 그랬어요
― 그이의 보좌역 같은 것도 했죠. 그때 얘기는 참 재미
있는 것이 많습니다. 하여간 영어 표현께나 하는 사람들
은 그때 죄 돈들 잡았어요. 못하는 놈들이 더 잡았지. 그
MP라고 헌병 따라다니면서 일본 적산가옥도 싸게 사고
일본 사람들 물건을 뺏기도 하고 뭐 안한 짓들이 있나.
그런데 문교장관 하던 이가 시카고대학의 영문과 교수였
어요.

석경징 : 리카드 말씀입니까?

피천득 : 예, 그것도 나한테는 운이 아주 좋았던 거야. 나한테도
　　　　호의를 갖고 그래서 거기서 한 달 동안 일을 했지. 그때
　　　　재미있는 일이 있었지. 이인수 선생이 고려대학에 있었
　　　　어요.

석경징 : 해방 전부터요?

피천득 : 해방 전에는 중앙학교 있다가 해방되면서 고려대학에
　　　　갔죠. 그러고는 그때 서울대학 강사로 나가시고 했지.
　　　　그런데 이인수 선생은 제대로 영어 공부를 한 사람이야.

이인수 선생은 집이 그다지 넉넉지 않아서 그랬는지, 일
제 때 경기상업학교에 들어가서 공부를 했는데 운 좋게
1학년 때 블라이스(R. H. Blyth) 부인이 경기상업학교에서
영어를 가르쳤어요. 그리고 경성제대 예과에서 가르쳤
고. 그런데 이인수가 참하고 하니까 —생긴 게 똑똑하게
생겼지. 사람도 똑똑하고— 그 부인이 자기 집에 와 있
게 했어. 정통 영어를 그이한테서 어렸을 때부터 배웠으
니 뭐 생활같이 돼버렸지. 아마 그 부인이 이인수 씨를
데리고 영국으로 갔을 거야. 그래서 우리나라 사람으로
학부를 제대로 한 사람은 이인수 선생밖에 없을걸. 당시
영국에서 런던 대학을 좋은 성적으로 마쳤을 거야. 그런
데 체임버스(Chambers)라고, 사전 편찬도 했던 이가 이인
수 씨가 한국 돌아온다니까 소개장을 써주었는데 —나
도 직접 봤는데— 거기다 뭐라고 썼는고 하니, 자기가 믿
기에 극동에는 이만큼 영어를 할 수 있는 사람이 없을 거
라고 했지. 아무튼 그만큼 이인수가 영어를 잘했어. 그
이야말로 참 아까운 사람이야, 너무 영어를 잘한 분이 돌
아가신 거야. 미국 사람은 살리려 들었어.

석경징 : 당시 영자 신문에 기고를 정기적으로 썼다가 밉보였다
고 들었습니다. 영어로 쓴 그때 신문에서.
피천득 : 이인수 선생은 정지용, 김동석 등과 사귀었죠. 그런데
어쩌다가 이인수 선생이 나하고 굉장히 친하게 되었지.
교과서도 나하고 같이 하게 되었어요. 이인수 선생이 영

어를 원체 잘하니까 중학교 교과서를 맡았고 ―중학교 교과서가 어려웠거든― 나는 고등학교 교과서를 맡아 했어. 그때 아무 일도 없었더라면 돈 좀 벌었을 거야. 아무튼 그런 일이 있었어요. 그이하고 나하고는 가까운 사이였지.

석경징 : 그리고 그 시기가 지난 다음에 서울대학 예과가 시작되었죠?

피천득 : 음, 그런데 그 예과는 어떻게 그렇게 일찍 시작되었는지 참 알 수가 없어. 미군이 9월 초순쯤 들어왔는데 예과 개학을 10월 2일에 했어요. 그리고 일본이 망했으니 제국대학의 전통이니 제국대학이라는 말이 없어져야 했을 텐데. 그런데 현상윤 선생님은 무슨 생각을 가지셨는지 이 대학을 일본의 제일고등학교처럼 만들어 놓겠다고 하셨어. 그러고서는 당신이 초대 예과부장이 되셨는데 일본이 다 망해서 그게 없어졌는데 왜 무슨 법에 의해서 그걸 일본 제일고등학교처럼 만든다는 생각을 가지셨는지 난 모르겠어. 그 양반이 와세다에서 사학을 하셨을 겁니다. 내가 알기로는. 아무튼 그 양반이 예과부장이 되셨습니다. 그러고는 그이가 처음 채용한 사람이 채관석 선생이라고, 영어 선생으로 채용했지. 그런데 채관석 선생은 내 직접 선생은 아니지만 이종수 선생 때문에 같이 있기도 하고 그래서 나도 영어로 뭐 읽고 한 그런 과거가 있어요. 채관석 선생이 거기 교무과장으로 가고

또 영어 선생이고 해서…… 그리고 현 선생님은 문교부에서 날 만나 아시고 나보고 영어 선생으로 오라고 하셨지. 그때 한국 사람이 예과 교수라는 것, 당시로는 꿈에도 생각 못할 일 아녜요?

석경징 : 해방 전에 이공학부에 계시긴 했잖아요?

피천득 : 이공학부 임시고원을 했는데 아, 예과에 교수로 오라니. 그래, 다 제쳐놓고 갔지. 리카드 국장은 예과가 좋은 학교라고 말들은 하지만 지금 자기가 우리나라의 교육 정책을 새로 만들고 있는데, 내가 그걸 다 버리고 거기엘 간다는 걸 옳지 않게 생각해서 아, 말도 안 된다고, 자기하고 같이 있자고 했지. 그래도 난 간다고 했지. 그래서 문교부 일을 한 달쯤 봐준 셈이 되었지. 한 달 봐주는 데도 뭐 어떤 놈들이 죄, 지금으로 치면 뇌물을 가져오고, 일본인들이 하다 그만둔 학교들을 맡게 해달라고 그러고, 별별 청탁이 다 많았어. 영어 하면서 종잇장 하나 부정하게 받지 않은 사람은 나라고 어떤 사람이 그랬지. 아무튼 다 그만두고 예과에 갔어, 내 일생에 제일 행복한 시절이 그 예과 일년이었어. 그때도 월급은 많지 않고 그랬지만. 가르치러 들어갔을 때 학생들이 옷은 아주 남루하게 입었지만 눈빛을 보든지 뭘 하는 걸 보든지 아주 똑똑했어. 그때 학생이 처음에는 얼마 안 됐어요. 일본에서 고등학교 다니던 아이들, 또 여기서 예과 다니던 아이들, 그런 애들만 해서 몇 명을 만들고 그 다음해 4월

에 신입생 모집할 때 50명씩 여섯 반을 만들었어. 여학생은 경기여고 졸업생이 40명이나 입학시험을 치렀는데 한 아이도 안 됐어.

석경징 : 지원을 40명이나 했는데요?

피천득 : 그러니까 일본 사람들이 아마 여자들 교육을 별로 시키지 않은 것 같고 영어 같은 것은 더구나 그랬던 모양이야. 그때는 반에 들어갈 때 허리띠를 다시 매고 들어갔어. 그놈들이 무슨 질문을 할지도 모르고 어떻게나 똑똑하던지.

석경징 : 그때 예과 학생으로 어떤 분들이 있었습니까?

피천득 : 천관우라고, 또 한형주라고 있었고. 그런 이가 내 첫 제자 중 하나지. 한형주는 의과를 했고 방송극 쓰는 한운사도 있었는데 그이가 졸업을 했는지 안 했는지는 모르겠지만 예과를 다녔지.

석경징 : 예과는 일 년을 하셨어요?

피천득 : 예과 선생 노릇을 일 년 반, 근 이 년 했지. 그 다음해에는 4월에 입학시험을 치렀다고 내가 그랬죠? 그래가지고는 이제 국대안 반대가 일어난 거지. 그런데 현상윤 선생이 그걸 어떻게 생각하셨는지 몰라. 일본제도는 다 깨졌는데 자기는 예과를 고집을 했거든. 그리고 현상윤 선생이 고대 총장으로 가셨는데 왜 가신고 하니 김성수

선생이 고대 총장으로 계시다가 정계로 들어갔거든. 그러니까 나중에 부통령까지 하셨지.

석경징 : 예과에서는 교재를 무엇으로 쓰셨습니까?

피천득 : 아 그것도 참 재미있는 얘기지. 예과에 이제 선생으로 갔는데 뭘 가르쳐야 할지 정해지지도 않았어. 도서관에 들어가보니까 램(Charles Lamb)의 《셰익스피어 이야기들 (*Tales from Shakespeare*)》이 있더라고. 아무튼 내 눈에 띈 게 그거야. 그리고 조선인쇄회사라는 데가 있었어요. 거기서 일제 때 일본 교과서도 찍고, 돈도 찍고 그랬어요. 지금은 미국 가 있는 사람이 그걸 맡아가지고 있었어. 그 사람보고 이걸 어떻게 찍어줄 수 있느냐고 그랬더니, 아 찍어드리지요 그래. 그래서 《셰익스피어 이야기들》을 학생들에게 가르쳤어. 그런데 예과에서 그걸 쓴다니까 서울의 학교에서 죄다 그걸 쓰더군. 그때 그 사람은 그것 때문에 돈을 굉장히 벌었어.

석경징 : 많이 팔아서요?

피천득 : 그냥 종이만 대면 되는 거지. 인쇄소를 가지고 있는데. 그런데 그이가 그러면서도 나한테는 명함 하나 박아준 거야. 난 명함 써보지도 않았지만. 그런데 그걸 가르친 게 나로서는 이로운 점도 조금 있었어. 내용이 어려운 것도 아니었고.

석경징 : 그때 같이 계시던 분은?

피천득 : 영어는 채관석 선생이 있었고 우형규란 이가 나중에 왔
고 또 이인수 선생이 강사로 나와줬는지 그랬을 거야.
그리고 전제옥 선생도 왔지. 그러니까 그 다음해에는 삼
백 명을 모집을 했으니 선생이 모자랐거든요. 전제옥 선
생이 일본 게이오에서 공부해서 전제옥 선생을 누군가
가 소개했어요.

석경징 : 그때 김동석 씨하고도 교류가 시작이 되었지요?

피천득 : 김동석은 우형규 선생과 아마 같이 경성대학을 다녔고
그 후에 무슨 잡지에 주간인가로 있었는데 아무튼 영어
로 뭘 좀 쓰기도 하고 아마 주로 영어로 썼을 거야. 이
인수 선생, 김동석, 정지용 뭐 그렇게들 했을 거야 아마.
아, 《상아탑》인가 아무튼지 그런 걸 낸 적이 있어요.

석경징 : 한국어 평론도 좀 쓰시고 영문학 논문도 몇 편 쓰고 그랬
죠.

피천득 : 김동석은 그랬지. 김동석은 대단히 재주가 있는 사람이
었어. 김동리와 논전을 한 적이 있죠.

석경징 : 선생님께서는 김동석이 했던 그 잡지하고 무슨 관련은
없으십니까?

피천득 : 글쎄, 뭘 좀 써주었던 것 같아요. 영어로 쓴 걸 주기도 한
것 같은데.

석경징 : 해방 후에 정지용 씨라든지 그런 문단 분들하고 교류가
　　　　많으셨죠?
피천득 : 그건 그냥 개인적인 교류였지.

석경징 : 그때는 해방 직후에 조선문학가동맹이라는 진보적인 색
　　　　채를 띤 문학단체가 생겼는데 거기 선생님 성함이 있어
　　　　서 좀 궁금하게 생각하고 있었습니다.
피천득 : 그것도 아마 김동석, 정지용 그런 사람들 때문에 그렇게
　　　　됐을 겁니다.

석경징 : 활동을 하신 건 아니고요?
피천득 : 글쎄, 난 쓴 건 별로 없을걸.

석경징 : 사료 같은 걸 보면 첫 모임 참석자 명단에 선생님 성함이
　　　　있어서요. 참석하셨을 때가 기억나시는지요?
피천득 : 그때 그이들하고 가까워서 그랬을 거야.

## 국대안 문제와 6·25 시절

석경징 : 국대안 얘기를 좀 했으면 하는데요. 국대안 반대 때 선
　　　　생님이 일단 학교를 그만두시지 않았어요, 예과를?
피천득 : 예, 그때 좌익 우익 싸움을 하지 않았어요? 그런데 그게
　　　　내 생각에는 이렇습니다. 법적으로는 일본이 망하였으
　　　　니 전부 해산이 되어야 할 텐데 어떻게 해서 소위 경성

대학에 입학했던 사람들은 그것이 자기네들의 특권이라 이렇게 생각했어요. 그래서는 심지어 의학전문학교도 우리 편 아니다, 우리하고는 다르다 이렇게 생각했거든. 더구나 음악대학이니 이런 것은 말할 것도 없고, 전에 치과니 약전이니 이런 것도 일본 사람들이 개인으로 하던 거였거든요. 그런 거를 미국 사람들은 일본 잔재는 다 없애고 새로 종합대학을 한다 이런 생각이고, 이 사람들은 옛날서부터 소위 정통파 대학에 어렵게 입학한 우리가 진짜다 이런 생각을 하더라고요. 문제는 거기서 난 건데, 난 양쪽에서 싸우는 것 다 귀찮고 어느 편을 들 수도 없고 해서 그만둔다고 사직을 했거든. 그런데 그땐 난 만용이라고 할까, 관사에서 쫓겨나면 집도 없고 아무것도 없었거든요. 아직은 그때 국대안이 성립이 되지 않았을 때예요. 학생들이 '마침내 양심적 교수 사퇴' 그랬어요. 그때 채관석 선생이 우리 예과부장을 하다 성균관대학에 갔는데, 그 이유는 일본서 졸업한 이들이 사실은 푸대접을 했거든.

석경징 : 동경제대 졸업한 사람들이요?

피천득 : 그렇지, 쉽게 얘기하면. 아무튼 일본에서 제국대학 나온 사람들이. 그리고 장익봉 선생이라고 있어요. 이 양반은 희랍어나 라틴어 이런 거나 가르치게 하고 영문과 과목은 주지도 않았어요. 그래서 그 양반도 서울대학 그만두고 성균관대학으로 갔지. 그때도 아직 예과는 있었고,

국대안은 아직 실현이 안 됐을 때야. 그런데 난 사퇴를 했는데, 국대안 성립이 될 때까지도 유보가 되었어요. 그런데 이제 국대안이 되고 장리욱 선생이 학장이 되었어요. 나중에 총장도 되신 분인데, 장리욱 선생은 흥사단 관계로 나하고 가까웠거든. 장리욱 선생이 나보고 한번 만나자고 그러더니 "여보 이제 국대안은 된 것 아니오" 그러더군. "그런데 어떻게 되어서인지 피 선생의 사직서가 아직도 접수가 안 되었소. 그러니 이왕이면 사범대학으로 오시오" 그러잖아. 그래서 생활도 형편없고 장리욱 선생이 자꾸 그러니까 "그럼 가죠" 그러고는 사범대학에 갔어요. 그래서 사범대학 선생 노릇이 시작된 거죠. 그런데 사범대학에 가보니깐 선생도 없고 형편없었어요. 그리고 교무과장이라고 이종수 선생이 맡았는데, 이 양반은 행정관 일을 오래 하셨지. 그때에 최규하 씨가 강사로 나오고 있었어. 동경고등 사범 출신이지.

석경징 : 6·25 때는 부산에 계셨습니까?

피천득 : 아니, 6·25 때는 서울에 있었죠. 학교에 나오라고 그러대. 나오라 해서 나갔는데, 그것 때문에 내가 문제가 많았지.

석경징 : 여름이니 수업은 없었을 텐데요.

피천득 : 공부는 없었어. 그 대신 데모들 하고 그랬지 뭐. 그래도 아무튼 학교를 나갔으니까 부역을 한 거지. 그러고는 수

복하질 않았어? 그래서 나는 부역으로 몰린 것 아니오?

석경징 : 그때 학교에 나가신 분이 여러 분 계셨을 텐데요.

피천득 : 그랬지. 그러나 그 사람들은 또 대부분 이북으로 갔어요. 이북 가서 교양을 받게 하느라고 죄다 보냈지. 그리고 안 가면 이상스럽게 보니까. 가서 한 달 동안이라나 뭐라나 뭘 받는다는 게 아주 영원히 가게 된 거지. 그렇게 갔거든. 그런데 난 또 이상스럽게 안 가게 된 게 ─나도 사실은 갈 수밖에 없었는데─ 우리 서영이라는 아이와 수영이가 내가 가면 못 올 것 같은 그런 생각이 있었는지 울면서 "아빠 간다, 간다" 그런단 말야. 사실은 옷을 다 입고 그랬지만, 난 마음이 약하잖아. 그래서 안 간들 저희들이 어쩌겠냐 싶어 안 가기로 작정했어. 그것 때문에 나중에 미움을 받게 되었지만. 저 사람들이 보기에는 배신으로 보였겠지. 그리고 수복이 되었는데 내가 부역한 셈이었잖아. 그래도 날 가두지는 않았어. 파면을 시켰어. 꼭 나를 위해서는 아니지만 ─나 같은 경우가 있을 거 아니오─ 오천석이 옹호해주는 말이 뭐냐 하면 "학자 하나를 양성하려 하면 한두 해 되는 건 아니다. 그러니 큰 죄를 짓지 않은 사람은 용서해주는 것이 마땅하다"고 했죠. 내가 거기 해당이 되어서 파면이 취소가 된 거지.

오히려 그게 잘된 거지. 그리고 일사후퇴가 되었단 말야. 그래서 피난 가게 되었는데 전에 밀린 월급을 ─복권이 되었으니— 한꺼번에 준단 말야. 피난 갈 돈도 없는데 돈이 한꺼번에 생겼거든. 그래서 피난을 가게 되었지. 내려갈 때의 에피소드들이 있는데. 어떻게 된 건고 하니 맨처음 서울은 괜찮다 그랬다고. 그땐 기차 꼭대기에도 타고 뭐 별별 일들을 다 겪으며 가지 않았어? 그런데 나는 기차도 타지 않고 서울까지 밀리기 전에 성환이라는 데까지 가서 거기서 좀 있었어. 성환에 있을 때, 내 영어 덕을 좀 봤지. 내가 헌 가방이 하나 있었지. 성환에서 그 가방을 이렇게 들고서는 어린애들하고 지나가고 있었는데, 거기 영국 부대가 주둔을 하고 있었어. 그 영국 부대원들이 내가 아이들 데리고 지나가는 걸 보고 뭐라 하는고 하니— 가방을 이렇게 들고 가니까— "Hey, the Chancellor of the Exchequer." 뭐 이런단 말이야. 재무장관이란 말이지. 가방을 들고 가니까 나를 놀리느라고 그래서 내가 "Yes, I am." 그랬다고. 그랬더니 날 불러서 몇 마디 얘기를 했어. 그런데 내가 영어도 잘하고 하니 이상스럽단 말야. 그래서 우리 아이한테 초콜릿이니 하는 것들을 줬어. 그리고 나중에 저희들이 왔어. 심심한지 얘기도 하고 그럴려고. 그리고 곧 밀리기 시작했지. 그래서 이거 야단났단 말야. 나는 운송수단도 아무것도 없고. 애초부터 더 내려갔으면 좀 나았을 텐데. 기차 꼭대기에 타든지 해서. 그런데 그 부대원이 자기가 어떻게 해준다고 그러잖아. 그러더니 우리나라 군대 차가— 버스 같은 게— 가니깐 스톱을 시켜. 영어 덕을 그때 봤다니까. 그러더니 이 아이들하고 이 사람 태우라고 그때만 해도 미군이 시키니 태워주는 수밖에 없잖아. 그래서 그걸 타고서는 갔지. 그런데 이 차가 대전까지도 못 가서 내리라고 해요. 그래서 오도 가도 못하게 되었어. 그런데 그때— 전에 여기 인천에도 있었는데— 공보원인가 그 USIS인가의 차가 지나간단 말야. 그래서 그 차가 지나가기 전에 내가 거기 헌병 보고 얘기했어. 그러자 그 헌병이 내가 굉장한 인물인 줄로만 알아. 그래가지고는 그 차를 세워서 이들을 좀 보내주라고 그랬어. 그래서 그 차에— 뒤에 트레일러인지 뭔지 싣고 가대— 미국 군인 애들하고 같이 탔지. 그런 때 사고가 안 난 게 이상스러워. 아마 천명인가 봐. 그래 그걸 타고 대전까지 갔어.

석경징 : 영문학 공부하시고 영어 덕을 처음으로 보셨군요.

피천득 : 그때부터는 이제 살게 된 거지. 대전에서 사람들이 많이 내렸어. 서대전에 성결교회라고 있었는데, 거기 목사 댁에 가서 있게 되지 않았어. 내가 영어 선생이라고 소문이 났는지 성결교회의 목사가 날 보고서는 자기네들이 목사인데 만약에 인민군한테 걸리면 죄 죽일 거라고 RTO에 가서 말을 해서 어떻게 교섭을 좀 해보라고 그래. "목사들은 구제를 해야 된다" 이런 식으로. 그래서 그거야 못하겠느냐고 하면서 갔는데 RTO의 우두머리가 아주 독실한 기독교 신자야. 어떤 때는 빈 차가 가는 수도 있대. 부산으로. 그런데 그때 연락을 자주 하면 보

내준다고. 그래서 내가 목사들은 먼저 떠나야 한다고 했지. 그리고 나는 목사도 아니고 그냥 이런 얘길 좀 해달라고 해서 온 거라고 했어. 그러니까 아 물론 너희 가족은 해준다고 그랬어. 영어 덕을 본 거지. 그게 소문이 났어. 그 다음부터는 대우가 아주 달라졌어. 그 교회에 오는 한국사람들은 자기 집에 와 있으라고 야단들이고 인삼도 가져오고 —난 그런 것 안 받았지만— 뭐 대우가 굉장했어. 나는 "목사와 그 가족만 태운다는 조건으로 이미 약속을 했다. 그러니까 이런 것 가져와도 받지도 않을 뿐 아니라 당신네들은 어떡할 도리가 없다"고 했지. 지금 생각하면 내가 괜히 그런 거야. 그 차가 상당히 비어서 갔으니 그냥 태워도 되는 건데. 내가 너무 고지식해서. 그래서 내가 수시로 들르니깐 오늘 차가 있을 것 같다고 준비들 하라고 해. 그 차를 타고 부산까지 가는 거지. 찬미들을 하고 야단났지. 성결교회 그 사람들 중에 누구 살아 있으면 아마 지금 날 기억하는 사람들이 있을 거야. 나한테 대접을 굉장히 했어. 그래서 부산까지 무사히 간 거지. 지금 생각하면 내가 영어 덕을 일생에 몇 번 봤어요.

석경징 : 해방 후 문리과 대학에 대해서는 교과과정이라던지 무엇을 가르쳤는지에 대해 이미 딴 분의 말씀이 있었는데요, 사범대학에서는 무엇을 가르쳤으며 당시 영문과가 어떻게 되어 있었는지에 대해서는 말씀해주신 분이 몇

안 됩니다.

피천득 : 아까 내가 말씀드린 것과 같이 내가 가보니깐 영문과가
부족한 게 많았어요. 그래서 서양 사람들을 좀 데려오
기도 했지만 그 사람들은 말하는 거나 좀 가르치고 작문
이나 가르쳤지, 영문학을 가르치는 사람 별로 없었어요.
차차 선생들 좀 데려와서 좀 나아졌지.


석경징 : 선생님께서 주로 시를 강의하셨죠? 그리고 영문학사
란 강의에서는 주로 짧은 작품들을 ―시를 중심으로―
저 위에서부터 20세기 엘리엇(T. S. Eliot)에 이르기까지
훑으셨는데, 지금 보면 노튼(Norton) 써베이 코스(Survey
Course) 같은 식이었는데요.

피천득 : 그랬을 거요. 나도 선생 노릇하면서 그런 것 공부한 거
야. 내가 보고 싶은 것들만 했지 그렇게 차례차례 보았
겠어요?


석경징 : 그리고 교재를 《*Treasury of Great Poems*》 같은 것으로 했
죠? 제가 다닐 때 그런 것 읽은 기억이 있는데.

피천득 : 뭐 그런 것 했을 거야.


석경징 : 문학사 강의로는 독특한 방법 같아요. 문학사가 참 강의
하기 어려운데, 주로 작품 강독을 하시면서 배경을 얘기
하시니까 자연히 실질적인 문학사 강의 비슷하게 된 것
같아요.

피천득 : 그냥 그래요. 선생 노릇하면서 나도 공부가 되었을 거
야.

석경징 : 그리고 사범대학에 몇 년 계시다가 하버드(Harvard
University)에 가시질 않았어요? 풀브라이트(Fulbright) 전신
인 스미스 먼트(Smith Mundt)에 의해서요. 거기서는 생활
이 어떠셨어요?

피천득 : 하버드에 간 거는 돈은 조금 받았지만, 다른 사람들보다
잘된 거야.

석경징 : 무슨 과목을 들으셨어요?

피천득 : 하워드 존스라는 사람이 있었어요. 그 사람에게 미국 문
학 듣고, 그이가 로버트 프로스트(Robert Frost)하고 친구
예요.

석경징 : 그래서 프로스트를 만나셨어요?

피천득 : 예, 하워드 존스의 집에서 크리스마스 때 만났죠. 나한
테 아주 잘해주었어. 그이가 미국 문학의 권위자 같은데
그이를 알게 되고 또 그이가 프로스트와 친구고 그래서
크리스마스 때 자기 집으로 초대를 해서 로버트 프로스
트하고 그이하고 나하고 셋이서 밤새 얘기를 하고 그랬
어. 그때 내가 그 사람 시를 외다시피 하는 것이 몇 개 있
었고, 또 내가 〈가지 않은 길(The Road Not Taken)〉인가 하
는 그 사람 시를 우리나라 교과서에 번역해서 실은 일이

있어요. 그런 얘기를 하니까 프로스트가 나에게 호감을 가지게 되었어요. 그런데 그때는 케네디가 대통령이었을 땐데, 존스가 프로스트 보고 "너 텔레비전에 나가면 안 된다"고 몇 번이나 말했어요. "그러면 너의 가치가 폭락을 할 거다"고 했죠. 그런데 역시 매스컴을 타는 것이 유리한 점도 있는 모양이야. 프로스트가 그 말을 안 듣고 텔레비전에 나갔거든. 또 케네디 대통령의 취임 축하식에도 갔어요. 거기서 축시를 낭송하려고 하는데 바람이 불어서 그 축시가 달아났어요. 그래서 이 양반이 즉흥적으로 자기가 외웠던 시를 거기서 읽었어요. 그게 또 걸작이지. 보스턴을 떠날 때에도 프로스트가 자기 집에서 만나자고 해서 만났어. 미리 나와서 기다리고 있데. 그러더니 나를 껴안고 ─내가 몸이 작아서 그랬겠지만 ─ 아주 각별한 이별을 했어.

석경징 : 제가 입학했을 때 선생님께서는 하버드에 계셨고 한 학기 지나서 돌아오셨습니다. 그때 선생님께서는 그쪽 얘기를 하시느라고 강연을 하셨지요. 그때는 자루 같은 것에 ─지금으로는 쇼핑백 같은 건데─ 미국 학생들이 책을 넣어서 어깨에다 메고 다닌다고 그러셨어요. 이렇게 메고 다닌다고 연단 위에서 직접 예를 보이시던 기억이 납니다. 오신 다음에 소네트(Sonnet) 번역은 언제 하셨습니까? 그때 번역도 좀 하시고 글을 많이 쓰셨는데. 다작은 아니시지만 어쨌든 쓰신 글 가운데 상당 부분이 그 전

후에서 씌어진 것 같은데요.

피천득 : 그랬죠. 사실은 갔다 와서 많이 썼죠. 그전에도 조금은
　　　　 썼고. 내가 흙집에서 살았던 것 아시죠?

석경징 : 망원동인가, 참 이문동에 있는.

피천득 : 이문동 경희대학 있는데. 아무튼 그 집이 마당이 넓었
　　　　 어. 50평이나 되었거든. 그래서 내가 거기에 꽃을 심고
　　　　 했지. 〈도둑과 꽃씨〉라는 내 시가 거기서 나온 거야. 그
　　　　 집에 들기 전에 내가 집 고생을 굉장하게 했는데 예과 집
　　　　 도 뺏기고 또 이러저러해서 나중에는 성균관에 가서 살
　　　　 았어요. 성균관에서 특별대우를 해주어서 ―내가 거기
　　　　 강사로 나갔기 때문에― 성균관 동재, 서재라는 데서 ―
　　　　 전에 서생들이 살았던 데지― 거기 방을 하나 내주어서
　　　　 어린애들하고 거기서 살았거든. 꿈에 서생들이 나가라
　　　　 고 그러면 어떻게 하나 하고 꿈도 꾸고 그랬어. 집 고생
　　　　 은 그때부터 굉장히 했어. 다른 고생은 안 했는데 ―검
　　　　 소하게 사니깐― 집 때문에 고생을 굉장히 했어.
　　　　 그리고 내가 일생에 홈런 한 번 쳤다는 게 그 다음 얘기
　　　　 야. 그 당시에 민주당 내각이 있었잖아요. 그때 4·19 나
　　　　 고 또 5·16이 되어서 박정희 정권이 들어서고 했는데,
　　　　 4·19 때는 내각이 전부 흥사단 내각이라 할 만했거든요.
　　　　 그때는 오천석이 문교부 장관도 하고 또 그때 박순천이
　　　　 란 이도 민주당이었거든요. 그래서 내 홈런 쳤다는 게 뭘
　　　　 고 하니 그 양반들이 ―특권이라고 할까― 아무튼 망원

동 그 일대를 싸게 얻었어요. 그래가지고는 십몇 년에 조금씩 갚아가게 어떻게 만들어 놨어. 그리고 5·16이 되어서 이 사람들이 쫓겨나게 되었지. 민주당이. 그러니까 박순천 씨가 날 보고서는 여기 집 싼 게 있는데, 15년인지 해서 조금씩 물어나가고 하면 되는 건데 나보고 여기 오라고 해.

석경징 : 그래서 거기 가셨군요.
피천득 : 그런데 땅이 어떻게 진지. 그래서 여기는 여편네 없이는 살아도 장화 없이는 못 산다고 아무튼 진탕이야. 그리고 버스가 15분에 한 대씩, 30분에 한 대씩도 오고 멋대로야. 그래 싸다고 하니 그리로 갔죠. 그게 발전이 되어서 지금은 더할 거야. 그때는 내가 라일락도 집에 심고 괜찮았었지. 집은 그다지 좋지 않았지만.

## 한국에서 영문학의 의의

석경징 : 선생님께서는 외국 문학 공부를 하셨고 또 여러 외국 문학 가운데 영문학을 하셨는데 저희들도 다 비슷한 경우이지만 한국 사람이 외국 문학을 하면 왜 하는 건지, 또 그 가운데 영문학을 한다는 건 무슨 의미가 있는 건지 그런 걸 좀 말씀해주십시오.
피천득 : 글쎄, 그건 늘 나도 생각을 하지만 정답이 없고 우리가 중학교 때부터 영어를 배우지 않았어요? 그러니까 영어

가 우리에게 제일 가까운 외국어이죠. 제2외국어가 있다 하지만 깊이 배우질 않으니 영어가 제일 가까운 건 사실이거든요. 그래서 영문학을 한 것도 다른 외국어 하는 것보다 편리하다고 할까 그렇게 자연적이라고 할까 난 그렇게 생각하는데. 영문학 하는걸.

석경징 : 그런데 개개인이 그런 걸 하는 것은 그 계기가 —상황이 그러하니— 자연스럽게 영문학을 하게 되었지만, 어쨌거나 왜 영문학을 하는 것이 특별한 의미를 갖는 건가 아니면 영문학이라도 좋고 불문학이라도 좋은데 왜 영문학인가 그런 생각들을 하게 되거든요. 확답은 없습니다만.

피천득 : 그런데 내가 보기에는 영문학이란 것이 풍부한 문학이라고 생각하거든요. 아주 풍부하기가 한정 없는. 다른 문학에 비해서도 난 그렇게 말할 수 있으리라 생각하는데. 우리가 영문학을 하게 된 것은 자연적으로 가까워서 했던 거라고 하더라도 영문학은 다른 나라 문학보다도 상당히 품위가 있고 또 질이나 양으로 보아 훌륭한 문학이라고 생각해. 나 개인적으로 봐서 영어가 친숙하여 영문학을 하게 된 것도 자연스러운 것이고 또 그 분야가 다양하고 질적으로도 좋고 해서 혹시 내가 다시 직업을 가지게 된다면, 통속적으로 말해서 다시 태어나서 뭘 한다고 하더라도 나는 영문학을 한다 해도 조금도 후회가 없을 거야. 난 그렇게 생각해.

석경징 : 선생님 영문학을 하시면서 한국 문학에 관계도 하시고 또 창작도 하셨는데 영문학 공부를 통해 도움을 많이 받으셨는지요?

피천득 : 나는 은연중에 많이 받았다고 생각해.

석경징 : 영문학 공부하신 그 당시에 정지용 시인과 친하셨고 또 영문학을 하신 여러 분들이 계시는데 그분들에 대해서 말씀해주십시오. 영문학과 관련지어 말씀하실 것이 혹시 없는지요.

피천득 : 정지용 선생의 〈향수〉라는 시 있잖아요. 난 그 하나는 뛰어나다고 생각해요. 또 그이의 짧은 시가 하나 있는데 〈유리창〉인가 그런 시도 참 좋은 시죠. 내가 보기에는 이분한테는 아주 뛰어난 시가 많이 있다고 생각해요.

석경징 : 그런 게 혹시 정지용 씨가 영문학 공부한 것하고 상관이 있다고 보십니까?

피천득 : 그렇게는 볼 수 없지. 그렇지만 그런 영문학을 했기 때문에 그런 품격이 높아졌는지도 모르지.

석경징 : 선생님께서 상해에서 공부하시고 해방 후에 돌아와서 예과에서 가르치고 하시면서 우리 영문학이 영국의 본류와는 다른 한국에 맞는 또는 한국에 오면 변용되어야 할 부분이 있다라고 생각하신 적이 있었습니까? 또는 다르게 말하면 영문학 작가 가운데 이 사람은 한국에서 꼭

가르치고 싶다라고 생각한 작가가 특별히 있으셨는지요?

피천득 : 글쎄, 예이츠 같은 사람이 있었지. 우리 형편이 그랬는지 몰라도. 예이츠의 작품에 상당히 아일랜드에 대한 애국심이라든지 이런 게 강한 것들이 있습니다. 극에도 그런 극들이 많고. 일본에게 그런 과거를 가지고 있는 우리나라 사람에게는 큰 힘이 되지 않겠나 싶었어.

석경징 : 청소년기와 20대 초에 당시의 영문학 작품을 번역서로 읽으신 적이 있습니까?

피천득 : 있었죠.

석경징 : 우리말 번역서로요?

피천득 : 아니 일본말이었지. 일본말 번역서로 좋은 것들이 우에다빈이나 야노 호오진 그 사람들의 번역들도 좋고 또 일본 사람 중에 직접 번역 같은 건 안 했지만 영문학을 공부한 아리시마니 나쓰메 소세키니 그런 사람들의 작품도 좋았죠.

석경징 : 일본의 경우는 일본 작가나 시인들 중에 외국 문학을 배운 출신들이 퍽 많거든요. 그래서 자연히 시야가 넓어지고 작품에 충실했는지 그건 모르겠어요. 그런데 우리나라는 그 수로 보자면 외국 문학을 공부한 사람으로 지금까지 창작을 한 이가 그렇게 많지가 않거든요. 이를

테면 가까이는 송욱 선생님이 시를 지으셨고 지금 같이 일하고 있는 황동규 씨나 이런 이가 시를 짓고 있지, 전체적으로 보면 그 숫자가 적은 것 같습니다. 가령 소세키 같은 사람은 18세기 영문학에 통달한 사람이죠. 스턴(Laurence Sterne) 같은 것도 굉장히 자세히 읽고 강의를 하고 그랬다는데. 우리나라는 아직 그렇게 소화를 하고 자기 자신의 문화를 통해 재생산해내고 하신 분이 아직은 없는 것 같아요.

피천득 : 그래서 전체적으로 우리나라 문학에서 그리 큰 문학들이 별로 많지가 않지 않습니까?

석경징 : 한국 사람이 영문학을 공부할 경우 영문학을 즐기는 것은 개인적인 즐거움이지만 영문학을 연구한다는 것은 영국 사람이 영국 문학 연구한다는 것과는 다르지 않겠습니까?

피천득 : 다르죠. 다르기 때문에 영국 사람들이 보지 못하는 것을 좀 봤으면 좋겠어요. 그런데 그런 것이 있을 수가 있는지 모르겠지만.

석경징 : 논리적으로는 있을 수가 있죠. 그래서 그런 것이 있으면 영문학 자체에 공헌이 될 수도 있죠. 요즘 젊은 학자들이 그런 쪽으로 애도 쓰고 있고요. 그런데 결국 한국 사람들이 하는 외국 문학 연구는 한국 문학에 간접적으로라도 기여를 해야 됩니까? 선생님께서는 그 관계를 어떻

게 생각하십니까?

피천득 : 하면 좋겠죠. 그거야. 할 수 있으면 좋겠죠.

석경징 : 그런데 그게 안 될 경우에는 그러면 이건 언제나 열등감을 가지고 잘 모르는 것 하는 일, 그리고 별로 필연성도 없고 근거도 없는, 해도 그만 안 해도 그만인 일을 하는 건 아닌가 하는 회의가 있게 되거든요. 선생님께서는 그런 회의를 느끼셨는지요?

피천득 : 제가 뭘 그런 걸 할 수가 있겠습니까. 그런데 아까 말씀드린 것처럼 우리가 영문학이 손쉬워서 시작을 하게 되었지만 그렇게 풍부하고 높은 품성을 가진 문학이기 때문에 나는 현재로도 후회하지 않고 앞으로도 이런 기회가 내세에 있더라도 다시 해도 좋겠다는 생각입니다. 현재로는.

석경징 : 선생님 너무 장시간 얘기해주셔서 죄송스럽기도 하고 감사합니다. 선생님 말씀을 통해 해방 전후 한국에서의 영문학 수용을 이해하는 데 큰 도움이 되었습니다.

(녹취 및 정리 : 김금주, 《안과 밖》 1997년 3호)

# 4. 아름답고 행복한 시간

대담 : 박완서 (1998)[*]

　　얼마 전 미수를 맞은, 명수필가이자 시인인 금아 피천득 선생. 고정 독자만도 10~20만명을 헤아리는 인기 소설가 박완서 씨. 두 노문인의 맑고 깨끗한 만남은 창 너머로 한강의 모습이 시원스레 펼쳐지는 모 호텔 커피숍에서 이루어졌다. 시간은 정각 12시. 박완서 씨는 단 1분의 오차도 없이 약속을 지켰고, 피천득 선생은 20분 일찍 도착하는 방법으로 약속을 어겼다. 그러나 세상은 그다지 공정한 것이 못되어서, 박완서 씨는 일껏 제시간에 맞추고도 피천득 선생에게 "기다리시게 해서 죄송합니다"라고 몹시 억울한 인사를 해야 했고, 피천득 선생은 "아니, 내가 먼저 와서 기다리는 게 나아요"라고 근사한 답사를 할 수 있었다.

　　금강산도 식후경에 대해 두 작가와 취재진 모두가 의견 일치를 보았다. 메뉴도 피천득 선생의 '비빔밥' 선창에 따라 자연스레 통일되었다.

　　이윽고 음식이 나오자 피천득 선생은 "더 먹을 수 있지요?" 하고 양해를 구한 다음 계란 프라이를, 그리고 자신의 비빔밥을 반이 넘게

---

[*]　고(故) 박완서 : 소설가

기자의 그릇에 덜어낸다. 그러고는 비빔장도 넣지 않은 채 비벼서 아주 조금, 대여섯 숟갈 정도 뜨고는 입가를 닦는다. 피천득 선생의 소식(小食)을 직접 눈으로 확인하는 순간이었다.

존경보다는 정이 더욱 담긴 눈길로 그런 피천득 선생을 건너다보던 박완서 씨가 웃으며 입을 열었다.

박완서 : 선생님 좀 더 드세요. 그래야 힘도 더 세지시고 살도 오르시죠.

피천득 : 됐어요. 난 정력 소비할 일이 전혀 없으니까…….

박완서 : 아침 식사는 하세요? 주로 무얼 드세요?

피천득 : 토스트 한 쪽하고 야채 주스를 먹거나, 그냥 주스 한 잔 마셔요. 그러면 돼요.

박완서 : 선생님, 히노마루 벤또라고 아세요? 일제 강점기 때 작은 도시락에 밥만 담고 그 가운데에 흔히 우메보시라고 하는 매실장아찌만 하나 박아서 점심을 싸 오는 아이가 있었어요. 매실장아찌는 약간 붉은빛이 돌잖아요? 밥은 하얗고……. 히노마루는 일본 국기라는 뜻이고 벤또는 도시락이라는 뜻인데, 그래서 그걸 히노마루 벤또라고 놀리곤 했어요. 글쎄, 그 매실장아찌 하나로 밥을 다 먹더라니까요.

피천득 : 일본인들은 경제적으로 잘살면서도 식탁은 참 검소하게 차리는 것을 많이 봤어요. 방금 박 선생님이 얘기하신 매실장아찌나 무장아찌, 그리고 어쩌다 생선 조금 놓고 밥을 먹었어요. 그런데도 일본인들이 세계에서 가장 장

수하는 민족이라고 해요. 잘 먹는 것과 오래 사는 것은
별 관계가 없는 것 같아요.

식사를 마치고 차를 주문했다. 박완서 씨와 취재진은 커피를, 피
천득 선생은 녹차를 시켰다. 피천득 선생은 녹차 역시 입술을 축이는
정도로 한두 모금만 마시고는 "됐어요" 한다.

본디 점심 식사 후에 호텔 뒤편 어디쯤 '짙푸른 녹음과 나무 그늘
과 하나의 벤치가 있는' 풍경 속에서 두 작가는 대담에 들어갈 예정이
었다. 그러나 취재 차량에 동승해 호텔 주위를 두어 바퀴 돌면서 그것
은 희망 사항이었을 뿐이라는 사실을 깨달아야 했다. 마땅한 장소도
드물었고, 겨우 찾아냈다 싶으면 예외 없이 먼저 차지한 임자들이 있
었다. 커피숍이나 로비는 시끄러웠고, 스카이라운지는 오후 2시에 문
을 연다고 했다. 날은 몹시 무더웠다.

박완서 씨가 "선생님, 차라리 저희 집으로 가세요" 하고 용단을
내렸다. 송파구 방이동, 박완서 씨가 혼자 지내고 있는 아파트 현관에
들어선 피천득 선생의 첫마디는 다음과 같았다.

"아아, 성역을 이렇게 꾸며놓으셨군요……."

이렇게 해서 성이나 나이 차이와는 무관하게 우리 시대가 선물
받은 가장 따뜻한 두 작가의 대화(피천득 선생과 박완서 씨에게 '대담'이란 표
현은 어쩐지 낯설고 멀게 느껴진다)는 시작되었다. 기자는 두 작가의 인연
이야기를 대화의 출발점으로 삼아주길 부탁했다.

박완서 : 저는 선생님을 언제 처음 뵈었는지 정확한 기억이 없어
　　　　요. 선생님 글을 독자로서 좋아하고 아끼고 그러다가 한

15년쯤 전인가 어떤 문학 모임에서 만나 뵈었던 것 같아요. 그 다음에는 선생님께서 일주일에 한 번 정도 가지시는 모임, 선생님은 소설 쓰시는 한말숙 선생님 그리고 음악을 하시는 김동성 선생님과 모임을 갖고 계시거든요, 그 모임에 저도 따라 나가 간간이 끼면서 만나 뵈어왔어요. 가끔 제가 전화를 드리거나 선생님이 전화를 주시고, 제 작업실(경기도 남양주 구리시 아천동)로도 몇 번 오셨어요. 성역에 오신 것은 오늘이 처음이시구요. (웃음)

피천득 : 그래요. 만난 지 오래되었어요. 글로도 만나고 사람으로도 만나고, 박 선생님과 나는 언제나 만나고 있지요.

박완서 : 선생님의 글이나 시를 읽다가 전화를 드려서 제 마음에 쏙 드는 부분을 읽어드리면 얼마나 좋아하시는지 몰라요. (웃음)

박완서 씨의 말에 피천득 선생은 소리 없이 활짝 웃는다. 그 웃는 모습이 정말 소년 같다.

### "저는 잔뜩 허접쓰레기만 모으고 있는 것 같아요."

피천득 : 박 선생님 글이 참 좋아요 〈창밖은 봄〉에 나오는 여주인공 길례는 얼마나 순수하고 깨끗한지 몰라요. 또 〈연인들〉이란 작품도 두고두고 생각나요. 그 글이 유신 시대였던 1974년에 발표되었는데, 당시 정황을 어쩜 그리 꼭 집어서 표현했는지······.

박완서 : 그렇지 않아요. 선생님께서는 반짝이는 이슬이나 예쁜 꽃잎만 고르고 골라서 모으시는데 거기에 비해 저는 잔뜩 허접쓰레기만 모으고 있는 것 같아요. 〈장미〉〈선물〉〈용돈〉 그리고 〈나의 사랑하는 생활〉이었죠? "여러 사람을 좋아하며 아무도 미워하지 아니하며, 몇몇 사람을 끔찍이 사랑하며 살고 싶다"라고 쓰신 글이?

피천득 : 네에, 그래요. 〈나의 사랑하는 생활〉이에요.

박완서 : 선생님의 글을 읽다 보면 어찌나 무욕하고 소박한지 실제의 절제된 모습을 뵙는 것 같아요. 술, 담배, 커피, 홍차 따위는 전혀 안 하시고, 음식도 새처럼 조금만 드시고……. 한달 생활비는 얼마나 쓰세요?

피천득 : 별로 들게 없어요. 우리 내외가 먹는 것이라야 육식보다는 채식을 위주로 하고, 또 소식을 하니까 하루 1만 원이면 남아요. 옷은 평생 입을 것들이 있으니까 전혀 돈들 일이 없구요. 아들애가 작아진 옷을 주기도 해요. 구두도 작아지면 신으라고 줘요. 아들애가 몸이 나는지 옷이나 구두가 자꾸 작아지는 모양인데 내겐 여전히 맞으니까……. 넥타이도 요즘은 넓은 것이 유행인가 본데 난 좁은 것이 좋거든요. 그러니까 아들애가 좁아서 자기는 안 매는 넥타이도 주죠. 그 밖에 파출부 아줌마가 일주일에 서너 번 오니까 거기서 돈이 좀 들고, 가끔 제자들과 나가서 좋은 것 먹을 때가 있어요. 먹고 사는 데에는 돈이 거의 안 들어요.

박완서 : 제 경우도 먹고 사는 일에는 사실 얼마 안 들어요. 그래

서 안심이 되고 고마워요. 나중에 내가 돈을 조금밖에 못 벌게 되더라도 먹고 살 수 있다는 사실을 생각하면 걱정이 안 되고 즐거워요. 물론 돈이 생기면 아는 이들 선물도 사주고 여행도 다니고 하니까 때로는 목돈이 들어가지만, 실제 생활비는 조금만 있으면 돼요.

**"인생에 귀하고 좋은 게 얼마나 차고 넘치는지 그런 사람들은 모르는 것 같아요."**

피천득 : 많이 벌면 그것 때문에 노예가 될 것 같아요. 버릴 수도 없고, 어디 기부하자니 아깝고 그럴 것 아니겠어요? 그 돈을 계산하고 관리하고 하는 데 드는 시간이나 정력이 얼마나 크겠어요. 가만 보면 돈 모으는 이들은 돈 모으는 재미밖에 모르는 것 같아요.

박완서 : 정말 그래요. 인생에 귀하고 좋은 게 얼마나 차고 넘치는지 그런 사람들은 모르는 것 같아요.

피천득 : 그런데 저더러 소박하다 검소하다 하지만 전혀 안 그런 것도 있긴 해요. 사치스러운 면도 있어요. 서영이(피천득 선생의 외동딸)를 만나러 미국에 갈 때는 비행기 1등석을 타고, 여행을 가게 되면 최고급 호텔에서 자는 적도 있거든요.

박완서 : (웃음) 그건 저도 마찬가지예요. 잠자리 같은 건 깨끗하고 청결해야 잠을 잘 수 있어요. 선생님이 몇 년 전에 인촌상을 탔을 때 저도 그 심사위원 중 한 명이었던 걸 아시

죠? 그런데 사실 저는 그때 엉뚱한 걱정이 들었어요. 선생님이 워낙 돈 쓰실 줄 모르는 분이라 '이 상금을 다 어떻게 하실까' 하고 공연히 걱정이 되더라구요. 그 상금 어디에 쓰셨어요?

피천득 : 쓴 데 없어요. 그저 갖고 있어요.

박완서 : 선생님께서는 요새 성당에 나가세요? 제가 선생님을 뵈니까 생각나는 일이 있어서 여쭙는 거예요.

피천득 : 1년에 몇 차례 나가요. 자주는 못 가지만 가톨릭이란 종교를 좋아해요. 특별히 어떤 종교의 테두리에 나를 가두고 있는 것은 아니지만 나의 심성은 가톨릭에 가까워요. 그래서 가끔 아내와 함께 성당에 나가곤 해요. 박 선생님은 몇 번이나 나가요?

박완서 : 저는 한 달에 두 번 정도 나가고 있어요. 저도 가톨릭이 좋은데 고해성사는 참 싫어요. 아무리 하기 싫어도 1년에 두 차례 부활절과 성탄절에는 해야 하잖아요? 한번은 동화 쓰는 정채봉 씨에게 말했어요. 나는 고해성사 때문에 언젠가 가톨릭에 대해 냉담해지고 말 것이라구요. 그게 왜 의무가 되어야 하는지 모르겠어요. 저지르지도 않은 죄를 억지로 만들어갖고 "죄를 지었습니다" 하고 말해야 하나요? 정채봉 씨에게 그런 말을 막 했더니, 웃으면서 피천득 선생님 이야기를 들려줬어요. 선생님께서는 성당에서 나눠준 성사표(부활절과 성탄절에 고해성사를 하고 나서 확인받는 표)를 그냥 통 속에 집어넣어 버린다면서요? 한번은 그러시다가 신부님께 들키기까지 하셨다면

서요? (웃음)

피천득 : 뭐, 들켰다기보다…… 난 말할 게 없으니까. 물론 따져 보면 나도 죄가 있겠죠. 죄가 없다는 것이 아니라, 하느님이 다 아실 텐데 한 다리 걸쳐서 그럴 필요가 있어요? 하느님이 다 아실 것 아녜요?

박완서 : 선생님께 신부님이 그러셨다면서요? 죄가 없다고 생각하는 그 생각도 죄가 된다구요. 정채봉 씨에게 이야기를 들으면서 저는 '아, 그것도 맞겠다' 했어요. 죄가 없다고 생각하는 교만도 죄가 되겠구나 했어요.

피천득 : 나는 한 번도 고해성사를 해본 적이 없어요. 고해성사 하는 방도 참 답답해요. 어휴, 그 좁고 답답한 방에 어떻게 들어가나 하는 생각부터 불쑥 들어요. 그리고 나는 솔직히 말해서 성체인지 하는 거 받아먹는 것도 이상해요. 맛도 없고 배부르지도 않은 그걸 형식적으로 먹고 할 까닭이 뭐예요.

피천득 선생의 나이답지 않은 너무나도 천진난만한 발언에 취재진을 비롯해 좌중은 웃음바다가 되었다.

박완서 : 하느님도 마음속으로는 음식을 위아래 없이 풍족히 나누어 먹고 즐기는 것을 더 좋아하실 것 같아요. 저는 교회들이 너무 커지다 보니까 모든 것이 형식적으로 흐르게 된 것 같아요.

피천득 : 그래요. 형식이 아니라 그 내용이 항상 중요한 거예요.

그 알맹이만 있으면 껍질은 자연히 생겨나는 거예요.

박완서 : 최근에 있었던 일 가운데 저에게 제일 즐거웠던 게 무엇
인지 아세요? 바로 선생님의 미수연에 참석했던 일이었
어요. 맑은 기운이라고 할까, 숨통을 억누르는 이 세상
의 혼탁한 잡스러움과는 판이하게 다른, 단순하고도 초
연한 무엇인가 느껴져 내내 즐거웠어요.
피천득 : 감기로 계속 고생하셨다는 이야기를 들었는데, 그런 자
리에까지 와주셔서 미안하고 고마워요.
박완서 : 그 자리에서 선생님을 뵈면서 '사람이 저렇게 늙을 수도
있구나' 하고 생각했어요. 선생님의 늙음은 기려도 좋을
만한 늙음으로 여겨지니 신기해요. 저도 역시 같이 나
이가 들어가면서 가장 참을 수 없게 추하게 늙어가는 정
정한 노인들이에요. 나이가 들수록 확실해지는 아집, 독
선, 물질과 허영과 정력에 대한 지칠 줄 모르는 집착 같
은 것을 보면 차라리 치매가 나을 것 같다는 생각이 들
정도로 늙음을 추잡하게 만들어요. 그런데 그런 것들로
부터 훌쩍 벗어나 있는 선생님을 뵈면 연세와 상관없이
소년처럼 천진난만해 보여요. 그렇게 벗어나는 일이 어
디 아무나 할 수 있는 일인가요. 늙은 모습조차도 어떻
게 늙느냐에 따라 뒤에 오는 사람에게 그렇게 되고 싶다
는 꿈과 희망을 주는 것 같아요.

**"저는 자신을 본질적으로 명랑한 사람이라고 여겨요. 늙어서도 그것을 잃어버리고 싶지 않아요."**

피천득 : 늙어서 죽는다는 것은 누구에게나 결국은 와요. 주위를 둘러보면 죽음을 미리 준비한다고 수의도 맞추고 묏자리도 봐두고 그러질 않나, 단 일분일초라도 더 살겠다고 이런저런 좋다는 것은 다 찾아 먹으면서 갖은 안간힘을 쓰고 걱정을 하고 그러는데 도무지 알 수가 없어요. 어차피 오는 것, 그럴 까닭이 어디 있어요. 내 머릿속에는 늙음이나 죽음에 대한 걱정이 없어요.

박완서 : 어떻게 늙어야 하는가를 많이 생각해요. 저는 자신을 본질적으로 명랑한 사람이라고 여겨요. 그리고 늙어서도 그것을 잃어버리고 싶지 않아요. 늙었다고 괜히 권위를 내세우거나 무게를 잡고 엄숙해지고 뻣뻣해지는 사람들은 정말 보기 싫어요. 그래봤자 위선, 가식이고 불행만 자초할 뿐이죠.

피천득 : 그럼요. 차라리 그 시간에 소중한 일을 하나라도 더 하면서 밝고 즐겁게 사는 게 백번 낫지요.

박완서 : 미수연에 따님 서영 씨는 못 왔죠?

피천득 : 못 왔어요. 걔가 보스턴대학 물리학 교수로 있는데, 학회에 참석해야 되기 때문에 올 수가 없었어요.

박완서 : 선생님의 따님에 대한 사랑은 유별나잖아요. 그날 자리에서 서영 씨의 큰오빠 세영 씨, 작은오빠 수영 씨도 어린 시절의 편애를 아직껏 섭섭해하는 것 같더라구요. 그

런데도 분위기가 참 묘했어요. 다른 집안 같으면 그렇게 애지중지 키웠는데 미수연에도 오지 않았다고, 딸자식 키워봤자 소용없다고 펄펄 화를 냈을 거예요. 하지만 그날 분위기는 서영 씨의 불참을 아쉬워하거나 그로 인해 상처를 받거나 한 사람이 아무도 없는 듯했어요. 상대방의 자유를 충분히 인정하고 그 어떤 것도 사랑으로 전부 감싸주는 그런 묘한 공기가 안에 흐르고 있었어요. 선생님은 정말 섭섭하지 않으셨어요?

피천득 : 뭐, 그리 섭섭하지 않았어요. 일이 있어 못 온 것을 섭섭해 할 필요 없지요.

박완서 : 아드님들이 자라나면서 섭섭하다고 했을 때, 딱 한마디로 "미안하다"라고만 하셨죠? 실은 모두가 똑같이 사랑했는데 그렇게 되었다고 하시던가 좀 더 길게 말씀을 하시지 않고 그냥 "미안하다"가 뭐예요?

피천득 : 우리집이 참 재미있어요. 아이들이 아직도 나를 아빠라고 불러요. 또 반말도 해요. "아빠 빨리 밥 먹어" 하는 식으로 말하는 거예요. 한번은 아들아이와 나란히 택시를 타고 가는데 바로 옆에 앉았으니 아빠를 부를 일이 없잖아요? 그래서 서로 반말로 한참 이야기를 하면서 가는데 택시 기사가 뒤돌아보면서 무슨 관계냐고 물어보는 거예요.

박완서 : 저도 미수연 자리에서 들었어요. 어릴 때 여동생만 귀여워해서 섭섭했다는 표현을 "아빠한테 막 구박받고 자랐다" 하고 말하더라구요. 사람들은 모두 웃고 그랬죠.

피천득 : 나더러 여성 예찬론자라고 하는 이들이 많아요. 나는 그런 말을 군이 부인하고 싶지 않아요. 특히 내 일생에는 두 여성이 있어요. 엄마와 서영이지요. 서영이는 나의 엄마가 하느님께 부탁하여 내게 보내주신 귀한 선물이에요. 내 딸이자 뜻이 맞는 친구고, 또 내가 가장 존경하는 여성이기도 해요. 아마 내가 책과 같이 지낸 시간보다는 서영이와 같이 지낸 시간이 더 길었을 텐데, 이 시간은 내가 산 가장 참되고 아름답고 행복한 시간이에요.

박완서 : 따님을 마지막으로 만나신 게 언제예요?

**"제 경우도 이미 없는 이에 대한 생각이 삶의 많은 부분을 차지해요."**

피천득 : 작년 여름에 와서 1, 2주일 정도 있다 갔어요. 이 세상에서 제일 견디기 어려운 게 이별이에요. 물론 박 선생님은 나보다 더한 이별을 경험하신 분이지만, 아무튼 사랑하는 사람과 이별하는 게 제일 안 좋아요. 그래서 서영이가 온다고 하면 반가우면서도 곧 다시 떠날 것을 생각하면 겁나고 아프고 싫어요. 안 만나면 그리웁지만 이별하는 아픔은 없는데. 올 성탄절이면 또 만나고 이별하게 될 거예요.

박완서 : 어느 추모 시에서 "인간이란 존재는 부재 속에서도 존재한다"라는 구절을 읽었어요. 맞는 말인 것 같아요. 이 세상에, 그리고 내 곁에 없는 사람들을 우리는 평소에 많이

생각하잖아요? 제 경우도 이미 없는 이에 대한 생각이 삶의 많은 부분을 차지해요. 부재하지만 제 생각 속에서는 공존하고 있는 것이죠.

피천득 : 인생이란 어느 나이고 다 살 만한 거예요. 나는 한 발은 이미 무덤에 들어가 있는 사람인데 내 인생에 대해 지금도 만족하고 있어요. 남아 있는 나날을 여태껏 살았듯이 죄짓지 않고 좋은 사람 자주 만나면서 살면 그뿐이죠. 난 내일 죽는다 해도 오늘 웃을 수 있어요. 부재 속에서도 나의 글은 다른 이들의 생각 속에 존재하게 되겠지요.

박완서 : 선생님을 뵈면 모든 문제가 그렇게 쉬워지고 행복해질 수가 없어요. 저도 인생의 쓸데없는 허세나 욕심을 덜어 버리는 작업을 더욱 열심히 해야 할 것 같아요. 버리면 버릴수록 사람은 더 넉넉해지는 법이니까요.

(원래 《우먼 센스》(1998)에 실렸던 글이나 《박완서의 말 : 소박한 개인주의자의 인터뷰》(마음산책, 2018)에 재수록됨)

# 5. 세기를 넘어, 문학을 넘어

대담 : 박미경(1999)<sup>*</sup>

그대,

돌아오는 생일에 받고 싶은 선물을 생각해 보셨는가. 은빛 촛대, 에스떼 영양크림, 아니면 100% 울 소재의 버버리 머플러…… 약간의 현금이나 크레디드 카드로 구입할 수 있는 이 물건들이 우리에게 줄 수 있는 행복의 무게는 얼마나 될까.

'전남 송광사의 별', '여수 오동도의 해지는 풍경' 같은 생일 선물을 원하고 기꺼이 준비하는 별난 사람들을 나는 알고 있다.

피천득 선생의 80회 생일 선물을 위해 송광사와 오동도를 동행했던 동화작가 정채봉 선생은 10년 전을 회상하며 얼굴 가득 미소가 담겨 있었다.

"금아 선생님이 별을 보며 '내 젊은 날에 보던 별님이 아직도 계시네요' 하며 기뻐하시고 오동도의 석양 앞에서 거수경례를 하며 '그럼 내일 또 뵙겠습니다' 하시던 모습은 정말 어린왕자 같았지요."

누구나 돈을 주고 물건을 소유하기는 쉬운 일이다. 그러나 나만

---

* 박미경 : 수필가

이 볼 수 있는 별을, 지는 해의 눈부심을, 바람과 향기와 그림자를 소유할 수 있는 사람은 많지 않다. 그것은 내 마음의 흐름에 관련되는 것이기에 나만이 말할 수밖에 없는 그 무엇이며 소유할 수 있는 특별한 것이 된다. 모든 것의 주인은 그것의 아름다움을 향유하는 자의 것이니 그 특별한 소유를 가장 많이 누리는 사람— 금아 피천득 선생이다.

서울 구 반포동 30평 남짓한 아파트에서 90세의 노신사와 그의 아내가 문을 열어주는 순간 방문객은 화려한 밖의 거리로부터 고요하고 외딴 풍경의 공간으로 초대된다. 그리고 청빈하고 소박한 살림살이가 풍겨내는 향(香)을 느끼게 된다. 흔한 소파도 없고 액자 하나 걸려 있지 않다. 거실 벽면에 세워져 있는 시(詩)·서화(書畵)와 화분은 책과 더불어 편안해 보인다. 오래된 상(床)이 하나 있다. 평상시에는 밥상으로, 손님을 맞을 때는 찻상으로, 독서나 집필을 할 때는 책상으로 쓰인다. 거실의 공간이 넓어 보인다. 단순함의 미덕이 이런 것일까. 금아 선생 특유의 간결한 문체, 빼어난 은유는 실제 생활에서 우러나는 듯싶다. 반세기가 넘게 문학과 함께 한 삶은 어떤 것이었을까.

"글은 자기 위안이며 기쁨이지. 자기 글을 가장 잘 감상할 수 있는 사람도 자신이야. 자신과 감상하는 무드가 같은 독자를 만날 때 감동이 전달되지. 문학의 첫째 목적은 자신과 독자를 기쁘게 하는 것이야."
금아 선생은 평생 시집 한 권과 수필집 한 권을 남기셨다. 그것을

'산호와 진주'로 부르는 이도 있다. 20여 년 전에 절필을 하셨지만 아직도 많은 사람들의 가슴에는 《인연》의 아사코에 대한 안타까움과 《수필》의 명문(名文)이 살아 숨 쉰다.

그분이 글을 쓰지 않는 이유는 독자에 대한 예의 때문이다. 20년 전에 쓴 글의 수준을 유지할 수 없다는 선생의 고백을 듣는다. 전보다 못한 글을 보이는 것은 독자의 시간을 낭비하는 일이며 인쇄비를 들여 사회를 오염시키는 일이라고 한다.

"Silence or Salon(침묵하든지 살롱에서 술이나 마시든지)." 부끄러운 글을 쓰기보다는 외국의 격언처럼 하는 것이 좋지 않느냐 반문하신다.

작품을 버리는 일— 도공이 도자기를 구우며 예술 혼이 들어가지 않은 작품은 미련 없이 깨뜨려 버리듯 작가도 자기 글이 뼈아프게 취사(取捨)해야 함을 각성하게 된다.

그분의 곁에는 잉그리드 버그만이 있다. 프로스트와 워즈워스, 예이츠와 바이런, 두보와 도연명까지 그분이 사랑했던 인물들은 시공간을 초월하여 책장 위의 사진 속에 존재하며 선생과 교류한다.

"키츠, 바이런, 셸리는 모두 요절한 시인들이지만, 프로스트는 미국에서 함께 지낸 친구이고, 잉그리드 버그만은 내가 사랑한 여인이야."

선생의 미소는 소년처럼 순수하다. 나이가 믿기지 않는 곧고 맑은 표정, 그 가슴엔 아직 사랑의 감정이 충만하다. 그분은 늘 연인을 가까이나 멀리 두어왔다. 우리가 알고 있는 《인연》의 아사코가 있고, 춘원 이광수의 사랑채에 살던 시절에는 노천명 시인을 연모하여 익명으로 매일 편지를 보내기도 했다. 춘원의 소설 《흙》에 나오는 주인공 유순이는 중국 상해 유학시절 만난 간호사로, 금아 선생이 춘원에게 소설 주인공의 이름으로 지어드렸다. 금아 선생의 시를 읽고 곡을 붙인 작곡가 K 여교수와의 만남을 다음과 같이 술회하고 있다.

> 서영이는 내 책상 위에 '아빠 몸조심'이라고 먹글씨로 예쁘게 써 붙였다. 하루는 밤에 나갔다 들어오니 '아빠 몸조심'이 '아빠 마음 조심'으로 바뀌었다. 어떤 여인이 나를 사랑한다는 소문을 듣고 그랬다는 것이다. 그 무렵 서영이는 안톤 슈낙의 '우리를 슬프게 하는 것들'이라는 글을 읽고 공책에다 '나를 가장 슬프게 하는 것은 아빠에게 애인이 생겼을 때'라고 써놓은 것을 보았다. 아무려나 서영이는 나의 방파제(防波堤)이다.
>
> ─〈서영이〉 중에서

아직도 서영이가 어릴 적에 쓴 '아빠 몸조심'이란 글씨가 책상에 붙어 있다. 미국 보스턴 대학에서 물리학 교수가 된 딸 서영이에 대한 사랑은 여전하여 딸이 어릴 때 갖고 놀던 인형을 매일 씻기고 옷을 갈아입히고 놀아주며 잠을 재운다. 모르는 사람이 본다면 기이하다고 할 이 광경은 선생을 영원한 소년이게 하는 순결한 심성의 근원을 알게 한다.

요즘도 1주일에 한 번 전화와 편지를 보내오는 독일에 사는 여성이 있다. 그녀는 가난을 이기지 못해 자살을 생각하던 중에 금아 선생의 수필 '나의 사랑하는 생활'을 읽고 용기를 얻어 독일행을 결심했다. 그리고 자기 생일에 금아 선생에게 국제전화를 걸어 축하를 받고 감격하여 전화선을 빼놓았다고 한다. 다른 전화가 오면 그 감격이 방해를 받을까 두려웠고 그 음성의 여운을 오래 간직하기 위함이었다. 책상 서랍 하나가 그 여인의 편지로 가득하다. 선생이 이 사연을 밝힐 수 있는 것은 독신 여성이기에 다른 사람에게 누가 되지 않기 때문이라고 하니 아직도 밝힐 수 없는 러브스토리가 무궁무진한 듯싶다.

끊임없이 누군가를 연모하고 사랑하는 선생의 가슴에는 일곱 살에 아버지를 잃고, 열 살에 어머니마저 잃은 고독과 그리움이 있었으리라 짐작케 한다. 어쨌거나 '플레이보이'라는 애칭이 무색하지 않을 선생의 이력에도 불구하고 그분의 사랑이 한결같이 순수하게만 느껴지는 힘은 어디서 기인한 것일까.

"젊었을 때 정열에 몸과 마음을 태우는 것처럼 좋은 일은 없겠지. 그러나 애욕, 번뇌, 실망에서 해탈되는 것도 적지 않은 축복이야. 기쁨과 슬픔을 많이 겪은 뒤에 맑고 침착한 눈으로 인생을 관조하는 것도 좋은 일이고……."

새천년을 앞둔 선생의 일상은 고즈넉하고 평화롭다. 젊어서 읽었던 《좁은 문》을 다시 읽어도 보고 오래된 전축으로 쇼팽을 듣기도 한다. '지나칠 정도로 음악을 듣는다'는 선생의 표현이 가슴 저리게 아름답다. 긴긴 시간을 혼자서 가질 수 있는 사치, 그리고 그 기쁨을 누릴 수 있는 마음의 평온을 송구스럽게 여기지 않는 경지, 그것은 선생께서 만년(晚年)을 보내는 지혜일지도 모른다.

아름다움의 이미지, 추억을 많이 갖고 있는 사람이 부자라는 금아 선생의 보석 같은 삶의 철학은 세기를 넘어 문학을 넘어 가슴의 별이 되리다.

(《박미경이 만난 우리시대 작가 17인》, 한국문인출판부, 1999)

# 6. 그리움을 찾으러 가는 길

대담 : 박영선<sup>*</sup>(2002)

그리워하는데도 한 번 만나고는 못 만나게 되기도 하고, 일생을 못 잊으면서도 아니 만나고 살기도 한다. 아사코와 나는 세 번 만났다. 세 번째에는 아니 만났어야 좋을 것이다.

오는 주말에는 춘천에 갔다 오려 한다. 소양강 가을 경치가 아름다울 것이다.

— 〈인연〉 중에서

피천득 선생의 수필 〈인연〉.

아마도 서른을 넘긴 사람이라면 교과서에 실렸던 이 글을 기억하지 못하는 사람은 드물 것이다. 아사코와의 애틋한 인연을 묘사한 수필로 누구나에게 그럴 법한 추억을 안겨준 선생.

그런 아사코를 그리며 춘천 가는 기찻길에 올랐다는 피 선생의 수필 덕분에 나에게도 춘천 가는 길은 언제나 손에 잡히지 않는 그리움을 찾으러 가는 길처럼 느껴진다.

그 피천득 선생을 만나기 위해 댁으로 향했다. 제작진 가운데 한

---

\* 박영선 : MBC 아나운서 및 중소벤처기업부 장관 역임.

사람이 내게 장미꽃을 한 다발 안겨줬다. 피천득 선생이 장미꽃을 굉장히 좋아한다며…….

장미 꽃다발을 들고 나는 마치 수필 〈인연〉의 아사코를 만나러 가는 사람처럼 아스라한 가슴을 담은 채 선생의 아파트로 발길을 옮겼다.

선생의 집 현관문은 열려 있었다. 더운 날씨였지만 스웨터를 걸친 선생은 작고 단아한 모습이었다. 현관문을 열고 들어서자 서재 입구에 몸을 기댄 채 미소를 짓던 선생은 장미 꽃다발을 보고는 소녀처럼 활짝 웃음을 지어 보였다. 장미꽃을 받아드는 선생의 볼이 발그레해졌다. 누가 선생의 육신 나이를 아흔둘이라고 할까?

한 평 남짓한 선생의 서재. 그곳엔 여배우 잉그리드 버그만의 젊었을 때 모습, 바이올리니스트 안네 소피 무터 그리고 이름 모를 소녀들의 사진이 놓여 있었다. 잉그리드 버그만과 무터는 선생이 가장 좋아하는 여배우와 바이올리니스트란다. 선생은 그 사진들을 걸어 놓지 않고 세워 놓았다. 못질을 하면 시끄러운 소음으로 옆집에 폐를 끼치게 되기도 하는 데다 무엇보다 벽을 망가뜨리는 것이 싫어서란다.

"아직도 저렇게 많은 세상의 여성들을 사랑하세요?"

"그럼. 좋아하는 것은 내 자유니까……. 하하하."

선생의 책상엔 책 몇 권이 놓여 있었다. 우리에겐 〈가지 않은 길〉로 알려진 미국 시인 프로스트의 것과 영국 시인 엘리엇의 것이었다. 책갈피에선 마른 장미 꽃잎이 나왔다. 세월을 느낄 수 있는 그 꽃잎들은 선생의 추억이 묻어 있는 것이라 했다. 선생을 좋아했던 여인이 만들어준 것이란다. 아이 같은 웃음으로 그 사랑 많은 속내를 보여주는 선생에게 수필 〈인연〉 그 이후를 질문했다.

"아사코하고 연락은 무슨 연락……. 그때 마지막으로 본 거지요. 소식을 알리면 알 수도 있었어요. 그렇지만 그냥 기억으로만 남기는 거지. 지금 찾아 만나야 서로 환멸만 느끼지. 살아 있을지도 의문이고."

스무 살 갓 넘어 〈서정별곡〉, 〈파이프〉 등을 쓰면서 문학 활동을 시작한 금아 피천득 선생은 마치 어린왕자처럼 맑고 순수하고 아련한 필체로 많은 사람들의 가슴을 적셨다. 그런 선생이 20여 년 전부터는 시만 쓰고 수필은 쓰지 않았다. 왜 수필을 쓰지 않느냐고 질문했다.

"한 70 넘어서부터 내 역량이 멀어져 감을 느꼈어요. 나이가 들면 두 가지 중에 하나만 해야 하는데, 그 하나는 살롱 가는 거 그리고 나머지는 사이런스예요. 살롱 가서 술 먹는 건 원체 내가 술을 못 마시니까 출입을 않고, 대신 집에서 침묵을 지키는 거야. 사이런스……."

부끄러운 줄도 모르고 쏟아지는 상업적인 글에 대한 대가다운 일갈이었다.

편애에 가까울 만큼 딸 사랑이 컸던 선생. 누군가 선생의 딸 서영은 곧 그의 문학이라고 했던가. 그 딸 서영은 지금 미국에서 물리학 교수로 활동 중이다. 선생은 아직도 그 딸을 잊지 못해 딸 서영이 어릴 적 가지고 놀던 인형 난영이를 돌보고 있다. 미국 출장길에 딸아이가 좋아하는 인형을 사기 위해 백화점을 뻥뻥 돌아 산 인형. 그 난영의 나이도 쉰을 넘겼다. 선생이 매일 목욕시키고 사랑을 주기에 난영은 50여 년 전이나 지금이나 변함없는 모습이다. 선생은 난영을 밤이면 포대기를 덮어 침대에 누여 재우고 아침이면 걸상에 놓아둔다. 난영은 누우면 눈을 감고 앉으면 눈을 뜬다. 난영이 눈을 껌뻑일 수 있다는 것은 참 다행스런 일이란 생각이다. 그렇게라도 선생의 정성에 응답할 수 있다는 것이……

선생은 온 정성을 다해 키운 딸 서영이 언젠가 한국에 나왔을 때 난영을 한번 안아보지도 않았다고 무척이나 서운해했다.

"물리학이라는 학문이 그 아이를 그렇게 냉정한 사람으로 만들었는지 아니면 원래 그런 아이였는데 내가 몰랐던 건지 영 섭섭하더라"는 것이다. 아들 둘에 딸 하나를 둔 선생은 그때 딸을 편애해서 기른 것을 딱 한 번 후회했다고 말한다.

선생은 서영이 어릴 적에 서영을 꼭 데리고 잤다고 한다. 서영이 자는 방은 귀한 나무 장작으로 불을 지펴주고 아들과 부인이 자는 방은 구공탄을 넣어줬다고 한다. 그러던 어느날 아들들과 부인이 자는 방에서 인기척이 없어 들여다보니 모두들 연탄가스 중독으로 정신이 몽롱해져 있더란다. 그렇게 키운 딸아이가 외국 생활을 한다는 것은 서운한 일이지만 그 딸이 외손자를 잘 키우고 있다니 그 또한 선생의 삶을 즐겁게 해주고 있는 일이다. 서영의 외아들 스티븐은 현재 바이올리니스트로 대성하고 있다고 했다. 선생의 방에는 미국 뉴욕 링컨센터 연주회 포스터가 붙어 있었는데 그것이 외손자의 것이라며 자랑삼아 얘기했다.

선생은 아직도 선생의 엄마를 이야기할 땐 먼 곳을 응시했다. 그리움 때문이었을 것이다. 선생은 "엄마는 나보다 남편을 더 사랑해서 그렇게 일찍 나를 버리고 갔다"고 했다(선생의 어머니는 선생이 열 살 때 돌아가셨다).

수필 〈엄마〉의 첫머리 구절에서처럼 학교 갔다 돌아오면 마당으로 뛰어내려와 자신을 안고 들어갈 엄마를 아직도 찾고 있는 듯했다. 선생의 엄마는 신여성이었다. 추상화를 즐겨 그리던 선생의 엄마는 고등교육을 받은 여성이었지만 요즘 엄마들처럼 아이를 들볶지는 않았던 것으로 보인다. 사랑으로 감싸고 또 기다려주는 그런 엄마였던 것으로 미루어 짐작된다. 선생이 표현했듯이 "호수 같은 마음을 지닌" 엄마⋯⋯. 그래서 선생은 매사에 아이를 들볶는 요즘 엄마들을 못마땅하게 생각한다. "따뜻한 사랑 안에서 병아리처럼 살았으면 얼마나 좋아." 그것이 선생의 바람이다.

나는 선생의 바람처럼 내 아이를 품안에 넣고 병아리처럼 키우지는 못했지만 그래도 가끔씩 선생의 수필 〈엄마〉를 읽으면서 마음을 달랠 때가 많다. 내가 비록 직장에 다니고 있지만 일주일에 한두 번 정도는 아이의 허전함을 달래주기 위해서 아이가 유치원 갔다가 돌아오는 시간에 집에 있어주려고 노력한다. 나 역시 자라면서 학교 갔다 집에 돌아와서 어머니가 계시지 않을 때의 허전함을 절실히 느껴왔기에, 또 잠들기 전 아이에게 기도하듯이 책을 읽어주려고 노력한다. 선생의 어머니가 아이가 잠들 때까지 머리맡에 앉아 지켜보았던 것처럼.

선생의 수필 〈엄마〉는 내가 어머니로서 존재할 때 가져야 하는 마음가짐을 가르쳐준 글이기도 하다. 그래서 몇 번인가 잡지사에서 권하고 싶은 책을 물어왔을 때 나는 늘 피천득 선생의 수필 〈엄마〉를 권하곤 했었다. 그런 내가 이렇게 피천득 선생과 오랜 시간 얘기를 할 수 있었다는 것은 참 기쁜 일이었다.

그런 기쁨에 취해서 방송 인터뷰를 마치고도 선생과 사적인 이런 저런 얘기를 즐기고 싶은 심정이었는데 제작진 중에 한 명이 선생에게 끝으로 사람들에게 남기고 싶은 덕담을 하나 부탁했다. 선생은 즉각 행복론을 얘기했다.

내가 행복되다. 나는 언제든지 행복되다. 그리고 내가 행복함으로써 다른 사람도 행복하게 해줄 것이다. 또 자기한테 섭섭한 일을 누가 하거들랑 그럴 수도 있다 그렇게 생각할란다. 선생은 우리에게 인생에서 가장 중요한 것은 작은 추억에서 묻어난다는 것을 그리고 행복은 자신이 만드는 것이라는 것을 얘기해주고 있었다.

인터뷰를 마치고 나오는데 구석방에서 단아한 할머니 한 분이 앉은걸음으로 마루로 나오고 있었다. 선생의 부인이었다. 부인은 요즘 건강이 좋지 않다. 그것이 요즘 선생의 마음을 가장 아프게 하는 부분이다. 아직도 콧날이 오똑 솟은 그 할머니는 젊었을 때는 정말 미인이라는 얘기를 많이 들으셨을 것 같았다. 선생은 정말 그렇게 단아한 여성을 그리고 세상을 참으로 예쁘게 사랑하고 간직했던 사람이었던 것 같다.

나는 뭔가 선생의 자취를 간직하고 싶어 망설이다 글귀 한 줄을 부탁했다. 선생은 내 아이 이름을 물었다. 그리고는 이제 다섯 살 된 내 아이 이름 석 자와 함께 "미리 대성을 축하합니다"라는 글귀를 써주셨다. 그 글귀를 받아들고 "미리"라는 글자가 있는 것이 좀 마음을 서글프게 했지만 선생과 나눈 대화 중에 내 아이와 관련된 내용을 선생이 그렇게 진중하게 생각하고 있었다는 것이 참 고마웠다. 그리고 선생의 아이 사랑과 고운 마음을 다시 한 번 느꼈다.

언젠가 그동안 인터뷰했던 사람 중에 가장 기억에 남는 사람이 누구였냐는 질문을 받은 적이 있다. 그때 솔직히 딱 마음에 남는 사람이 없어 대답을 우물거렸었다. 이제 만약 누군가가 나에게 그런 질문을 한다면 감히 나는 금아 피천득이라고 대답할 수 있을 것이다.

선생의 어린 왕자와 같은 웃음과 목소리 그리고 삶이 때때로 지친 나에게 큰 힘을 주기에……

《박영선의 인터뷰 사람 향기》 나무와 숲, 2002)

# 7. 여덟 권의 책이 맺어준 인연

대담 : 리영희(2003)<sup>*</sup>

9월의 첫날 금아 피천득 선생 댁에서 한 이색적인 만남이 있었다. 마치 은둔의 삶을 선택이라도 한 듯 고요한 삶을 살고 계시는 터에 리영희 선생의 방문으로 두 분의 만남이 이루어졌다. 모든 인연의 시원이 대개 그러하듯 이 만남은 우연한 스침에서 시작되었다. 두 분은 한때 회기동에 살았는데 그 인연의 기미를 좇아 리영희 선생의 방문이 이루어진 것이다.

처음부터 기획된 자리가 아닌 자연스런 만남이었지만 현대사 속에서 두 분이 갖는 상징성을 감안하여 녹취의 허락을 얻어 이 지면 위에 펼친다. 독자들을 위해 사실 그대로를 옮겼으나 정치와 사상을 제외한, 인생과 문학과 예술을 중심으로 이야기를 풀었음을 밝혀둔다. (편집자 주)

피천득 : 아, 이렇게 오시게 해서 미안합니다. 불편하신 몸으로…… 제가 찾아뵈어도 되는데…….

---

\* 고(故) 리영희 : 한양대학교 명예교수

리영희 : 아닙니다. 댁으로 찾아뵙고 싶었습니다. 선생님 전에 회기동에 사신 적이 있으시지요? 지금의 경희대학이 있는 근방에, 그 밑에 어디…….

피천득 : 네, 네. 거기서 내가 살았어요. 그런데 나는 선생님이 아직 건강하신 걸로 알았는데 어떻게 건강을 해하셨어요?

리영희 : 아니, 3년이 채 안 됩니다만. 뭘 저도 한다고 되지도 않는 글을 마지막 마감 마무리하느라 독촉을 받아서 이틀 밤을 새우면서 과로를 했더니…… 그래서 쓰러졌습니다. 그런데 그게 오히려 잘 되었다고 생각하는 겁니다. 왜냐하면 아, 내가 너무 과욕을 부렸구나. 적당한 나이에 적당한 때에 자기의 삶의 계단에서 뭐를 이루겠다는 생각도 멈출 줄 알고, 매듭을 지을 줄 알아야지 마치 언제나 청춘처럼 글을 만들고 쓰고 하겠다고 밤을 새우고 그런다는 게 그게 얼마나…….

피천득 : 뭐 열정이 있으시니까 그렇지요. 열정이요.

리영희 : 자신이 깨달아서 멈춰야 하는데 이렇게 되니까 오히려 아하, 자신이 알아서 못 하니까 하늘이 멈추라는 뜻이구나 생각하니…… 마음이 과해서 그랬구나 하고 돌아보게 되었습니다. (웃음)


리영희 : 선생님, 저 범우사 윤형두 사장이라고 아시지요?

피천득 : 그럼요.

리영희 : 본래 회기동의 그 집으로 해서 선생님을 왜 직접 뵙지도 못한 연이지만 집과 가족과 인연이 있지 않습니까……

그런데 10년 전인가 7, 8년 전인가 들었습니다. 선생님이 댁을 옮기면서 책을 다 털고 그 윤 사장의 말로는 여덟 권만을 가지고 새 집으로 옮기셨다는 말을 들었습니다.

피천득 : 그랬는데 그래도 지금은 조금 늘었습니다.

리영희 : 그때 그 책 이야기가 제 마음에 참 인상적이었습니다. 한 학자가, 한 지식인이 자연인으로서 연령이라는 게 있어 별수 없이 언젠가는 털어야 하는데 모든 것을 그것도 아직 건강하시면서 털고 후학들에게 나누어 주고 여덟 권을 가지고 가셨다는 거. 저도 언젠가는 그렇게 살고 싶은 모습이었는데 한 번 뵙고 그 심정이라는 걸 듣고 싶다 생각하고 지내왔습니다. 생각으로는 아마 바이블이 있을 것이고 셰익스피어나 본인의 시집이나 그건 별도로 하고 그렇게 해서 여덟 권인가 하고 궁금했습니다. 어떤 책인지…… 그렇게 돼서 윤 사장이 한 번 같이 찾아뵙자고 했던 것인데 이렇게 찾아뵙게 되었습니다.

피천득 : 네ㅡ. 아직도 책상 위에 몇 권이 그대로 있습니다.

리영희 : 그러다가 재작년인가 TV에 나오셨을 때 제가 봤습니다. 말씀 잘하시고 건강하셔서 놀랐고, 그때도 여덟 권 책 이야기가 나오지 않아 궁금증이 풀리지 않았고……. 지금도 거동에 불편 없고 책을 읽으시니 대단하다 해서 놀랐지요.

피천득 : 부끄럽습니다. 매스컴에 나가서. 제가요, 산문을 안 쓰기로 작정한 거는 한 30년 전입니다. 그러니까 60 무렵입니다. 내 시는, 짧은 시는 가끔 쓰는데 그것까지 안 쓸 수는 없어서……. 외국에는그런 말이 있어요. 침묵이나 지키든가 술집에나 가서 술이나 먹으라고. 나이가 들면 자기 수준에 떨어지는 글을 쓰게 되고 한 말 또 하고 질질 끌게 되어 지루해지니…… 나는 술은 한 모금도 못 먹으니 침묵이나 지킬 수 밖에요. 그래서 나는 그걸 지켜왔습니다. 요즘 새 책이라고 나오는 건 전에 번역했던 글들이나 예전에 썼던 글입니다.

리영희 : 시는 산문하고는 대립 개념이라기보다 세속에 뒹굴면서 생각하면서 쓰는 글이 산문이고, 고고하게 살면서 생각하고 쓰는 게 시라면 그저 선생님 생활 속에서는 시가 어울리시는 것 같습니다. 따님에 대한 글을 읽고 이렇게까지 자식에 대한 사랑이 극진할 수가 있을까 했습니다. 저는 반대로 애하고의 정이 지금도 다 메워지지 않는 마음의 구멍이랄까, 그런 게 아직 남아 있어요. 제가 30대 후반 40대 초반 때 이승만 · 박정희 시대에 뭔가 생각하고 행동하면서 산다 하니까 다른 사람들처럼 가정 위주로 가정에 몰입하고 사회를 등지거나 사회를 너무 소외하고 사는 건 지식인의 사회적 책무가 아니라는 생각이 유달리 강해가지고 애들에 대해 조금 과하게 대했어요. 큰애에게 특히 더했는데…… 요새는 뭐든지 사주는 시

대지만 그때 TV가 나왔을 때인데 애들이 볼 필요가 없는 저급하고 저열한 것은 못 보게 하고 그래서 만화만 보게 하다가 순응하지 않으면 TV를 없애고 다락방에 몇 달씩 올려놓곤 했어요.

피천득 : 말을 끊어 미안하지만 미국 우리 딸네는 아직도 TV가 없습니다. TV 보는 게 아이에게 나쁘다고 TV 볼 여건을 아예 없애 버린 거지요.

리영희 : 아, 그래요. 거 어려운 일인데. 그러기가 쉽지 않을 텐데. 만인이 필수품이라 생각하고 그걸 문화라고 생각하는 시대에서 그렇지 않다고 생각하면서 그걸 외면하고 실천한다는 게 보통 일이 아닙니다.

피천득 : 아 그래서 우리 손주가 친구들한테 놀림을 받는대요. 너는 TV도 못 보고 살지 하면서 애들이 놀리면 걔는 그렇게 답한대요. 나도 호텔에 가면 TV를 본다고. 그래도 우리 딸애 생각은 철저해요.


리영희 : 그렇군요, 저는 아직도 어느 부분은 철저하니까. 그런 것이 합쳐져서 아이들에게 상처가 되어 지금은 장년이 되었는데도 자식을 볼 때 아직 아버지로서 뭐가 이렇게 어려워요. 어렵고 대할 때 미안하고 그렇습니다.

피천득 : 가까이 있습니까?

리영희 : 그럼요. 가까이 삽니다. 선생님은 따님을 위해 대학에 사표를 내고 그저 뛰어가서 여행을 같이하고 아, 참 부럽다는 생각이 들었어요. 삶에 있어서 실제도 그렇기도 하

거니와 성경에도 사랑은 뭐 가까이서 베풀라고 되어 있지 않습니까. 애들에게 베풀라고 하잖습니까. 어린애는 어린애답게 사는 상황을 허용하게 했어야 했는데 어린애에게 도덕률이나 실천을 요구하고 강요했다는 게 잘못이죠. 어떻게 보면 제 자신의 인간적인 성격의 결함이 아닌가 하고 자책하기도 했어요.

리영희 : 제 고향이 소월이 죽은 데서 4, 5리 밖에 떨어지지 않은 곳입니다. 저는 비문학적이라 시를 외지는 못하지만 삭주 대관 6천 리, 먼 6천 리 물 건너 산 건너…… 뭐 그런 시가 있거든요. 그것이 바로 우리 마을 건너거든요. 절벽처럼 생긴 곳인데 소학교 올라가는 언덕배기를 지나지요. 소월처럼 다감한 시인이 좌절하고 시골 남시라는 곳에 들어왔을 때 해가 지면 캄캄해지고 그 절벽에 그늘이 지는데 그 장면이 자기의 심정과 처지에 빗대어져 그런 시가 되었을 것입니다.

피천득 : 김억이 그 선생이지요. 김억도 좋은 시들이 있는데 제자에게 가렸지요. 청출어람이라고 제자가 뛰어나서 그렇게 되었지요. (좌식탁자에 오래 앉아 이야기하는 게 불편해 보이는 리 선생에게 의자를 권하는데 몇 번 사양하다 의자에 앉으며 높이 앉게 되었다고 송구스러움을 표현하는 리 선생이다)

리영희 : 이 중풍이라는 것이 의학용어로는 뇌출혈이라고도 하는데 사람은 반신만 마비가 되는데 대체로 남자는 우측이 마비된다고 합니다. 처음에 못 걸었죠. 그러다 차츰 걸

게 되었고 큰 움직임은 되는데 몸이 저리고 굳어져 글은 못 쓰고 미세한 것은 못하고 셔츠 단추는 누가 채워줘야 하지요. 진작 글쓰기를 멈췄어야 하는데…… 그래도 움직일 수가 있어 다행입니다. 요즘 책 읽는 거는 합니다. 작년에는 한 시간 정도였는데 지금은 세 시간까지는 읽지요. 그러다 조금 안 좋다 싶으면 또 멈추지요. 나이가 선생님에 비하면 스물이나 아래니까 우리 나이로 일흔넷입니다.

피천득 : 나하고는 꼭 20년 차입니다.

리영희 : 괴테가 1820년, 불란서와 독일이 전쟁하던 때 한 제자가 물었습니다. 선생님은 독일 애국주의 시를 안 쓰셨습니다, 그래서 어떤 사람은 선생님이 조국에 대한 사랑이 적지 않나 하고 의문을 갖는 사람이 있습니다 하고 물었습니다. 젊은 시인들은 진군나팔 부는 듯한 시를 썼는데 괴테는 글을 안 썼습니다. 그때 괴테가 제자에게 답한 말이 참 인상적이었습니다. 그럼 시인이 어떻게 해야 하는가, 시인은 사회를 맑게 하고 인간 마음의 지조를 청결하게 유지하고 옳음과 아름다움을 노래하고 씨를 뿌리고 물 주고 꽃 피게 하면 되는 게 아니냐고 물었습니다.

피천득 : 그래도 괴테는 시절을 따르는 사람이에요. 세력을 따르는 사람입니다. 베토벤하고 둘을 비교하면 거의 같은 시대일 겁니다. 베토벤은 대공 같은 거 올 때 인사도 안 하고 그냥 가는 사람이고 괴테는 정중하게 인사를 하는 사

람이에요. 그러니까 괴테는 시류를 따르는 사람이고, 베토벤은 그러지 않았어요.

리영희 : 그래도 괴테의 말도 의미가 있다고 봅니다만…….

피천득 : 그보다 더 훌륭한 시인은 반독재, 반제국주의 이런 거에 앞장서는 것이 진정한 애국자입니다.

리영희 : 그런 운동을 조금 했다고 하는 저로서는 선생님처럼 깨끗하고 아름답게 중도를 지켜갈 수 있는 것을 높이 평가합니다.

피천득 : 나는 내 자신을 아주 비겁한 사람이라고 생각합니다. 아주 소극적인 사람입니다. 다칠 세라…….

리영희 : 괴테의 말 가운데 이런 말이 있어요. 싸우는데 자기 조국이라고 무조건 나팔 불어야만 되는 거냐는 물음이 있지요. 저같이 사회과학을 한다든가 이런 사람은 다르지만 시인으로서 문화에 대한 영향을 불란서라든가 많은 외부에서 받았다 이겁니다. 그런데 문학을 하는 자기가 과연 무엇을 할 수 있겠는가 보는 겁니다. 괴테가 귀족으로 태어났고 애초부터 출신 성분에서 당연히 갈 길을 갔던 사람인데 그 당시에 그가 어떻게 하면 뛰어넘는 길이 있었을까요. 영국의 바이런처럼 다 버리고 해야 했을까요.

피천득 : 바이런은 여자관계도 복잡하고 별일을 다 했지만, 남의 나라 독립을 위해 재산은 물론이고 헌신하고 목숨까지 바쳤습니다. 그래 지금까지도 추앙을 받는 겁니다.

리영희 : 네, 그렇습니다. 괴테도 바이런, 베토벤, 라파엘을 존

경했습니다. 타고나면서부터 귀족으로 살던 사람이
라…….

피천득 : 글쎄, 그걸 뛰어넘어야 한다는 거예요.


리영희 : 선생님을 생각할 때 관념적으로 생각했는데 그렇게 놀
라웁게 행동을 강조하는 모습에서 선생님의 정신을 보
게 됩니다.

피천득 : 제게도 반항하는 정신은 흐르고 있습니다. 제 시를 언제
한번 읽어보시면 그런 정신이 들어 있는 것을 보실 수 있
을 것입니다.

리영희 : 저는 스스로 개체적인 삶을 돌아보며 그것을 평가하면
서 사는 것을 높이 생각하는 사람입니다. 그걸 유지한다
는 것은 운동하는 사람들 못지않은 일입니다. 어떤 이들
은 정서, 사상, 철학적으로 어설프게 보이고 행동과 사상
으로 발전되지 않고 행동주의로 나가니까 오히려 염려
되는 부분이 있어요. 나중에 우스운 사람으로 남게 되는
경우도 봤고요. 자기 것만 고집하고 변명하고 그런 것은
편협입니다. 그렇지 않은 쪽의 강점, 아름다움, 취해야
할 점을 생각한다는 건 중요한 일이지요. (이때 금아 선생은
리영희 선생에 관한 신문 스크랩을 내어보이며 평소의 관심을 내비친
다. 금아 선생은 평소 리영희 선생에 대한 관심과 존경하는 마음을 가
지고 있어 선생의 책도 읽고 소장하고 있음을 밝히신다)

피천득 : 제가 이렇게 선생에 관한 기사를 오려 놓았습니다. 이번
에 선생님 새 책이 나왔다고 해서 구해 보려고……. (선생

이 보여주는 신간 소개 지면에는 리영희 평전 《살아 있는 신화》에 관한 자세한 소개가 되어 있었다)

리영희 : 아, 네. 그 쓴 사람이 독일에서 공부한 사람인데 그 책을 보면서 독일 사회학이 과연 무섭구나, 했습니다. 600페이지쯤 되는 책 중에 뒷부분 100페이지가 표로만 되어 있어요. 어느 전쟁 문제는 어느 책 몇 페이지를 찾으라고 되어 있지요. 그 책들을 모두 펼쳐보아야만 되는데 완전히 맷돌로 갈아서 재구성해 놓은 것이지요. (자연스레 요즈음 읽고 있는 책에 대해 화제가 옮겨진다)

리영희 : 요즈음 읽는 책은 종교가 특별히 없지만 불경을 읽고 지난 1, 2년 사이 노자를 읽고 그리고 동양 고전들을 읽고 있습니다. 제가 대학 다닐 때 영어를 곧잘 했습니다. (리영희 선생은 젊어 한때 안동에서 영어 선생을 지낸 적이 있다. 그리고 군에서는 7년간 통역장교로 복무했다) 영시를 써보기도 했고 그랬습니다. 셸리, 콜리지를 좋아했고 빅토리아 시대 시인들인 테니슨, 예이츠……. 도서관에서 책 읽는 재미로 살았어요. 해방 직후 경성대 예과생들이 책을 트럭에다 실어다 팔던 시절 그걸 학교가 사들이던 시절이었으니, 그것들을 읽는 데 빠져 있었습니다. 어학에 취미가 있어서였는지 모르지만 외국어에 관심이 많았습니다. 잘 됐으면 저도 문학계의 말석쯤 있었을 겁니다. (선생의 영문학에 대한 조예를 듣고 금아 선생은 반갑고 놀라운 표정을 지으시더니 밝은 표정으로 서재로 안내하신다. 책꽂이 위에 나란히 놓인 세계 문

호들의 사진을 일일이 소개받은 리영희 선생은 책상 위에 낡은 책들을 살피며 더욱 놀라는 모습이다)

리영희 : 아, 기싱의 책을 가지고 계시는군요. 제가 학교 때 참 좋아했던 책입니다. 뭔가 잃어버렸던 마음의 한구석을 찾은 느낌입니다. 오늘은 기쁜 날입니다. 뵙고 좋은 말씀을 들을 수 있었던 것과 잃어버렸던 친구를 만난 느낌입니다. 저도 선생님하고 유사한 점이 있습니다. 떠들썩하고 집단을 이루고 그런 거 안 좋아하고 책을 읽는 것을 좋아합니다.

피천득 : 네, 놀랐습니다. 저는 선생님을 정의의 투사로만 알았는데. 선생님, 혹시 소설 《남부군》을 읽어보셨습니까. 저는 그 글이 문학성으로 대단한 글로 봅니다.

리영희 : 네, 읽어봤습니다.

피천득 : 작품 속에 나오는 남부군의 도덕성은 대단한 것입니다.

리영희 : 인간의 개체가 그 격동하는 중에서 인간이 갖는 고결성을 생각한다는 게, 그 면을 말씀하시는 게 참 선생님 마음이 어떻다는 걸 알 수 있습니다.

피천득 : 그리고 저는 음악 듣고 비디오 보며 그렇게 지냅니다. 내 제자들이 녹음해다 주는 것들입니다. (녹음된 테이프들을 가리키며 하나하나 짚어주신다) 셰익스피어 이런 것도 다 있고 버지니아 울프, 카프카, 버나드 쇼, 돈 호세, 카르멘, 테스 뭐……. 이렇게 많이 있어서 늘 보고 있습니다.

리영희 : 제가 가지고 있는 테이프나 뭐 그런 거는 라틴 아메리카 칸다라 농민들의 운동 인생, 세계 각국의 혁명 이런 것입

니다. 그리고 5, 6년 전에 셜록 홈즈의 탐정 시리즈물 하
나를 구했는데 그걸 읽다보면 잠이 들기도 하고…….  (웃
음) 그리고 미국식 영어보단 영국식 발음이 좋아서 '셜록
홈즈'도 읽게 됩니다. (금아 선생은 서재 한편에 있는 성모님이
무릎에 예수를 부축하고 있는 조각상을 가리키며 리 선생을 포함한
주위 사람을 돌아본다)

피천득 : 마리아상 말입니다. 이 모습을 보면 예수님이 33세에 돌
아가셨는데 마리아 님이 어딘든지 이렇게 젊게 나온단
말입니다. 그건 마리아 님이 될 수 있는 대로 예쁘게 뵈
고 젊게 뵈고…… 그러니까 예술은 초월한다 이겁니다.
마리아를 젊게 만든다 이거예요.

리영희 : 그러지요. 종교의 측면에서도 저 장면은 예수의 영원한
생명을 말하는 것이고 부활하고 다시 생명이 살아나고
시체에서 생명이 다시 돌아오는 것인데 생명은 아름다
워야 하고 젊어야 하고 인간의 것을 갖춤을, 생명의 아름
다움을 표현하고 있는 것이지요. (리영희 선생은 금아 선생과
환담 중에도 자꾸만 책상 위에 놓인 책으로 시선을 보낸다. 그의 시선
을 따라 '여덟 권의 책'을 찬찬히 살펴본다. 성경책 한 권과 닳고 닳은
책 몇 권— 아미엘, 호머, 기싱의 책이 선생의 책상 왼편에 자리하고
있다. 특히 기싱의 책《*The Private Papers of Henry Ryecroft*》을 보고 환
한 표정을 짓는 리영희 선생)

피천득 : 아, 놀랍습니다. 어떻게 그렇게 영문학 쪽에 관심을…….
그것도 기싱을 좋아하셨다니, 많이 안 알려져 있는데.  제

가 그 책을 한 권 구해 보겠습니다. 정 안 되면 이걸 복사라도 해드릴 테니.

리영희 : 네. 그렇게까지 안 해도……. 다만 너무 반가워서 그렇습니다. 제가 이 책을 구하려고 백방으로 찾다가 결국 못 구했습니다. (책을 다시 펼쳐 소개글을 소리 내어 읽는다) 왜 한국 사람이 조지 기싱을 모르냐 하면 요란한 말로써 꾸민 사람이 아니어서 세상에 알려지지 않았다고 되어 있지 않습니까.

피천득 : 네 그래요. 아 이거 참, 난 새로운 걸 깨달았어요. 선생님이 부정에 대한 투사로만 알았었는데…… 새삼 놀랬습니다.

리영희 : 아 그저 그게 다입니다. 선생님, 오랜 시간 동안 말씀 나눌 수 있어 좋았습니다.

피천득 : 나보다 선생님이 몸도 불편하신데 이렇게 찾아와 주셔서 고맙습니다. 저도 참 즐거운 시간이었습니다. 고맙습니다.

(정리 : 수필가 김훈동, 《선(選)수필(*Selected Essays*)》, 2003년 가을호)

# 8. 금아 피천득 선생의 생애와 문학

대담 : 손광성(2004)[*]

## 나의 삶 나의 가족

손광성 : 선생님, 안녕하셨습니까? 진작부터 《에세이문학》에 선
생님을 모시고 싶었습니다만, 이렇게 늦었습니다. 제가
선생님을 처음 뵌 것이 1959년 봄이었던 것 같습니다.
그때 선생님은 서울사대 영문과 교수셨고, 저는 국문과
3학년 학생이었습니다. 그 후 먼 길을 돌아 수필로 다시
뵙게 되었습니다. 자주는 아니지만 이렇게 건강한 모습
을 뵐 때마다 늘 감사하는 마음이 들곤 합니다.

피천득 : 고맙습니다.

손광성 : 선생님의 미수연(米壽宴) 때라고 기억되는데, 박완서 선
생이 "금아 선생님처럼 곱게 늙을 수 있다면 정말 오래
오래 살고 싶습니다"라고 하신 말씀, 선생님도 기억하시
지요?

피천득 : 그랬던가요? (웃음)

---

[*]  손광성 : 수필가, 동양화가, 전 한국수필문학진흥회 회장

손광성 : 연보를 보면 선생님은 1910년 5월 29일생으로 되어 있습니다. 그러니까 올해 우리 나이로 95세십니다. 생존한 문인들 가운데 가장 연세가 많으신데, 이렇게 건강하신 데에는 선생님만의 비결이라도 있으신지요?

피천득 : 그런 게 뭐 있겠어요? 내 자신이 생각해도 이상해요. 나는 외아들이고 아버지는 내가 7살 때, 어머니는 10살 때 돌아가셨어요. 언젠가 젊었을 때 사주를 보러 간 적이 있었는데, 점쟁이 말이, 약질이지만 여자를 가까이하지 않으면 60까지는 가겠다고 하더군요. 내가 너무 삼갔는지 여태까지 살고 있습니다. 기적인 거죠. 생생한 사람들도 일찍 죽는데, 참 이상해요.

손광성 : 이상한 것이 아니라, 선생님의 살아가시는 모습을 뵈면 수(壽)하실 수밖에 없겠구나 하는 생각을 하게 됩니다.

피천득 : 욕심을 부리지는 않았어요. 누구와 경쟁하느라 마음을 상한 일도 없고. 내 자존심과 양심에 꺼리는 일은 될 수 있으면 안 하고, 밑지고 사는 것이 마음 편해요. 나이를 먹어가니까 자기 한계에 도달하는 것을 알겠어요. 정신적으로나 뭐나. 아시겠지만 수필 안 쓴 지 30년 되었어요. 시는 간간이 썼지만……. 내가 생각하기에 사람들이 자기 한계를 모릅니다. 뭘 안 하면 망각된 것으로 알고, 전만 못한 것들을 자꾸 써내고 있어요. 서양에 이런 말이 있습니다. 나이를 먹어서 더 뻗을 힘이 없으면 '사일런스 앤드 살롱(Silence and salon)', 즉 침묵을 지키든지 술을 마시든지 하라고요. 나는 술을 못 마시니까 침묵을

지킬 수밖에 없습니다.

손광성 : 사일런스 앤드 살롱, 침묵하든가 살롱에 가서 술이나 마시라는 뜻이지요? 참 멋진 말입니다. 어떤 면에서 분수를 알라는 의미인 것 같습니다. 그런데 금아(琴兒)라는 호는 언제부터 쓰셨습니까? 그리고 자호(自號)인지, 아니면 다른 분이 지어 주신 건지요?

피천득 : 이 호는 내가 춘원(春園) 집에 있을 때, 그러니까 3년 동안 춘원 집에서 기거한 적이 있는데, 그때 지어 준 겁니다. 스물 몇 살 때부터 썼을 겁니다.

손광성 : 그러셨군요. 그런데 선생님이 태어나신 곳은 지금 어디쯤입니까? 그리고 언제까지 그곳에 사셨는지요?

피천득 : 종로구 청진동이에요. 지금도 그곳은 많이 변한 것 같지는 않더군요. 그곳에서 어머니가 돌아가실 때까지, 그러니까 10살 때까지 살았어요.

손광성 : 지금도 그곳에 가끔 가보십니까?

피천득 : 아니, 못 가지요.

손광성 : 선생님이 태어나셨을 때 선친께서는 화신백화점 건너편에서 신전을 하셨던 걸로 알고 있습니다. 그런데 굉장한 자산가였다고 들었습니다. 어느 정도였는지요? 또 선생님이 7살 때 돌아가셨으니 아버님에 대한 기억을 말씀해 주셨으면 합니다.

피천득 : 내가 알기로는 신발에 징을 박았다고 합니다. 부끄러운 얘기인진 모르지만, 나의 친할아버지께서는 소금장수였다고 해요. 아버님이 자수성가한 겁니다. 역사적으로 피

가네가 한의원을 많이 했는데, 임금 앞에 나가려면 당상
관은 되어야 한답니다. 피가가 양반이 아니고 중인이지
만 당상관을 내려 임금 앞에 나아갔다고 합니다. 그래서
"성은 피가라도 옥관자만 쓰고 다닌다"는 말이 있었지
요. 그리고 재산 얘기는 하기 어렵지만, 아버지가 서울
사람이라서 서울 근처, 그러니까 고양군이나 시흥 등에
땅을 많이 사두었대요. 지금 같으면 굉장했겠지요. 그때
천석꾼 소리는 들었다고 합니다.

손광성 : 네, 그런 속담이 있습니다.

피천득 : 그런 속담이 있나요?

손광성 : 네, 속담 사전에 실려 있었습니다. 그런데 어머님이 돌
아가셨을 때 선생님은 겨우 10살이셨습니다. 그럼 17살
에 상해로 탈출(?)하실 때까지 누구의 보살핌을 받으셨
는지요? 또 학비는 어떻게 마련해가지고 가셨는지 궁금
합니다.

피천득 : 내가 재산 상속자니까 사람들이 서로 자기 집에 와 있
으라고 했어요. 그때 경기부속국민학교에 다니고 있었
는데 재주가 있었는지 모르지만 검정시험을 치르고 두
해 빨리 제일고보(경기고 전신)에 들어갔어요. 그때 춘원
이 나를 재주가 있다고 좋아했어요. 학교 들어가서는 일
본 소설을 밤새워 읽고, 친구들과 등사판 잡지《첫걸음》
을 내기도 했어요. 그래서 춘원이 더 관심을 가졌던 것
같아요. 학자금은 주위 사람들이 내 땅을 팔고 잔금받은
거 5, 6천 원이 내 손에 들어왔어요. 그때 시세가 벼 한

가마, 광목 한 필, 금 한 돈이 5원씩 했으니까 상당한 돈이었죠. 그 돈을 상해 조선은행에 맡겨 놓았었는데, 일본인 직원이 놀라더라구요. "오오키데스네!" 하고요.

손광성 : 좀 전에 춘원 선생 댁에서 3년 동안 기거했다고 하셨는데, 춘원으로부터 어떤 영향을 받았다고 생각하시는지요?

피천득 : 그때 춘원은 톨스토이에 심취해 있었어요. 그 집에 영어로 된 톨스토이 전집(하버드 클래식)이 있었는데, 나중에 나도 그걸 읽었어요. 그리고 춘원의 집에는 놀러오는 사람이 많았어요. 유진오(俞鎭午) 같은 사람은 춘원을 스승으로 알고 자주 찾아왔죠. 나는 운이 좋아 많은 사람들과 접할 기회가 있었고 문학 얘기도 많이 들었어요. 정말 행운이었지요. 그때 춘원은 《동아일보》 편집국장이었어요.

손광성 : 그 당시는 대개 일본 유학을 떠났는데, 그럼 선생님이 상해로 가신 것도 춘원의 영향 때문인가요?

피천득 : 그렇습니다. 춘원의 영향이 컸습니다. 그때는 춘원이 친일을 하지 않았습니다. 그가 도산 안창호 선생을 스승으로 생각하고 있었으니까 그분을 만나게 될 거라며 권했지요. 호강대학(滬江大學)에 유학한 사람은 주요한(朱耀翰)·주요섭(朱耀燮), 그리고 또 한 사람과 나였는데, 학생은 6백 명 정도 되었고, 대부분 기숙사 생활을 했어요. 중국에서도 부잣집 자식들이 가는 사립 귀족학교였습니다.

손광성 : 주요섭 선생을 형으로 깍듯이 존경하셨던 걸로 알고 있습니다. 어떤 관계셨습니까?

피천득 : 주요한 씨가 상해에서 돌아와 《동아일보》에 있을 때 내가 찾아갔죠. 그때 주요섭 씨는 상해에 있었고요. 후에 이혼하고 나서 나와 함께 3년을 기거할 정도로 친한 사이였어요. 그리고 주요한 씨는 굉장히 재주 있는 사람입니다. 일본의 청산학원을 다녔는데 제일고보 이과에 들어갔어요. 그럼 동경제대는 누워서 들어갈 수 있었지요. 상해 호강대학에서 화학을 전공하고 우리나라에 오니까 할 게 없어 《동아일보》 기자로 들어간 거예요. 그때도 춘원이 도와 주었어요.

손광성 : 그러니까 춘원은 당시 많은 사람에게 도움을 주셨군요. 그런데 선생님이 호강대학에 진학한 것은 1929년이고 졸업 연도는 1937년입니다. 대학을 졸업하시는 데 8년이 걸리셨어요. 그동안 수차 귀국하여 금강산 등지에 체류하셨다고 하는데, 그렇게 된 사정을 듣고 싶습니다. 또 하산하시게 된 이유 같은 것도⋯⋯.

피천득 : 그때는 상해사변 등 전쟁이 여러 번 일어나 그랬어요. 나는 몸도 마음도 약해서 일본과 대항해 싸우지는 못했지만, 친일하는 글은 한 번도 쓰지 않았어요. 소극적 저항이랄까, 지조는 지켰습니다. 내가 금강산 장안사(長安 寺)에 있었는데, 나는 가족도 없고 하니 절에 가서 공부나 하고 지낼 생각이었어요. 그런데 실망해서 속세로 나오게 되었지요. 내금강에 절이 많았는데, 나를 지도해

주시던 상월(霜月) 스님의 말씀을 들으니 스님들 생활이 생각과는 많이 다르더군요. 그리고 마하연이라는 암자에 이름 있는 스님을 만나러 갔었는데, 그 스님의 법명을 대면 잘들 아시겠지만 밝히기는 그렇고, 아무튼 불단에 "천황 폐하 성수 만세"라고 쓴 것이 걸려 있었어요. 그래도 일본 경찰의 성화에 그랬나 보다 생각하고 있었는데, 나를 보자마자 "당신 요시찰 인물이라서 피해 다니는 거 아니오?" 하고 물어 기분이 대단히 상했지요. 그리고 무슨 죄라도 뒤집어쓸까 봐 그랬는지 나를 냉랭하게 대하고 말도 잘 안 해 내 마음이 돌아섰어요. 아, 여기도 믿을 수가 없구나 하고 속세로 돌아왔지요.

손광성 : 선생님의 글을 읽으면 선생님은 스님이나 신부님이 되실 분이시구나 하는 생각을 하게 되는데, 그러셨군요.

피천득 : 나는 가족이 없었으니 절에 들어가 공부나 하려고 했지요.

손광성 : 선생님은 1937년에 졸업하시고 귀국하여 중앙상업학교 교원으로 지내시다가 1945년 경성대학(京城大學) 예과 교수로 임명되신 것으로 연보에 나와 있는데, 일본 유학과도 많았을 텐데 어떻게 어려운 교수직을 맡게 되셨는지, 당시 상황을 말씀해 주시겠습니까?

피천득 : 예과 교수는 해방 후의 일입니다. 아직 서울대학교로 이름이 바뀌기 전 잠깐 동안이었어요. 그 전에는 어림도 없지요. 일본 치하 때 얼마나 고생을 했느냐 하면, 내 뒤에는 춘원도 있고 도산도 있으니 불령선인(不逞鮮人)이라

해서 학원 선생도 못하게 했어요. 그때 나는 결혼을 안 하고 방 하나 얻어가지고 살고 있었는데, 쌀 배급을 주면서 독신자에게는 안 주고 가정에만 주었어요. 그러자 친구인 이종수(전 서울사범대 학장) 선생이 자기 집에 와 있으라고 해서 가 있었는데 미안해서 견딜 수가 있어야지. 그런데 참 이상한 일은, 주요한 씨 부인과 형 아우하며 지내던 부인이, 나중에 장모가 되었지만, 자기 딸을 나와 결혼시킬 의향이 있었어요. 그래 딸을 보니 말도 없고 고개를 숙이고 있는 모습이 옛날 여자다웠는데 머뭇거리고 있으니까, 산부인과 의사인 춘원의 부인이 봐준다고 이 사람을 불러 건강 진단도 하고 그러더니 몸매도 괜찮다고 해서……. 사실 쌀 배급 타려고 결혼한 겁니다. (웃음)

손광성 : 요새 젊은 사람들 결혼보다 더 과학적이셨네요.

피천득 : 그런가요.

손광성 : 제가 3학년 때 들은 선생님의 영시(英詩) 강독은 제게 많은 도움이 되었습니다. 선생님은 강의 시간을 잘 지키셨습니다. 어떤 분은 90분 강의에 20분 늦게 들어와서 20분 일찍 나가는 분도 계시던 때지요. 그런데 선생님께서 단 한 번 강의를 일찍 끝내신 적이 있습니다. 제가 보니 강의실 문설주에 웬 여중생이 기대어 선생님 강의하시는 모습을 쳐다보고 있었는데, 선생님과 그 학생의 눈이 마주치자 강의를 서둘러 끝내시고는 어깨를 감싸 안고 긴 복도를 걸어가시던 모습이 지금도 생생합니다.

피천득 : 그걸 다 기억하다니……, 놀랍습니다.

손광성 : 그 학생이 서영이라는 것을 알게 된 것은 훨씬 뒤였습니다. 그때 서영이가 이화여중 2학년이었던가요? 아무튼 부녀의 모습이 그렇게 다정해 보일 수가 없었습니다. 서영 씨는 지금 세계적인 물리학자라는 얘기를 들었습니다. 서영 씨가 문학을 하지 않은 것에 대해 어떻게 생각하시는지요?

피천득 : 내 일생의 가장 큰 잘못이에요. 그때 우리나라 형편이 가난해서 외국에 가서 잘 살아라 하는 생각을 했어요. 그 아이가 소질은 문과인데, 억지로 공부한 게 그렇게 되었어요. 당시에는 다섯 과목만 하면 서울대에 들어갔는데, 요새도 그렇게 해야 할 것 같아요. 여러 가지 다 시키지 말고……. 서영이는 제2외국어로 불어를 했는데 만점을 받았어요. 고등학교 때 글짓기 소질이 있어 특기생으로도 갈 수 있었는데……, 내가 잘못한 거예요. 유학 가서도 성적이 좋아 대학원을 MIT나 하버드로 가라고 했어요. 그래야 한국 수재들을 만날 수 있을 거라고. 그래 MIT로 갔는데 제 지도교수와 결혼을 했어요. 모든 게 운명이야. 어쨌든 서영이는 여자로서는 제일 유명한 물리학자가 되었어요.

손광성 : 선생님 심정을 이해할 것 같습니다. 사람의 일이란 의도대로 되지 않은 때가 더 많은 것 같습니다. 하지만 세계적인 물리학자가 되었으니 그것으로 위안을 삼으셔도 되겠습니다. 지금 보스턴대학 우주물리학 교수지요?

피천득 : 그렇습니다.

## 내가 사랑한 사람들

손광성 : 선생님은 〈우정〉이란 글에서 사라져 가는 친구들을 생
각하며, "친구는 나의 일부이다. 나 자신이 죽어가고 있
다"고 하셨습니다. 일생을 통해 나의 일부처럼 생각된
친구가 몇이나 있었으며 누구인지 알고 싶습니다.
피천득 : 치옹(痴翁) 윤오영(尹五榮) 선생과 가장 친했어요. 나보다
나이는 많았지만 중고등학교 때부터 친구예요. 그는 양
정이고 나는 경기였는데, 등사판 잡지 《첫걸음》을 만들
었어요. 그이의 《수필 입문》이라는 책에 내 얘기가 많이
나와요. 친구니까 과찬한 것도 있겠지만…….
손광성 : 아, 그러니까 윤오영 선생이 아까 말씀하신 고보 시절 동
인지 《첫걸음》의 동인이셨단 말씀이지요?
피천득 : 그렇습니다.
손광성 : 그 등사판 동인지 《첫걸음》이 한국 수필의 대가 두 분의
'첫걸음'이 된 셈이네요.
피천득 : 뭐, 대가까지야. (웃음)
손광성 : 윤오영 선생님을 예술적인 측면에서 어떻게 보십니까?
피천득 : 그 사람은 치밀하고 논리적인데, 그이 나름대로 예술적
인 면이 있지요. 〈방망이 깎는 노인〉 같은 글 좋지 않습
니까. 그리고 뭐더라…….
손광성 : 〈염소〉 말씀인가요?

피천득 : 그래요. 〈염소〉 그런 작품이 좋아요.

손광성 : 제가 수필을 시작하게 된 데에는 선생님의 영향이 컸습니다. 1959년 청계천에 있는 서점에서 《금아시문선》을 처음 보았는데, 그때는 수필을 잘 몰랐습니다. 그러다가 중고등학교 국어 교사 시절 선생님의 〈나의 사랑하는 생활〉〈수필〉〈인연〉 같은 글들을 가르치면서 수필이 예술적인 글이 될 수 있다는 것을 처음 알게 되었습니다.

피천득 : 아, 그래요.

손광성 : 어떤 분이 선생님께 "한국의 찰스램이라" 했더니 선생님은 "찰스램이 영국의 피천득이지"라고 하셨다고 들었습니다. 어떤 점에서 그 같은 긍지를 느끼시는지 듣고 싶습니다.

피천득 : 내가 그런 말을 했는지는 기억에 없는데, 자긍심은 가지고 있어요.

손광성 : 아, 예.

손광성 : 이번에는 선생님의 '구원의 여인상'에 대해 듣고 싶습니다. 선생님 글에는 유순이 말고도 '구원의 여인상'이 많이 등장합니다. "그는 아름다우나 그 아름다움은 남을 매혹하게 하지 아니하는 푸른 나무 같고, 화려한 것을 좋아하나 가난한 것을 무서워하지 않고, 한 사람과 인사하면서 다른 사람을 바라보는 일이 없으며, 울고 싶을 때 울 수 있는 눈물이 있는 여인"이라고 했습니다. 황진이도 그중의 한 사람입니다. 하지만 이런 역사 속의 인물이 아니고 살과 피가 있는 여인을 만난 적이 있으신지

요?

피천득 : 있었지요.

손광성 : 노천명 시인에게 100통의 편지를 보낸 적이 있으시다던
데요.

피천득 : 그건 얼굴도 모르고 그랬어요. 장난이 좀 심했던 거지
요. (웃음)

손광성 : 그럼 〈빠리에 부친 편지〉에 나오는 분인가요?

피천득 : 그분은 우리 애 미술 선생님이었는데, 짝사랑이었어요.

손광성 : 선생님의 시에 곡을 붙이신 K라는 음대 교수는…….

피천득 : 내가 꽤 좋아했어요. 깊이 사귀었지요. (웃음)

손광성 : 그러셨군요. 마치 심문조로 말씀드려 죄송합니다. (웃음)

## 수필의 예술성에 대하여

손광성 : 선생님의 문학은 어머니의 죽음으로부터 시작된 것 같
습니다. 서머셋 몸은 《서밍 업(*The Summing Up*)》에서 "어
머니의 죽음은 50년이 지난 지금도 아물지 않은 상처로
남아 있다"고 했습니다. 선생님의 생애를 통틀어서 그보
다 더 아픈 경험이 있으신지요? 혹시 지금도 아물지 않
은 상처로 남아 있습니까?

피천득 : 그렇죠. 내 글과 관련이 있을 겁니다. 그리고 아물지 않
은 상처로 남아 있지요(이 대목에서 금아 선생님은 잠시 망연한
표정을 지으셨다. 마치 10살 적 어머니를 생각하시는 것 같았다).

손광성 : 유명 작가들 중에는 어머니를 일찍 여읜 분들이 많은 것

같습니다. 가와바타 야스나리도 그렇고, 미켈란젤로도
그렇고…….

피천득 : 그렇지요.

손광성 : 선생님은 수필을 쓰시기 전에 시를 먼저 쓰셨습니다.
1930년에 《신동아》에 〈서정소곡〉〈서곡〉〈파이프〉 등을
발표하셨지요. 언제부터 시를 쓰기 시작하셨습니까?

피천득 : 중학교 다닐 때부터였지요. 그러니까 〈첫걸음〉에도 시
를 실었습니다. 근래에도 가끔 시를 쓰긴 했습니다.

손광성 : 선생님은 시도 쓰고 수필도 쓰셨지만 수필로 더 유명하
십니다. 그 까닭은 무엇이라고 생각하시는지요?

피천득 : 글쎄요……. 유명한 시인들이 많아서 그런 거 아닐까요?
어떤 사람이 내 시를 높게 평가하면서 수필에 가려서 시
가 빛을 못 본다고 써준 적이 있어요. 둘 다 많이 쓰진 못
했지만……. 그래도 인촌상(仁村賞)은 수필로 탄 것이 아
니라 시로 탔습니다.

손광성 : 시작법으로 익힌 언어에 대한 감각이 수필에 어떤 영향
을 미쳤다고 생각하시는지요?

피천득 : 시나 수필이나 서정적이니까 아무래도 영향을 미쳤겠
죠.

손광성 : 선생님께서는 《산호와 진주》서문에서, "나의 작품이 산
호나 진주가 되기를 바라지만 조가비나 조약돌에 지나
지 않는다"고 말씀하셨습니다. 지금은 어떻게 생각하십
니까?

피천득 : 산호나 진주가 되기를 바라기는 했지만……. 우연히 그

렇게 되었다고 생각해요.

손광성 : 선생님의 문체는 같은 시대의 다른 작가보다 한 30년 앞
　　　　섰다고 생각합니다. 문체의 구성요소는 첫째가 어휘 선
　　　　택, 둘째가 문장의 길이, 셋째가 어조인데, 선생님의 글
　　　　에는 고유어가 많습니다. 고유어는 서정적이고 친근감
　　　　을 줍니다. 선생님 글의 서정성과 잘 맞아떨어지지요.
　　　　그리고 문장의 장단과 완급을 적절히 배치함으로써 리
　　　　듬감을 주어 읽는 맛을 줍니다. 〈오월〉에서 "내 나이를
　　　　세어 무엇하리. 나는 지금 오월 속에 있다"는 구절이 좋
　　　　은 예가 되겠습니다. 그리고 부드럽고 상대를 공경하는
　　　　어조와 사물을 대하는 공손하고 따뜻한 태도는 독자들
　　　　을 편안하게 해 줍니다. 다시 말해서 선생님의 수필을
　　　　읽고 있으면 절로 즐거워집니다. 이런 조사법(措辭法)은
　　　　어디서 배운 것인지요?

피천득 : 어느 인터뷰에서도 그런 질문이 나와서 "그거 타고나는
　　　　거야"라고 했더니 청중들이 박수를 많이 쳤어요. (웃음)
　　　　인터뷰하는 사람이 이제까지 인터뷰를 많이 했지만 나
　　　　하고 얘기한 것이 가장 재미있었다고 하더군요. (또 웃음)

손광성 : 그렇지요. 다는 아니겠지만 문학적 소양은 타고나는 것
　　　　이라는 생각이 들 때가 많습니다.

피천득 : 그래요, 그렇습니다.

손광성 : 한때 수필의 '허구론'에 대한 찬반 양론이 뜨거웠습니다.
　　　　나중에는 절충론까지 등장했습니다만, 결론 없이 잠잠
　　　　해졌습니다. 또 선생님의 〈인연〉이 교과서에 실리게 되

었을 때 누가 〈인연〉의 내용이 사실이냐고 물었습니다. 그때 "사실이냐 아니냐를 묻지 말고 진실이냐 아니냐를 물으라"고 하셨다는 얘기를 들었습니다. 지금도 멋진 대답으로 알려져 있습니다. 하지만 일반 독자들은 그 말씀을 잘 이해하지 못하고 있습니다. 마치 허구일 수도 있다는 뉘앙스를 풍긴다는 것입니다. 이에 대한 선생님의 생각을 듣고 싶습니다.

피천득 : 그건 허구가 아닙니다. 때에 따라서 얘기를 재미있게 하기 위해 취사 선택은 알 수 있으나 없었던 일을 있다고는 할 수 없지요. 그보다는 흠이 없는 사람의 작품은 믿을 수 있어요. 세상 떠난 사람한테 이런 말 하는 것이 어떨지 모르지만, 서 아무개 같은 사람은 아무리 좋게 봐주려고 해도 봐줄 수가 없어요. 일제뿐만 아니라 정권이 바뀔 때마다 그랬어요. 작가는 인격이나 인품이 먼저 되어야 합니다. 또 문학하는 사람들은 자기가 가진 물건은 다 버려도 '자기'를 버려서는 안 됩니다. 인품이 좋지 않으면 좋은 작품이 나올 수가 없습니다.

손광성 : 선생님께서도 수필의 허구성은 인정하지 않으신다는 말씀으로 듣겠습니다. 그런데 수필이 문단으로부터 소외된 이유를 뭐라고 생각하십니까? 장르가 열등한 건가요, 수필 쓰는 사람들의 문학적 소양이 부족한 건가요?

피천득 : 수필이라는 것은 잘못되면 재미없지만 잘되면 차원 높은 경지에 이르는 거예요. 에세이 문학이 다른 점은 비형식적이라는 거죠. 수필은 연수필(軟隨筆)이어

야 합니다. 리터러리(Literary) 에세이지요. 논리터러리
(Nonliterary) 에세이는 철학적 단상이랄까, 경수필(硬隨筆)
은 논문입니다. 수필은 예술적이어야 합니다. 서양 사람
들이 말한 건데, 에세이는 아주 잘 쓰지 않으면 이것보다
싱거운 게 없다고 했어요. 잘되고 잘못된 것은 면도칼
하나 차이입니다. 수필은 방법 없는 것이 방법이에요.
어떤 때는 기대했던 만큼 만족을 주지 못하기도 하지만,
어떤 것은 갑자기 나와서 놀라게도 합니다. 글의 스타일
은 쓴 사람의 인격과 언어와 생각이 혼합되어 생기는 겁
니다.

손광성 : 결국 수필이 소외된 원인은 예술성 없는 수필이 양산되
기 때문이라는 이야기도 되겠습니다. 그래서《에세이문
학》은 '수필의 예술성을 지향하는' 잡지라는 모토를 내걸
었습니다. 신변적 이야기가 문학성을 얻고 예술성을 획
득하는 단계에 올랐을 때 수필다운 수필이 되겠지요. 언
젠가 소설가 최인호 씨가 신문에서 훌륭한 소설가 다섯
명만 있으면 한국 소설이 세계 문단에서 차지하는 비중
이 클 거라고 했습니다. 수필계도 그렇지 않을까요?

피천득 : 그래요. 아 참!《수필공원》제호를《에세이문학》으로 언
제 바꿨습니까?

손광성 : 1999년 봄호부터입니다.

피천득 : 그거 참 잘 바꿨다고 생각해요. 전 것은 좀…….

손광성 : 그렇습니다. 그런데 선생님은 글을 쓰는 목적을 "아름다
움에서 오는 기쁨을 위해서"라고 하셨는데, 어떤 사람들

은 사회의 부조리를 고발하고 저항하기 위해 글을 쓴다
고도 합니다. 다시 말해서 참여문학이냐, 아니면 순수문
학이냐 하는 이야기가 되겠습니다.

피천득 : 글 쓰는 사람은 적어도 사회의 부조리나 부정부패, 애국
심을 이탈하는 것은 있을 수 없는 일입니다. 왜 지금 와
서 친일문학을 논하느냐고 하지만 벌을 주겠다는 것이
아니라 그건 가려내야 합니다. 불란서도 2차 대전 때 비
시(Vichy) 정권이 불란서 국민에게 이익을 준 점도 있었
으나 청산했어요. 원수를 갚자는 것이 아니라 밝힐 것은
밝혀야 합니다. 요즘같이 본인이 그것을 알면서 감춘다
는 것이 문제입니다. 저는 소극적 저항밖에 못하여 떳떳
한 입장은 아닙니다.

손광성 : 가장 참여적인 소설이라고 평가받는 《양철북》의 작가
귄터 그라스는 "참여문학이란 말은 '백마'를 보고 '흰 백
마'라고 하는 것과 같다"고 일축했습니다. 다시 말하자
면 모든 문학작품이 참여문학이라는 말이기도 합니다
만……. 아무튼 문학성을 갖지 않은 참여문학은 곤란하
지 않겠습니까?

피천득 : 그건 그래요. 문학이 된 다음의 이야기지요. 안 그러면
구호에 그치는 수도 있으니까요.

손광성 : 참여 시인 김수영이 말했지요. 현실 참여는 연단에서 소
리치는 것이 아니라, 당하는 자의 아픔을 표현하는 것이
라고 말입니다.

피천득 : 그래요. 그렇게 하는 것이 호소력이 있지요.

손광성 : 선생님의 가장 큰 슬픔은 어려서 어머님을 여읜 것이고, 가장 후회되는 일은 서영 씨에게 문학을 시키지 않은 일이라고 하셨는데, 가장 아쉬웠던 일은 무엇이라고 생각하시는지요?

피천득 : 아, 그거 말이지요, 내가 상해 있을 때 자주 들르던 서점이 있었어요. 우치야마(內山)라고. 그런데 그 집 이층에 루쉰(魯迅)이 산다는 사실을 몰랐던 겁니다. 그때 알았더라면 꼭 찾아뵈었을 텐데…….

손광성 : 두 분의 인연이 거기까지밖에 안 되었던가 봅니다.

피천득 : 그런 거 같아요. 아무튼 매우 아쉬운 일입니다.


손광성 : 마지막으로 한 가지만 더 말씀드리고 마치겠습니다. 작가마다 대표작과 특별히 애착이 가는 작품이 다른 경우가 있습니다. 선생님의 대표작이 〈인연〉이라면 제일 애착이 가는 것은 어떤 작품인가요?

피천득 : 그거…… 〈빠리에 부친 편지〉, 그래요, 그겁니다.

손광성 : 아, 그러세요? 전혀 의외인데요. 집에 가서 다시 읽어 보겠습니다. 선생님, 장시간 수고하셨습니다. 마지막으로 선생님의 수필 〈만년〉에서 선생님이 하신 말씀을 읽고 함께 선생님의 간절한 바람이 이루어지기를 빌겠습니다.


하늘에 별을 쳐다볼 때 내세가 있었으면 해보기도 한다. 신기한 것 좋은 것을 볼 때 살아 있다는 사실을 다행으로 생각한다. 그리고 훗날 내 글을 읽는 사람들이 있어, '사랑을 하고 갔구나' 하고 한숨지어 주기를 바라기도 한다. 나는 참 염치없는 사람이다.

훗날 선생님의 글을 읽는 사람들은 분명 선생님은 '사랑하고 가셨구나' 하고 생각할 겁니다. 아무도 그런 소망을 염치없다고 생각하지 않을 것입니다. 특히 선생님은 거대담론이 지배하던 시대에 "작은 놀라움, 작은 웃음, 작은 기쁨 그리고 작고 연약한 아름다움"의 소중함을 우리들에게 가르쳐 주셨습니다. 그리고 우리말을 위해 봉사하신 업적과 한국 수필의 새 지평을 열어 주신 작가로 국민들 가슴속에 오래오래 기억될 것입니다. 감사합니다.

피천득 : 여러 번 인터뷰를 했지만 오늘같이 길게 하고 깊이 있게 한 적은 없었어요. 오늘 내가 느낀 것이 많습니다. 이렇게까지 수필을 다각도로 생각하고 사랑하고 아끼고 그래 주신 것에 대해 새로운 발견을 했습니다. 대단하십니다. 그리고 우리는 참 아름다운 인연입니다. 고맙습니다.

(서용순 편집부장 정리, 《에세이 문학》 2004년 8월호)

# 9. 더 이상 발전할 수 없다면 침묵하라

대담 : 임헌영·홍현숙·민현옥·최경자(2006)[*]

### 5월 29일, 생일맞이 탐방

선생은 1910년 5월 29일(양) 서울 생으로 7세 때 부친을 여의고 10세에는 모친마저 여의었다. 그토록 사랑했던 딸은 미국에서 살고 청자연적 같은 수필은 마감한 지 이미 수십 년이 지났다. 1939년 결혼하여 지금까지 해로해온 사모님도 치매로 고생 중이다.

그럼에도 여전히 어린 아들이자, 젊은 아빠, 최고의 서정작가로 우리 곁에 남아있다. 자그마한 체구에 대쪽 같은 자존심과 검소함을 긍지로 삼는 금아, 옹은 올 봄에도 아흔여섯 번째 생신을 즈음하여 꽃이 만발한 날, 제자들의 부축을 받으며 나들이를 하실 게다. 길을 가다 인사를 건네는 이웃을 만나면 가던 길을 멈추고 모자를 벗고 정중히 답례도 해 주실 게다. 가느다란 눈에 소년 같은 미소를 띠며……

거실이나 방바닥에 편안하게 놓여 있는 액자들, 짝이 안 맞는 소박한 소파, 옹기종기 배열된 베란다 화분들, 자그마한 식탁……. 현관을 들어서며 맞닥뜨린 검소한 거실 인테리어는 영락없이 금아 선생

---

[*] 임헌영 : 문학평론가, 홍현숙 : 수필가, 민현옥 : 수필가, 최경자 : 수필가

댁이다.

문학평론가 임헌영, 범우사 장현규 국장, 사진작가 최경자, 수필가 민현옥, 홍현숙이 구반포 30평대 아파트에서 부인과 간병 아주머니와 함께 기거하는 피천득 선생 댁을 방문한 건 봄이 그저 예감일 뿐 아직은 쌀쌀하던 어느 일요일 오전이었다.

## 밑지고 살기가 세상살이의 1등

임헌영 : 이번에 수필에 뜻을 가진 분들이 힘을 모아《에세이 플러스》라는 월간지를 창간하게 되었습니다. 에세이에다가 그 이상 뭔가 더 담겨있다는 뜻이지요.

피천득 : 네, 축하드립니다. '플러스'란 이름에 호감이 갑니다.

홍현숙 : 선생님께서는 근대 문학사 이후 최장수 문인이며 가장 다복한 분인 것 같습니다. 온화한 장르에 편안한 성품 덕이라 여겨지는데, 현실 문제나 정치 문제를 전혀 언급하지 않는 것도 도움이 좀 되셨죠?

피천득 : 그렇습니다. 요즘에 사람들이 착각하는 게 있는데 사회 문제나 칼럼처럼 강하게 쓰는 건 수필이랑은 전혀 관계가 없어요. 수필은 어디까지나 낭만적이고 서정적이어야 하며 소프트하다고나 할까 그런 건데……. 괜히 정력 낭비를 해가며 그런 문제로 싸우는지 모르겠어요.

홍현숙 : 수필은 서정 그 자체라고 생각하시는 거죠.

피천득 : 세상의 불편한 일들은 그저 순조롭게 경쟁하지 않고 밑지고 살면 되어요, 굳이 경쟁할 필요가 있나요.

민현옥 : 경쟁하지 않아도 선생님은 늘 1등이시니까요.

홍현숙 : 89세 사모님이 아직 살아 계시다는 사실만으로도 선생님이 좋아하시는 영국 최고의 로맨티스트 로버트 브라우닝보다도 행복하신 듯합니다.

피천득 : 나는 부모도 일찍 돌아가시고 형제도 없을뿐더러 몸도 약해서 어디가서 점을 보면 여자를 삼가고 관리를 잘하면 60까지는 살 수 있을 거라고 했는데……. 아무래도 너무 조심을 한 것 같아. 이러다간 100살까지 살겠어……. (일동 웃음)

(서재는 자그마한 책상 두 개와 못을 박지 않고 만든 고풍스런 책장, 그리고 그 안에 빼곡한 원서와 사진들……. 옆방에는 60여 년 전 딸 서영이에게 선물했던 난영이라는 인형이 자고 있었으며 바닥에는 곰 인형 세 마리가 수면대로 눈을 가린 채 나란히 앉아 있었다)

최경자 : 그런데 선생님, 왜 곰 인형들은 모두 수면대를 끼고 있나요?

피천득 : 인형은 눕히면 자고 세우면 깨지만 곰들은 낮이나 밤이나 눈을 뜨고 있는 거야. 그래서 재워주려는 거지.

최경자 : (장난스럽게) 그래서 벌써 11시도 넘었는데 이젠 깨워야 하는 거 아니에요?

피천득 : 걔네들이 깨면 시끄러울까봐 그냥 늦도록 자라 그러는 거지. (일동 웃음)

(중간중간 호흡을 가다듬고 생각을 고르느라 느릿느릿 이어지기도 했지만 군더더기 없는 대화 솜씨는 수필처럼 간결했다. 예나 지금이나 변함없다는 채식 위주의 식사와 클래식 음악을 감상하는 습관이 마음을 정화시켜 드리는가 싶었다)

홍현숙 : 하루 일과는 어떻게 시작하십니까?

피천득 : 일찍 일어나는 편입니다. 일어나서 독서를 하지요. 돋보기를 이용해 책을 읽는 그 순간이 저는 가장 행복합니다. 어떤 경지에 들어선다고나 할까……. 그런 기분입니다.

홍현숙 : 마음의 평정을 얻는다는 말씀이시군요. 최근에 영화나 공연은 보신 것이 있으십니까?

피천득 : 최근은 아니지만 〈러브 스토리〉를 재미있게 보았어요. 거기에서 여주인공 아버지가 과자 굽는 일을 하는데 소박한 생활에 만족하며 사는 게 좋아 보였어요.

민현옥 : 역시 영화를 보시면서도 따님이랑 관련된 부분으로 마음이 가시는 군요.

홍현숙 : 따님만 너무 사랑하셔서 아드님들이 불만이 없으신가요?

피천득 : (왜 안 그렇겠냐는 듯) 지금까지도 그렇죠. 아들들한테는 사실 미안하고 잘못한 것 많습니다. 한번은 아들이 서영이한테 "너만 딸이냐?"라고 말했더니 서영이가 "그래, 나만 딸이다" 해서 웃은 적도 있어요. "너만 자식이냐?" 한다는걸…….

(선생은 슬하에 2남 1녀를 두셨다. 손자들은 아들로만 다섯. 그중 하버드대 3년 생인 외손자 스테판 피 재키브는 지난 3월 16일 예술의 전당에서 바이올린 협연이 있 어 수필 속 주인공인 따님 서영과 내한했었다. 40분 정도 지났을까, 간병 아주머니가 목이 마를 거라며 배즙을 담아왔다. 잠깐 쉬시라며)

## 사실이 아니더라도 진실이 되는 게 수필

민현옥 : 작년에는 상해에 다녀오셨지요?

피천득 : 네. 의사인 둘째 아들까지 대동하고 저로서는 과분한 대
접을 받으며 다녀왔습니다.

민현옥 : 그 정도 대접 충분히 받으실 만합니다. 너무 사양하셔서
그렇지 저희들 생각에는 지금쯤은 문학상도 좀 만들고
전집도 펴내고 하면 좋겠습니다.

피천득 : 근데 그게……. 매년 상을 준다는 건 오히려 질을 저하
시킬 수 있어서 말예요.

임헌영 : 엄선된 심사위원들에다가 자격 있는 작품이 있을 때만
상을 주는 것으로 선생님이 좀 풍토를 만들어 주십시오.
수필계가 살아나도록…….

홍현숙 : 제가 몇 년 전에 뵈었을 때는 "자신이 최고의 상태가 아
니라고 생각되는 순간부터는 사일런스(slience)하라"던 말
씀이 아직도 기억에 강하게 남아 있거든요.

피천득 : 맞습니다. 그건 지금까지도 제 신조나 다름없지요. 사
실 본인이 잘 알 겁니다. 더 이상 발전 못 한다는걸. 그런
데도 망각될까봐 걱정스러워 계속 쓰는 거 같아요. 물론

절필을 지키는 것도 쉬운 일은 아니지요.

임헌영 : 그럼 요즘 세간에 논쟁이 되고 있는 수필의 사실과 허구 문제는 어떻게 생각하십니까?

피천득 : 그건 사실이 아니더라도 '진실'이면 되는 거예요. 진실하다면…….

민현옥 : 말씀 듣다보니 어떤 종교를 가지셨는지 궁금하네요.

피천득 : 몇 년 전에 가톨릭 재단 어느 대학교수가 '기도'라는 내 글을 읽고 찾아와 그 덕에 교리 공부도 안 하고 영세 시켜준다고 해서 그걸 계기로 천주교 신자가 되었지요.

민현옥 : 만족하시는지요?

피천득 : 난 본래 진화론을 믿지 않아요. 하느님이 계시다는 걸 인정할 수밖에 없거든요. 우리들 마음속에 존재하는 성스러운 그 무엇과 연결되어…….

(앞에서 말한 어떤 경지로 들어서고 계시는 거였을까. 눈을 감고 말씀은 점점 시처럼 변해가는데……. 시간이 너무 지체되어 마무리하기로 했다)

임헌영 : 오랜 시간 말씀 감사합니다. 내내 건강 유지하십시오.

피천득 : 고맙습니다. (임 교수의 두 손을 잡으며) 이런 공식적인 자리 말고 우리 사적으로 사귑시다. 아무 때라도 전화하고 놀러 오십시오.

《에세이 플러스》 2006년 5월호, 창간호)

# 제 2 부
좌 담

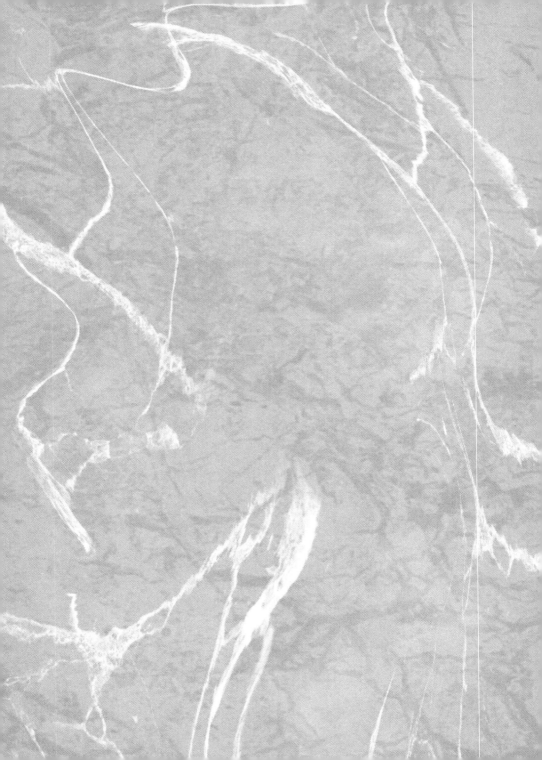

# 1. 도산(島山)을 말한다

민족의 정신적인 선구자로서 귀한 생애를 바친
도산 안창호 선생의 행적과 사상을 말한다(1960)


참석인사 : 김병로〈전 대법원장〉
장이욱〈전 흥사단이사부장 주미대사〉
김양수〈원자력병원장〉
피천득〈서울대학교 사대교수〉
박현환〈흥사단총무〉
김경식〈서울대학교 의대교수〉


사 회 : 지명관〈덕성여대 조교수, 본사〔《새벽》지〕편집위원〉

사   회 : 공사다망하신데도 불구하고 이렇게 나와주셔서 대단히
감사합니다. 이번 11월 11일로 도산 안창호 선생님 제
82회 탄신기념일을 맞이합니다. 이미 선생님이 가신 지
23년 혼탁한 현실을 앞에 놓고 선생님을 그리는 마음 간
절합니다. 이제 여러 가지, 선생님들이 도산 선생님과 사
귀시면서 느끼신 것, 보고 들으신 것을 많이 말씀하여 주
시면 감사하겠습니다. 우선 김병로 선생님부터 좀…….

김병로 : 나는 도산 선생이 상해에 계실 때 알았지요. 그때 내무
　　　　총장이었던가요?

장이욱 : 아니 노동총판이었지요.

김병로 : 그랬던가요. 그때 이승만 박사가 임시정부 대통령이었
　　　　는데 미주로 가버렸고 실지로는 도산 선생이 모든 일을
　　　　해나갔지요. 이 박사가 미주에 간 것도 도산 선생과 마
　　　　음이 맞지 않았다 하는 설도 있었는데 여기에는 이론이
　　　　분분합니다. 그 오랜 후지만 선생은 그 후 일본 경관에
　　　　피검되어 오셨는데 자주 찾아뵈었습니다. 얼마나 고통
　　　　스러우냐 물으면 "나야 뭐 괜찮은데" 하시고, 무엇보다
　　　　밖에 있는 동포를 걱정하셨지요. 이성을 잃지 않고 자각
　　　　하여 살아나가기 바라면서…… 무엇보다 조선 사람(그
　　　　당시의 말)으로서의 자각이라는 것을 늘 말씀하셨습니다.
　　　　공판 때에도 조금도 변치 않았지요.

김병로 : 참 그분은 다정다감하시고 세심한 분이셨습니다. 감옥
　　　　에서 나오신 후 자주 화계사나 미륵동 같은 데 교회 관계
　　　　분이나 조만식 백관수 인촌 같은 분과 함께 가셨습니다.
　　　　나도 같이 갔었지만 늘 한적한 곳을 좋아하셨습니다. 이
　　　　야기하기를 좋아하셨지만 자기가 잘했다든지 어떤 일을
　　　　과장한다든지 또는 남을 비난하시는 일 같은 것은 전혀
　　　　없었습니다. 다만 국내외 동포들의 형편을 염려하시며
　　　　통합해야 한다는 말씀이 주였지요.

사　　회 : 참 공판 당시 변호하신 분이 어떤 분들이었습니까?

김병로 : 내가 기억하는 대로는, 우리는 그것을 우리 형사공동연

구회의 주관으로 맡았다고 봅니다. 법정에서 변호는 두 세 사람이 하여도 심의는 같이 하였지요. 그리고 여기서 나오는 비용으로 사상범은 무료 변호하였고 멀리 평양 함흥, 신의주 같은 데도 출장해 갔지요. 공동연구회의 금전은 공동 관리자 사적으로 쓰고 싶어도 절대 못 썼지요 (웃음) 소속 변호사는 이인·허헌·현승렬·이창희·나, 이렇게 다섯 명이었는데 도산 선생 변호에는 우리 다섯 이 다 참가했던 것 같습니다.

사　회 : 그때 공판기록이 남아있지 않습니까?

김병로 : 내가 가지고 있던 것은 6·25 때 다 없어졌지요. 귀중한 기록을 창동집 마루밑에 숨겨 두었는데 다 타버렸어요. 지금 있으면 책꽂이에다 꽂아두고 뽐낼 것인데. (웃음) 글 쎄 공판기록이 고려대학교도서관에 일부 남아 있지 않 을까요.

박현환 : 제가 공판 기록에 대해서 잠깐 말씀드리겠습니다. 해방 직후 서울 검찰 책임자의 양해로 다섯 뭉치나 되는 기록 을 모두 베꼈지요. 그런데 그만 6·25 때 인민군이 제 서 재에서 책, 서류들을 모두 다 가져가 버렸습니다. 그 기 록은 한국 독립운동사라 해도 좋으리만치 그 시대의 한 국 현상이 그대로 나타나 있습니다. 선생의 동지애 그리 고 그 생애가 그대로 나타나 있을 뿐만 아니라 미주·중 국에서의 독립운동의 모습과 역사가 모두 나타나 있습 니다. 작년에 도산 안창호 선생 기념사업회에서 다시 그 것을 베껴내오려고 검찰에 갔었지만 그 기록은 찾지 못

하였습니다. 깊이 들어가 있는 것이 아닐까요…….

김병로 : 제가 너무 말씀을 많이 해서 죄송합니다. 우리 공동연구
회에 김영훈이라는 분이 늦게 가입했었는데, 그분이 사
상범에 대한 기록을 모두 고려대학에 기부했습니다. 거
기 아마 일부라도 있을 것입니다.

박현환 : 힘이 들더라도 이 기록은 다시 찾아내야 하겠습니다.

김병로 : 아니 그때가 어느 때입니까 베껴낸 때가?

박현환 : 그러니까 해방 바로 직후지요.

김병로 : 6·25 때 재판 기록이 많이 탔으니…… 겉에 나와 있던
것은 다 탔지요. 그때 검찰 기록, 재판 기록이 다 있었습
니다. 고려대학에 알아보시지요.

사　회 : 그럼 계속해서 도산 선생님의 생애에 대해서 말씀해 주
시면 감사하겠습니다.

김병로 : 도산 선생님이 수양동우회 사건으로 재수감되기 전, 아
마 2, 3개월 전 내가 사는 양주 땅 노해면에 나왔어요. 고
하 송진우 씨와 자리를 같이했지요. 점심을 같이 나눈
후 우이동 쪽으로 산책을 하였는데 중간쯤 올라가서 도
산 선생이 이런 이야기를 하셨지요. 별수 없으니 이제
는 묻혀서 농사나 짓겠다고 그쪽에 집이나 하나 사달라
고. 처음에는 지나가는 말로 들었으나 서울서 만나니 또
신신부탁 아니에요? 그때 고하가 나와 있고 정인보 씨가
나와 있었지, 또 홍명희 씨도 나와 있었으니 도산 선생까
지 계시면 이런 좋을 데가 어디 있어요. 그래 얼마 후에
산밑에 한 열댓 간 되는 초가집이 나서 좋아라고 계약을

치렀지요. 그랬더니 그만 선생께서 재수감되셔서……
그때 흥사단을 해체하라고 했지요.

박현환 : 네, 그랬지요.

김병로 : 이때 형사공동연구회도 해체하라고 하여 꼼짝 못하고 해체했으니까요. 동우회는 수양단첸데 왜 해체하여야 하는가고 나섰지요. 얼마 지난 후 우리 연구회 한 사람하고 신문기자 한 사람이 선생을 만나 봤을 때 그때는 건강이 아주 나빠지셨더군요. 그러다가 보석되고 보석 중에 돌아가셨지요. 보석 수속도 내가 했고 입원 중에도 여러 번 찾아 갔었습니다.

김양수 : 이 정권하에 흥사단에 대한 오해가 많았는데 그것은 이 정권하이니 하고 생각할 수 있지만 지금도 퍽 오해가 많아요. 오늘 저녁 내가 온 것은 그러한 오해에 대한 석연한 해명을 바랐다는 데도 이유가 있지요.

김병로 : 흥사단에 대한 오해가 있다고 말씀하셨는데 흥사단보다도 실상 도산 선생이 어떤 분인가 알고 상대한 사람이 정말 몇 사람 안 될 것입니다.

김양수 : 그렇겠지요. 흥사단에 대해서는 더욱이 지방색에 대한 비난이 많더만요.

김병로 : 사실 대성학교 시절부터의 이야긴 평양 사람들은 잘 알겠지만 이남 사람은 거의 알지 못합니다. 실제로 만나 본 사람, 그분의 성격이나 인격을 접해본 분이 별로 없습니다. 미주에서는 이승만 박사를 따른 사람들이 또 도산을 헐뜯 었지요. 이렇게 도산을 모르고 도산을 헐뜯는

사람은 흥사단도 그렇게 하지요. 그러나 내가 알기에는 선생 자신에겐 그러한 지방색이란 전혀 없었지요.

김양수 : 그럼 지금 흥사단은 어떤지요.

김병로 : 저는 도산 선생과 흥사단에 어떤 차이가 있다고 생각합니다. 도산 선생이 계셨으면 절대 그럴 수 없는 과오를 과거에 저지른 단우들이 있으니까요. 도산 선생이 가장 사랑했던 분들 중에서 선생의 뜻에 위배되는 행동을 한 사람도 있어요. 사실 지방색은 흥사단이 처음부터 문을 좁히고 단우를 엄선하였다는 게 배타적이라는 인상을 주어 그런 말이 많이 나왔을 거예요. 평안도 사람이 많이 있었고…….

김양수 : 그런 점을 많이 생각해서 운동하시는 분들이 유의해서 좀 더 문호를 개방하였으면 합니다. 좀 더 대중상대로. 이 정권이 무너졌으니 이제 그런 운동을 하셔야지요. 그런데 중심되시는 장 박사님이 주미대사로 가시니…… 흥사단 운동이 각 학교에 학교 단위로 수양회를 가지고 대중적으로 이루어졌으면 합니다. 도산 선생 같은 위대한 인격자, 정열적인 애국자를 본받은 운동이 있어야지요. 그런데 지금은 오해가 많거든요.

장이욱 : 도산 선생이 오해를 받는 것처럼 흥사단도 오해를 받습니다. 지방색이니 비밀적인 단체니 정치 단체니 등등으로……. 그 주요한 원인은 흥사단 조직에 있지 않나 생각합니다. 첫째로 도산 선생이 흥사단을 조직하실 때 엉성한 단체, 즉 깊은 이해와 자각 없이 가입할 수 있는 단

체로 조직하지 않았다는 것입니다. 단체의 근본 목적과 이상을 충분히 깨닫지 못하고 그것을 달성하여는 의욕 없이 그때그때 그 단체의 인기에 따라, 풍토에 따라 가담하는 것을 늘 염려했던 것입니다. 이러한 단원의 엄선이라는 것이 남에게 무슨 저희들끼리의 단체라는 인상을 준 모양입니다. 제가 미주에서 경험한 바에 의하면 흥사단을 비난하는 사람들은 대개 흥사단을 퍽 사모하는 사람들이었습니다. 흥사단에 입단했다가도 단원들의 여론이 좋지 못할 때는 못 들어왔습니다. 그래 이렇게 입단을 거절당한 사람들 중에 지방색이니 뭐니 하고 말하기 시작한 예도 있었습니다. 도산 선생은 인사 문제에 깊은 관심을 가지고 단결을 제일로 하시고 그러기 위해서는 단원의 자각과 결의를 중요시하셨습니다. 그러나 역시 단원들 중에는 단원 아닌 분들에게 편협한 태도를 보인 것도 있다고 봅니다. 앞으로 더 주의하고 고쳐야지요.

김양수 : 지금 무엇보다 도의 면에서 많이 주창되고 있는 때는 흥사단이 앞장서서 전 국민에게 영향을 주도록 되었으면 합니다. 밖에서 보는 흥사단이라는 데는 편견이 많다고 봅니다. 도산 선생의 그 위대한 인격을 본받아 하는 운동이 전국적으로 이루어져야 하겠으니 입단 절차도 완화되어 좀 더 넓게 전파되었으면 합니다. 즉 흥사단의 대중화·민중화 문제지요.

장이욱 : 많이 참고로 하겠습니다.

김병로 : 몸이 불편하니 제 말을 끝내고 돌아가야 하겠습니다. 서

울에 도산 선생이 오신 후, 저는 그분을 잘 알게 됐지만 그분 언어와 행동이 조금도 그릇된 점이 없는 분입니다. 남을 포섭하는 힘도 많으시고 거짓을 모르시고 남을 평가한다든가 편파적으로 생각하고 행한다든가 하는 것과는 아주 거리가 먼 분이에요. 나는 이 박사가 한국에 돌아온 후 지내보고, 미주에서 도산 선생과 사이가 나빴다는 것은 이 박사의 고집 때문이었구나 하고 알았지요. 수년 전 이 정권하에도 그렇게 한 적이 있었지요. 내가 상해에 갔을 때 거기에 이동녕 선생과 이시영 선생이 계셨지요. 모두 서울 분이었지요. 도산 선생보다는 어른들이었고요. 도산 선생은 매일 아침 일찍 일어나 두 분이 계시는 곳을 찾아갔지요. 문안드리러 간 것이 아니고 바로 주방에 가서 그 어른들께 드릴 반찬을 알아보는 것이었지요. 그때 무슨 돈이나 있었겠습니까. 전부 객지에서 고생을 할 땐데…… 그러나 도산 선생은 다만 몇 푼이라도 있으면 털어놓고 반찬을 사다 대접하라고 하셨지요. 돈의 다과나 그 행동 자체보다도 그 지성과 친절, 애족정신이 비할 데 없는 것이었습니다. 이런 걸 미루어 선생께는 비난할 것이 없지요. 이 박사가 여기 와 일을 할 때 저 고집통하고 어떻게 타협할 수 있을까 하고 나는 생각했지요. 그러니 4·19가 일어나고 하와이로 피신하게 됐지요. (웃음) 그 후 2년밖에 안 되니 도산 선생을 잘 모릅니다. 지금도 이름을 잘 모르는 사람이 있는데요, 그 선생님을 조금이라도 아시는 분이면 오해하거나 의심하지 않습니다. 선생이 왜놈들에게 그렇게 악형을 당하시면서 애국 운동을 하셨는데 그 사실이라도 알면 오해할 수 없지요.

피천득 : 김 선생님 말씀하신 대로 도산 선생은 지성 그대로의 사람이었습니다.

김병로 : 그러니까 흥사단에 대한 오해가 있다면 흥사단은 평안도 사람의 집단이라고 생각하는 데서 오는 거지요. 처음부터 흥사단에 평안도 사람이 많았고 도산 선생이 평양에 계셨던 탓이 아닌가 생각합니다. 또 한 가지 오해가 있다면 흥사단은 수양 단체가 아니라 정치 단체다 하는 것이겠지요. 그 이유는 흥사단에 독립운동을 하던 유력한 분이 많았다는 것이라고 생각합니다. 지금도 겉으로만 수양 단체지 안은 정치 단체라고 생각하는 사람이 많습니다. 해방 전과 달라서 이제는 흥사단이 더욱 수양 단체로서의 면목을 발휘하여야 할 것이라 생각합니다. 그리고 지금 우리가 가지고 있는 지방색도 타파하는 역할을 해야지요. 나도 역시 흥사단에 평안도 사람이 너무 많다고 생각돼요. (웃음)

장이욱 : 그런데 최근 흥사단에 입단하는 경향을 보면 지금까지 우리가 바라던 것이 실현되는 것 같습니다. 염려하던 것이 3, 4년만 지나면 해소될 것입니다. 과거에는 흥사단 원중에 확실이 서북 사람이 많았습니다. 그래 입단에 대해 의식적으로 각 지방으로 단원이 분산·포섭되도록 노력도 하였습니다. 그런데 지난번에 입단한 단우들을 검

토하여 보면 15명 단원 중에 네 명만이 서북 사람이고 나머지 11명이 남쪽 학생이었습니다. 그러니 앞으로 3, 4년만 지나면 전연 달라질 것 같습니다.

김병로 : 시간이 흘러가면 그런 것이 없어지겠지요. 또 없어져야지요.

장이욱 : 이번 여름에 만리포 해수욕장을 갔는데 남녀 청년들 중에서 중요한 위치에서 일한 분은 이상하게도 이 남쪽 학생들이었습니다. 점검 입단 학생 청년 비율에 있어서 남쪽출신이 늘어가고 있습니다. 지금 노년층에 북쪽 사람이 많은데 우리만 없어지면 얼마 안 가서 서북이니 기호니는 없어질 것입니다.

김병로 : 이러한데 앞으로 청년들까지 서북이니 기호니 뭐니 뭐니 그러면 쓰겠소. (웃음)

사　회 : 도산 선생의 사상에 대해서 한 말씀 해주세요, 김 선생님. 오늘날의 우리 국민사상과의 관계 같은 것을……

김병로 : 자유 민주주의적 민족주의라고 봐요. 그것은 우리가 선천적으로 지니고 오는 홍익인간의 신념이지요. 이것이 또한 세계 민주주의의 본질이라고 봅니다. 사실 우리 한국 같은 데선 국제적인 세계주의가 필요하겠지만 우리나라 형편으로는 아무래도 아직까지는 민족주의를 등한시해서는 안 된다고 생각해도 해방 전 독립운동을 하신 분은 대부분 열렬한 민족주의자라는 건 사실이라고 생각해요.

사　회 : 백범 김구 선생과 도산 선생 두 분의 사상 차이는 없었을까요.

김병로 : 다 같은 민족주의자라는 데 틀림이 없다고 봐요. 국제외교 문제에 관한 것은 딴 문제지요. 도산 선생은 국제문제에 대해서 퍽 많이 말씀하셨지요. (김병로 선생 퇴장)

사　회 : 피 선생님, 선생님이 도산 선생님과 유독한 관계를 가지고 계신다고 들었는데 좀 말씀해 주십시오.

피천득 : 제가 상해 유학시절이니 지금부터 32년 전에 선생님을 자주 뵙게 된 셈입니다. 그전에 서울서 선생님 강연을 들었는데 퍽 풍채가 좋은 분이었다는 인상이 남아 있습니다. 음성이 청아하고 부드럽고 크고 날카롭지 않았지요. 미국 사람들은 루스벨트 대통령의 목소리가 제일이라고 하지만 도산 선생님만 못한 것 같습니다. 그때 강연이 한두 시간 걸렸는데 시종 변함없이 확고부동했고 정과 사랑이 넘쳐흐르는 것 같은 느낌이었습니다. 도산 선생님이 저를 찾아오셔서 상해에서 만나 뵈었습니다. 저는 그분은 무슨 정치인이라기보다 다만 인간으로서 높은 존재라고 생각합니다. 도산 선생님께서는 지도자들이 가지기 쉬운 어떤 이상한 태도가 전혀 없는 순수한 인간이었습니다. 일생을 통하여 거짓말이나 권모술수가 전혀 없던 분입니다. 그런 것들이 정치에 꼭 필요하다면 그분은 전혀 정치를 할 자격이 없는 분입니다. 또한 그분의 정성과 사랑이라는 것은 기독교의 예수나 그럴 수 있으리라고 믿습니다. 저는 사생활도 좀 아는데 참 가난한 살림살이였지만 청초한 생활이었지요. 카라가 더러

워진 걸 본 일 없고, 물론 호화로운 옷도 입어본 적 없죠. 언행에 있어서도 앉거나 서거나 언제나 규범적이고 규율적이었습니다. 소파가 있다고 쭉 늘이고 앉으신 것을 못봤습니다. 참 단정한 분이었습니다. 간소한 방에는 화병이 있고 늘 꽃이 꽂혀 있었습니다. 참 세밀한 분이어서 꽃을 사실 때도 여러 색깔로 일일이 검토하셨습니다. 큰일하는 분들은 작은 일에 주의하지 않는다는 설도 있는데 도산 선생님은 그렇잖습니다. 제 개인의 말씀을 드려 안됐지만 제가 유학중에 병들어 누웠을 때 도산 선생님이 직접 찾아오셔서 입원까지 시켜주셨습니다. 때때로 아침 일찍이 병원에 찾아와 주셨습니다. 그때 그 병원에 한인 간호원이 있었는데 퍽 잘해 주었어요. 지금 생각하니 나도 그를 사모하고 있었던 모양인데, 선생님이 어떻게 그런 걸 다 아시고 너무 그렇게 큰 기대를 갖지 말라고 넌지시 말씀해 주셨습니다. 그분을 대할 땐 친할아버지나 보호자를 대하는 것 같은 느낌이었죠. 퍽 어린애들을 사랑하셨지요. 우아한 분이었습니다. 일경에게 체포당할 때도 어떤 어린아이에게 선물을 사준다는 약속을 지키려 나가셨다가 잡혔지요.

박현환 : 이우필 씨 아들이었지요.

피천득 : 그렇게 어린아이와의 약속도 어긴 일이 없었습니다. 그래서 제가 한번은 선생님에게 거짓말에 대해서 물어본 일이 있었습니다. 사람이 살아가는 데 거짓말을 안 할 수 있습니까, 해야 할 때가 있지 않습니까 이렇게 물었습

니다. 그때 선생님은 거짓말이 허락되는 경우가 하나 있다면 사실을 말하는 것이 자기 동지를 해치는 일이 될 때 허락될지 모르겠으나 그런 경우 이외에는 말을 하지 않으면 안 되느냐고 말씀하셨습니다. 그분은 인간이 가질 수 있는 최고의 것을 가지고 있었다고 생각됩니다. 그에게는 지방색이란 문제도 되지 않았습니다. 저도 선생님의 사랑을 가장 많이 받은 사람 중의 하나지만 저는 북한 사람이 아니라 순수한 서울 사람입니다. (웃음) 그런 지방관념이란 염두에 두지도 않고 저를 애껴주셨습니다. 김병로 선생이 도산 선생을 따르지 못한 단우들이 있다고 하셨는데 사실 저도 동감입니다. 그러나 제자의 부족으로 그리스도를 탓할 수는 없잖아요. 더욱이 그 교훈엔 상관없잖아요.

사　회 : 피 선생님은 참 아름다운 젊은 시절을 가지셨습니다. 그러면 장 박사님께서는 흥사단 입단 동기를 중심으로 도산 선생님에 관해서 말씀을…….

장이욱 : 도산 선생이 로스앤젤레스에 계실 때 11월인가 제가 찾아갔었습니다. 세 번째 찾아갔을 때 자네가 외국에까지 공부하러 온 목적이 무어냐고 물으셨습니다. 그래서 민족과 사회에 도움이 되고자 하여 공부한다고 하였습니다. 1919년의 실패 후라 모두 이렇게 생각할 때였습니다. 장군이 공부를 하면 어떻게 나라에 유익이 될까 하고 다시 물으셨습니다. 퍽 어려운 문제였습니다. 그 질문을 받고 보니 어딘지 허무한 느낌이 들었습니다. 선생

은 좀 더 목적을 달성하기 위한 계획을 세우라고 말씀하
셨습니다. 그리고 그 목적을 위한 단체가 흥사단이라고
말씀하시고 단의 현황 등을 말씀해 주셨습니다. 그리고
민족 독립에 관한 말씀도 하셨습니다. 거듭 단에 대한
말씀을 듣고 입단을 결심했습니다.

사　　회 : 박 선생님이 입단하신 동기는?

박현환 : 1919년 3·1운동 후 상해에서 입단했습니다. 선생님이
내무총장으로 계시면서 국무원을 맡아보실 때 저도 거
기서 일하고 있었지요. 춘원과 같이 이야기하고 입단하
기로 했는데 원동에서는 춘원이 맨 먼저 입단 문답을 받
는데 춘원도 그 상세한 입단 문답엔 쩔쩔맸죠. 도산 선
생님에 관해 특히 인상적이었던 것은 제가 소학교를 나
오고 대성학교에 입학하려고 할 때이니 지금부터 53년
전인가 봅니다. 그때 5월 단옷날 평양 을밀대 밑에서 강
연회가 열렸습니다. 연사는 윤치호, 이동휘 두 분이고
도산 선생은 개회사 말씀을 이렇게 시작하였습니다. "나
랏일을 하는데는 여러 가지가 있소." 선생은 평양시가를
가리키면서 "저 시가에서 장사하는 사람은 지금 장사로
나랏일을 하고 있고" 능라도를 가리키면서 "저 능나도
에서 김을 매는 사람은 호미를 가지고 나랏일을 하고 있
고" 기자능을 가리키면서 "저 솔밭에서 나무를 하는 사
람은 낫을 가지고 나랏일을 하고 있고, 그런데 오늘 여기
참석하신 여러 분은 무엇을 가지고 나랏일을 하겠는가.
귀를 가지고 나랏일을 할 때요" 하고 말씀하셨지요. 15

살 때 일인데 아직도 귀에 쟁쟁한 듯합니다. 조그만 일에 충성을 다하는 것이 곧 나라 위한 일이라고 강조하셨습니다. 상해에서 선생님이 주로 하신 일은 독립운동 지도자들을 규합하는 일이었습니다. 시베리아와 남북 만주에 흩어져 있는 지도자들을 모으는 일, 그리고 그들을 융합시키는 일. 더욱이 이승만은 미국에 위임 통치를 요구하지 않았느냐 하고, 국무총리 이동휘 씨가 취임을 거부한 때에 도산 선생은 그것은 3·1운동 전이고 독립운동의 한 단계에 불과하며 더욱이 3·1운동 후에는 과거를 다 잊어버리고 모두 단합하여야 한다고 조국에서 피흘리는 동포들을 상기시키면서 강조하였습니다. 국무원 안에서 일을 잘하느니 못 하느니 하고 분규가 일어났을 때만 해도 도산 선생은 나랏일을 하려면 시간이 걸리는 것이고 서로 성과 열의를 다해서 협력하여야 된다고 말씀하시고 이승만 대통령이 유인만 못하고 이동휘 국무총리가 제등만 못하다고 해서 우리가 그들을 섬길 터이요? 우리는 우리 대통령 우리 국무총리를 모시고 협력하여 나랏일을 하여야 할 것이오— 하고 침이 마르도록 말씀하셨습니다.

사　회 : 시간이 많이 갔으니 김경식 선생님께서 도산 선생님이 병원에 계실 때 또 임종하실 때 말씀을 좀 전해주시면 감사하겠습니다.

김경식 : 말씀드리기 전에 환자의 임종 시 비밀을 지켜드리는 것이 의사의 도의라고 생각되는데…… 매형을 통하여 도

산 선생님을 알고 있었습니다. 도산 선생님이 입원하신 것은 1938년인 것으로 생각됩니다. 저는 주치의 암정(岩井 : 일본인 의사) 밑에 부주치의로 있었기 때문에 그리 자세한 것은 잘 모르겠습니다. 그때 입원한 병실이 지금도 남아 있습니다. 그분의 병세는 입원 당시부터 말할 수 없는 상태였으면 서도 그때 쓸 약이란 링거 포도당 등 영양 주사 정도였습니다.

사　회 : 무슨 병으로 돌아가셨습니까?

김경식 : 폐병입니다. 게다가 결핵성 늑막염을 겸하서서 말할 수 없을 정도로 쇠약해져 있었습니다. 그때 왜인의 감시가 심해서 그랬었는지 방문객이 퍽 적었습니다. 지금 같으면 약이 좋으니 일어날 수 있었을 것이라 생각합니다. 어느 날, 늦가을인가 봅니다. 출근하니까 이미 싸늘한 시체로 시체실에 누워 있었습니다.

사　회 : 임종하실 때 유언이라도?

김경식 : 그때 제가 없었으니까…… 게다가 모두 쉬쉬하는 형편이라 침묵만 지켰지요.

박현환 : 그 점에 대해서는 돌아가실 때 큰 소리로 "목인(睦仁 : 무쓰히토, 한국을 합방한 일본 메이지 천황)아 네가 큰 죄악을 저질렀구나", 하고 외치셨단 말이 있어요.

김경식 : 글쎄요, 그때는 전부 비밀이었으니까요. 그러셨는지 모르지요.

사　회 : 그럼 장시간 동안 감사합니다.

《새벽》1960년 11월호

# 2. 피천득, 김재순, 법정, 최인호의 '대화'(2004)


수필가 금아 피천득(琴兒 皮千得·94) 선생, 우암 김재순(友巖 金在淳·81) 전 국회의장, '무소유'의 법정(法頂·72) 스님, '상도(商道)'의 작가 최인호(崔仁浩·59) 씨. 좀처럼 한자리에 모시기 어려운 명사 네 분이 모처럼 오찬을 같이하며 담소를 나눴다. 얼마 전 네 사람의 대담집《대화'(샘터사)》가 출간된 것을 기념해 출판사 측에서 조촐한 송년 모임을 마련한 것이다. 겨울답지 않게 햇살이 따사롭게 내리비치는 17일 오후 북한산 자락의 한 음식점에서 평소 서로를 끔찍이 존경하고 흠모해 온 네 사람은 건강과 나라의 장래, 교육, 여성 등을 화제로 이야기꽃을 피웠다.


　법정 : 이렇게 네 사람이 한자리에 모인 것은 처음인 것 같습니다. 날씨가 그야말로 '난동(暖冬)'을 부리는군요.

　금아 : 15년 전 스님이 계시던 송광사 불일암(佛日庵)을 방문해 여수 등지로 함께 여행했던 일이 생각납니다. 제가 초콜릿을 사다드렸지요. 스님과 함께 다니면 어디서든 대접을 잘 받은 일이 기억나는군요.

법정 : 1975년 불일암을 지으면서 여러 가지로 느낀 점이 많습니다. 공사를 빨리 마무리 짓기 위해 추석 때도 인부들을 독려한 것이 마음에 걸려 몇 해 뒤 그분들에게 사례를 하려고 했는데 모두들 돌아가셔서 뜻을 이루지 못했어요.

법정스님과 작가 최인호. 스님은 어느 직업 작가 못지않게 책을 많이 읽는 분이고, 한때 출가를 꿈꿨던 작가는 '불교적 천주교인'이라는 얘기를 듣는다. 스님과 작가는 아직도 고집스럽게 원고지에 만년필로 글을 쓴다.

최인호 : 저는 올봄에 단독주택에서 아파트로 이사를 했는데 아직 정을 붙이질 못하고 있습니다. 글이 잘 안 써집니다. 다만 매일 같이 청계산에 오르며 영감을 얻고 있습니다.

법정 : 최 선생님이야 오래전부터 '청계산 주지' 아니신가요. 청계산은 조선조 박해 받던 불교도들이 서울에 입성하기 전 옷을 갈아입거나 시주를 숨기던 곳이지요.

최인호 : 저 개인적으로는 6·25전쟁 당시 아버지와 청계산으로 피란 가서 천막을 치고 산 기억이 있습니다. 제가 존경해 소설로도 쓴 경허(鏡虛) 스님도 그곳에서 동진출가(童眞出家)하셨고….

금아와 우암은 30년 넘게 해마다 첫눈이 오면 서로 알리곤 하는 사이. 1979년 금아는 우암의 생일선물로 르누아르의 화첩을 주었고, 우암은 그 반례(返禮)로 일본에서 사 온 《시인을 위한 물리학》이란 책을 선물했다.

> 우암 : 저는 요즘 시골에서 책 읽고 산책하는 것으로 소일하고 있습니다. 그런데 요즘 젊은이들이 고전(古典)과 문학작품을 읽지 않는 것 같아 걱정이에요. 일제강점기에는 고교에 들어갈 때는 경쟁이 심했지만 일단 입학한 뒤에는 자유를 만끽할 수 있었고, 자기가 원하는 대학에도 쉽게 들어갈 수 있었는데….

> 법정 : 아마 독서시험을 보지 않기 때문이 아닐까요. 책 내용을 시험에 낸다고 하면 그야말로 난리일 텐데….

우암이 프랑스의 사상가 몽테뉴가 "정다운 식탁에는 현명한 사람보다는 재미있는 사람을, 잠자리에서는 훌륭한 여인보다 아름다운 여인을, 토론할 때는 다소 정직하지 않더라도 유능한 사람을…"이라고 한 얘기를 들려주자, 금아는 "만년의 아인슈타인은 죽음에 대해 어떻게 생각하느냐는 질문에 '더 이상 모차르트를 들을 수 없는 것'"이라고 했다는 일화를 말한다.

금아와 작가는 자타가 인정하는 연적(戀敵) 사이. 한 여류 정신과 의사는 금아를 가장 '따뜻한 남성'으로, 작가를 가장 '섹시한 남성'으로 구분한 바 있다.

최인호 : 선생님 요즘도 데이트 많이 하시나요.

금아 : 그럼.

최인호 : 미인들이 선생님을 너무 사모해서 질투가 나네요.

금아 : 최 선생이야말로 인기가 있으시지. 내 구순 잔치에 한 여성이 최 선생 옆자리에 앉고 싶다고 해 데려갔는데 부인을 동반하고 오셔서 할 수 없이 내 옆자리에 앉힌 적도 있어 (웃음).

우암 : 금아 선생님이 여성들한테 인기가 있으신 것은 '인연'같이 맑고 아름다운 수필을 쓰셨기 때문이 아닐까요.

최인호 : 저는 그런 재주도 없고, 소설가들은 그렇게 짧은 글을 쓰면 도저히 생계를 유지할 수가 없어 곤란합니다(웃음).

88세 된 아내와 해로하고 있는 금아는 스스로 딸을 편애했다고 고백한다. 비가 오거나 몸이 조금만 좋지 않아도 학교에 보내지 않고 자신이 직접 집에서 가르쳤다고 한다. 미국 유학을 떠난 딸은 아버지가 그리워 세 번이나 집으로 돌아왔다. 그 딸은 지금 세계적 물리학자가 돼 미국에서 활동하고 있다.

법정 : 요즘 우리 사회가 부계 중심에서 모계 중심으로 옮아가는

것 같아요. 육아 교육 재산관리에서 모두 여성이 주도권을 갖게 됐지요. 여성들의 오랜 고난과 희생의 결과인데 그럴수록 정신 바짝 차려야지 그렇지 않으면 '가정(家庭)'은 소멸되고, '가옥(家屋)'만 남게 될 수도 있지요.

우암 : 80 고개를 넘으니 곁에 남은 친구들이 거의 없어 쓸쓸하기만 합니다.

금아 : 소식(小食)과 유머가 장수의 비결이지요.

　금아가 어떤 양반 집 종의 아들이 엽전 하나를 삼켜서 야단법석이 나자 한 나그네가 "얘, 너희 대감님은 몇 만 냥을 먹어도 끄떡없는데 큰일 나겠니"했다는 얘기를 들려준다. 우암도 어느 신부가 사형수에게 "당신은 오늘 저녁 주님과 만찬을 같이할 것"이라고 말하자, "신부님 먼저 가시죠. 나는 지금 단식 중입니다"라고 했다는 일화를 소개한다.

법정 : 제 은사이신 효봉(曉峰) 스님은 노년에 귀가 잘 안 들리셨는데 그래도 '시시한 소리 안 들어서 좋다'고 하셨지요. 이런 긍정적 자세가 필요한 것 같아요.

　두 시간여에 걸친 이들의 대화는 이날 아침 금아가 모처럼 지은 오행시 '소망'을 낭독하는 것을 듣고 아쉬움을 고했다.

금아 : 내게는 하나

　　　버릴 수 없는 소망이 있습니다

　　　먼발치로 가끔

　　　그의 모습을

　　　바라다보는

　　　…


(《동아일보》2004년 12월 18일 오명철 기자 기록)

# 제3부
# 강연

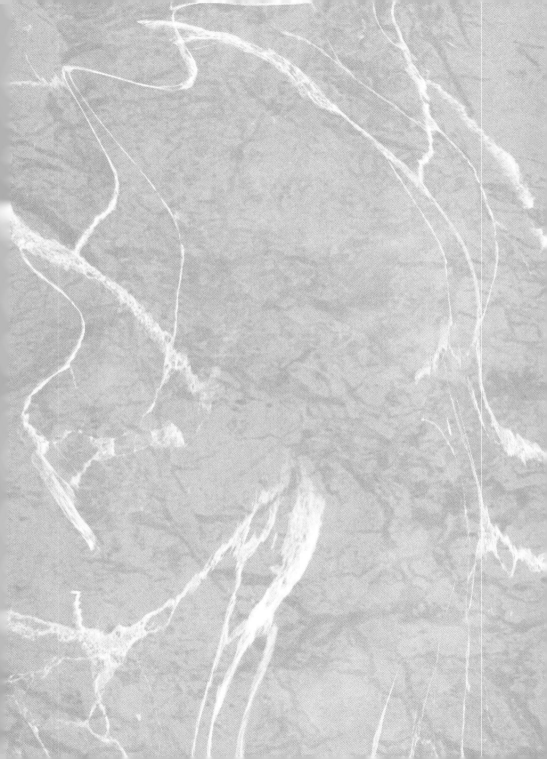

# 1. 숙명적인 반려자伴侶者[*]

　　대부분의 작가들이 문학을 자기 평생의 반려자라고 말하는 데에
주저하지 않을 것이다. 나도 문학은 내 평생의 반려자라고 말하고 싶
다. 그러나 나의 경우는 이 말만으로는 어쩐지 부족하다 싶어 '숙명적
인'이라는 수식어를 그 앞에 붙이기로 한다. 문학을 하는 사람의 입장
에서 문학이 '숙명적인 반려자'라고 한다면 은연중에 자기를 추켜세
우는 듯한 느낌이 들지만, 내 경우는 조금 다른 듯싶다. 아무려나 나
는 이제부터 그 연유를 소상히 밝히겠다.

　　나는 어린 나이에 큰 불운을 겪고 정신적인 방황 끝에 문학을 반
려자로 삼고 한평생 같이 지내왔다. 문학은 내 생애에서 유년기와 소
년기를 제외하고 적어도 80년간 내 반려자인 셈이다. 그것은 돌이켜
생각해보면 내 숙명과도 같은 것이었다.

　　나는 서울 청진동의 비교적 유복하고 단란한 가정에서 태어났다.
아버지는 종로에서 자영업을 크게 하셨고, 어머니는 내가 〈엄마〉라
는 수필에서 서술한 대로 "우아하고 청초한 여성이었다. 그는 서화에

---

[*]　이 대중문학 강연은 2002년 5월 22일 '자연을 사랑하는 문학의 집 · 서울'(이사
　　장 김후란) 초청으로 〈내 문학의 뿌리〉란 주제 하에 이루어졌다.

능하고 거문고는 도에 가까웠다고 한다. 내 기억으로는 그는 나에게나 남에게 거짓말한 일이 없고, 거만하거나 비겁하거나 몰인정한 적이 없었다."

그런데 내가 7살이 되던 해에 아버지가 세상을 떠나셨다. 그것은 행복하던 우리 가정에 갑자기 들이닥친 첫 번째의 큰 재난이었다. 소복을 입고 슬픔에 잠겨 있는 어머니를 쳐다보던 나는 그 해 서울 제1고보(후에 경기중고가 됨)의 부속 초등학교에 입학하였다. 같은 수필에서 나는 그때의 어머니를 이렇게 묘사하고 있다.

엄마는 아빠가 세상을 떠난 후 비단이나 고운 색깔을 몸에 대신 일이 없었다. 분을 바르신 일도 없었다. 사람들이 자기보고 아름답다고 하면 엄마는 죽은 아빠에게 미안한 생각이 들었을 것이다. 여름이면 모시, 겨울이면 옥양목, 그의 생활은 모시같이 섬세하고 깔끔하고 옥양목같이 깨끗하고 차가웠다. 황진이처럼 멋있던 그는 죽은 남편을 위하여 기도와 고행으로 살아가려고 했다. 폭포 같은 마음을 지닌 채 호수같이 살려고 애를 쓰다가 ……

그런데 불과 몇 년 후에 어머니마저 나를 두고 세상을 떠나셨다. 그때 나는 하늘이 무너져 내리고 땅이 꺼지는 절망과 비통에 몸부림쳤다.

〈그 날〉이란 수필에서 나는 그때를 이렇게 서술하고 있다.

나는 '엄마' 하고 소리를 지르며 뛰어들어갔다. 엄마는 눈을 감고 반듯이 누워 있었다. 내가 왔는데도 모른 체하고 누워 있었다. 나는 울면서 엄마 팔을 막 흔들었다. 나는 엄마를 꼬집었다. 넓적다리를, 팔을, 힘껏 꼬집고 또 꼬집었다. 엄마는 꼼짝도 하지 않았다. 나는 엄마 얼굴에 엎어 져 흐느껴 울었다. 엄마의 뺨은 차갑지 않았다.

내가 유년시절에 겪은 비극들은 한동안 나를 걷잡을 수 없는 방황의 길로 내몰았으나 세월이 흐른 뒤에는 차츰 문학의 길로 이끌어 갔다. 이것이 내가 문학을 하게 된 간접적인, 그러나 숙명적인 동기라고 할 수 있다.

부모님을 여읜 후 나는 고아가 되어 친척 집을 전전하며 자라났고, 고마운 친지나 독지가의 집에 유숙하기도 하였다. 초등학교 시절 나는 남다른 고초와 시련을 겪었으나 학교 공부가 좋아 열심히 한 탓에 4학년을 마친 후 곧바로 검정고시를 치르고 서울 제1고보에 입학할 수 있었다. 2학년을 월반하여 고보에 진학하였던 것이다.

춘원 이광수 선생이 이 소식을 전해 듣고 나를 불러 그 댁에 유숙하도록 하였다. 그 후 나는 문학을 더 가까이 하게 되었다. 나는 춘원 선생의 글과 작품을 읽고 문학에 심취하게 되었다. 춘원 선생은 나에게 문학을 지도하여 주셨을 뿐 아니라 영어도 가르치고 영시도 가르쳐 주셨다. 그분 덕에 나는 결국 문학을 업으로 하게 되었다. 그러니 그분은 내가 문학을 하게 된 직접적인 동기를 베풀어준 분이시다.

그 후 나는 우리나라의 여러 훌륭한 작가들의 작품을 읽고 적지 않은 감명과 영향을 받았다고 여겨진다. 이를테면, 만해 한용운과 소월 김정식의 시에서 나는 큰 감명과 영향을 받았음에 틀림이 없다. 그리고 일본의 저명한 작가의 작품도 선별하여 읽었다. 그들 중에서 나

는 특히 아리시마 타케오(有島武郎)와 츠보우치 쇼요(坪內逍遙)를 지금
도 기억하고 있다. 아리시마는 동경제국대학의 영문학 교수로 있다
가 창작에 전념하기 위하여 교수직을 버린 사람이고, 츠보우치는 영
문학자로 셰익스피어 번역과 주해를 펴낸 사람이다. 내가 후에 영문
학을 전공하여, 서울대학교 교수로 30년 가까이 영문학을 강의하게
된 것도 이런 분들의 영향이라고 여겨진다.

　　그리고 내가 젊어서 중국 상해로 유학을 가게 된 것은 첫 번째가
춘원 이광수 선생 때문이고, 두 번째가 내 선배들인 주요한과 주요섭
이 상해의 호강대학에 다니고 있었기 때문이다. 춘원 선생은 우리 민
족의 선각자이며 위대한 지도자이신 도산 안창호 선생을 나에게 소
개하고 상해에 가서 그분을 꼭 만나라고 당부하셨다. 나는 춘원 선생
의 분부대로 상해에 가서 그 당시 그곳에 와 계시던 도산 안창호 선생
을 뵈었다. 그리고 결국 나는 상해의 호강대학에서 영문학을 전공하
게 되었다.

　　내가 상해에서 직접 만나 뵌 도산 선생은 참으로 훌륭하신 어른
이셨다. 내 수필에는 도산 선생을 서술한 수필이 두 편 있다. 하나는
〈도산〉이고 또 하나는 〈도산 선생께〉이다. 〈도산〉에서 나는 그분을
이렇게 소개하고 있다.


　　　내가 생해로 유학을 간 동기의 하나는 그분을 뵐 수 있으리라는 기대
　였었다.
　　　가졌던 큰 기대에 대하여 환멸을 느끼지 않은 경험이 내게 두 번 있
　다. 한 번은 금강산을 처음 바라보았을 때고, 또 한 번은 도산을 처음 만
　나 뵌 순간이었다. 용모, 풍채, 음성이 고아하였다.

호강대학 재학시절 나는 상해사변 때문에 일시 귀국하여 춘원 선생 댁에 얼마 동안 다시 유숙하였다. 춘원 선생은 톨스토이를 높이 평가하고 숭배하는 분이었다. 그의 서재에는 미국에서 간행한 하버드 클래식 총서가 있었다. 총서 중에는 영어로 번역된 톨스토이의 대표작들이 들어 있었다. 춘원 선생 댁에 머무는 동안 나는 톨스토이의 《부활》과 《안나카레니나》를 애써 읽었다. 영어로 번역된 그 방대한 소설들을 읽느라고 많은 노력을 경주하였다. 고생은 하였지만 그 덕에 내 영어 실력이 많이 향상된 사실을 나는 후에 알게 되었다.

　　도산 안창호 선생이 나에게 뿐 아니라 우리 모두에게 주신 가르침 중에서 가장 으뜸가는 것은 절대적인 정직이다. 거짓말은 절대로 용납되지 않는다. 죽어도 거짓말을 해서는 안 된다. 그러나 바른말이 동지들의 목숨을 위태롭게 하는 경우에만은 거짓말이 허용된다. 그러나 이때에도 거짓말을 하기보다는 묵비(默祕)하는 것이 더 좋다는 것이었다.

　　이것은 문학에 있어서도 마찬가지이다. 문학은 특별한 것이 아니라 우리 생활의 일부이다. 문학의 영원성은 작가가 자기에게 충실하고 거짓말을 않는 데서 비롯된다. 이것이 후에 내 문학의 뿌리가 되었고, 근본정신이 되었다.

　　내가 만 20세가 되던 해인 1930년에 쓴 짤막한 시 〈서정소곡〉이 당시 문예지 《신동아》에 발표되었다. 그 후 나는 몇 년 동안 시를 계속 써서 신문이나 잡지에 발표를 해 오다가 중단하였다. 그것은 솔직히 말해서 일본 제국주의에 대한 내 나름의 소극적인 저항이었다. 그때의 내 심정은, 나라를 일제에게 빼앗겼는데 시를 써서 무얼 하느냐는 것이었다. 이때부터 해방이 되던 해까지 나는 절필(絶筆)을 하였고,

금강산 등지에 은거하면서 불자(佛子)가 되려고도 하였다.

1945년 8월 15일의 감격은 말이나 글로 표현하기 어려웠다. 하지만 나는 그때의 감격을 다음과 같은 산문시에 담아 보았다.

그때 그 얼굴들, 그 얼굴들은 기쁨이요 흥분이었다. 그 순간 살아 있다는 것은 축복이요 보람이었다. 가슴에는 희망이요, 천한 욕심은 없었다. 누구나 정답고 믿음직스러웠다. 누구의 손이나 잡고 싶었다. 얼었던 심장이 녹고 막혔던 혈관이 뚫리는 것 같았다. 같은 피가 흐르고 있었다. 모두 다 '나'가 아니고 '우리'였다.

내가 보기에 문학의 가장 중요한 요소는 정(情)이며, 그 중에서도 연정(戀情)이 으뜸이라고 생각한다. 지금 우리는 문학에서 감성(感性)이나 서정(抒情)보다는 이성(理性)이나 지성(知性)을 우선하는 시대에 살고 있다. 하지만 이러한 풍조는 한 시대가 지나면 곧 바뀌게 마련이다. 문학의 긴 역사를 통하여 서정은 지성의 우위를 견지해 왔다.

나는 우리나라의 가장 훌륭한 서정 시인으로 소월 김정식을 꼽고 싶다. 그리고 연정을 제일 잘 표현한 시로 황진이의 〈동짓달 기나긴 밤〉을 꼽고 싶다. 이들의 작품은 셰익스피어의 작품처럼 시간을 타지 않으며, 독자들에게 언제나 새로운 감명과 좋은 영향을 끼친다. 이것이 문학의 영원한 가치이다.

훌륭한 문학작품은 쉽게 얻어지는 것이 아니라, 노력한 만큼의 결과로 생겨나는 것이다. 물론 여기에는 작가들 사이에 개인적인 차이가 있고, 같은 시간에 얼마만큼 집중적으로 노력하여 소기의 목적을 달성하느냐가 관건이다. 그리고 이에 더하여 자연과 인생에 대한 작가의 날카로운 관찰과 깊은 성찰과 명상이 뒷받침되어야 한다.

　홀륭한 작가는 자연과 인생의 아름다움을 깊이 있고 정묘(精妙)하게 묘사하여 독자들에게 늘 새로운 감명을 준다. 늘 새로운 아름다움을 찾아낸다는 뜻이 아니라, 평상적인 아름다움에서도 새로운 의미와 감동을 찾아낸다는 뜻이다.

　작가는 자연과 인생의 아름다운 면만이 아니라 추한 면도 함께 다루어야 한다는 견해가 있는 줄로 안다. 그러나 나는 문학의 내용이 주로 아름다움으로 채워지기를 바란다. 슬픔이나 고통도 얼마든지 문학의 내용이 될 수 있지만 비운(悲運)에 좌절하지 않는 인간 본연의 의지(意志)와 온정(溫情)이 반드시 그 밑바탕이 되어야 한다.

(원고 정리 : 심명호 서울대학교 명예교수)

# 2. 질의응답<sup>*</sup>

문 : 황진이의 시를 극찬했는데 그에 대해 부연 설명을 해달라.

답 : 누가 황진이 시를 외워보라.

　　　(한 수강자가 황진이 시를 읊었다.)


　동짓달 기나긴 밤을 한 허리를 베어내여

　춘풍 이불 아래 서리서리 넣었다가

　어른님 오신 날 밤이거든 굽이굽이 펴리라


이 시는 바로 공간과 시간을 넘나들었다. 공간을 시간화 하고 시간을 공간화 했다.

황진이에 비유될 수 있는 여류시인 중 허난설헌이 있는데 그의 시는 중국의 것을 그대로 옮겨 놓아서 인기가 떨어졌다. 표절은 절대 안된다. 남의 글을 이용할 경우는 그것을 밝혀주는 것이 바람직하다.


문 : 선생님의 이름 피천득(皮千得)에 대해 말해 달라.

---

* 　강연 직후 질의응답 시간이 있었다.

답 : 피(皮)가는 드문 성이다. 나의 아버지는 신점(구두 수선)을 하여 돈을 많이 벌어 주사(主事)벼슬을 샀다. 옛날에 우리 조상이 성을 정하기 위하여 제비를 뽑았는데 피가였다. 피가는 좋지 않으니 한 번만 더 뽑게 해달라고 애원을 하여 다시 뽑았더니 모(毛)가가 나왔다. 모는 피에 의존하지 않은가. 그래서 다시 피를 택했다고 한다. 피가는 역사상 인물이 없다. 그 이유를 알아보니 피씨의 직업은 대개가 의원이요 시의(侍醫)도 있었다. 의원은 중인이었다. 임금이 병이 났는데 임금님께 들어가려면 적어도 당상 정삼품 벼슬은 되어야 했다. 그래서 부득불 어전에 들어갈 수 있도록 당삼품 벼슬을 임명받았다.

천득이란 이름은 어린애 이름 같기도 하여 좀 점잖은 이름으로 고쳐볼까 했으나 우리 어머니가 그 이름으로 부르다 돌아가셨는데 딴 이름으로 바꾸면 저세상에서도 서운해 할까 하여 그냥 두었다. 작명가들은 千자가 아닌 天자가 되었으면 부자가 될 운명이라고 한다. 그런데 당초는 天자였는데 호적계 직원이 天자를 千자로 썼다. 오로지 내가 부자가 되지 못한 것은 호적계원의 실수 탓이다. (선생님의 작품 〈피가지변(皮哥之辯)〉을 그대로 기억하며 말했다)

문 : 젊은이에게 권하고 싶은 작가나 책을 소개해 달라.

답 : 황진이, 김소월 같은 맥락의 작가와 그 작품들을 권하고 싶다. 김소월의 "나보기가 역겨워 가실 때에는 말없이 고이 보내드리우리다"와 같은 맥락의 서정성을 권하고 싶다.

문 : 현존 작가 중 문체가 선생님과 닮았거나 좋아하는 작가를 말한다면?

답 : 누구라고 실명을 대기는 어렵다. 우리의 자유, 민족정신, 고
유 정서에 어긋나지 않는 작가, 그런 사람들의 글이어야 한
다. 문학 정신이 중요함을 몇 번이나 강조하고 싶다. 시가 좋
고 언어가 정돈되어도 그런 정신이 떠난 사람은 용납할 수 없
다. 춘원의 것이라도 변절하기 이전의 것은 용납할 수 있다.
변절하기 전에 그는 대단한 애국자였다. 그러므로 그전의 것
은 인정해야 한다.

문 : 안창호 선생과 이광수 선생에 대하여 한 말씀 해달라.

답 : 도산 안창호 선생은 일생을 거짓말을 하지 않은 사람이다.
내게 훈계 중 "너는 진실되게 참되게 살기를 바란다. 진실해
야 한다. 그것을 벗어날 경우는 동지들이 희생을 당할 경우
는 어쩔 수 없지만 그래도 가능하면 묵비권을 쓰더라도 거짓
말을 하지 않는 것이 좋다"고 하셨다. 그래서 도산은 지도자
는 될지언정 정치가는 될 수 없는 사람이었다.

　춘원은 한때 굉장한 애국자였다. 변절했을망정 그 이전의
공을 소멸시킬 수는 없다. 와세다대 철학과에서 그를 따를
성적이 없었다. 가난하여 나막신 신고 다니고 장학금 받아
공부했고 상해에 갈 때 학교를 중단하고 가서 거기에서 《독
립신문》을 발간했는데 끼니를 굶으면서 발행했다. 그런데
그가 귀국했을 때 경찰에서 금방 잡아넣지 않고 《동아일보》
기자가 되게 한 것이 의문이다. 그때 경성을 일본인들이 '게
이조'라 했는데 '서울'이라고 할 때가 올 것이라고 했다. 그 뒤
에 그렇게 되었다. 홍사단 사건 때 붙들려 갔는데 그때 돌아
가셨어야 했다. 죽음도 잘 맞아야 한다. 살아남음으로써 친

일파니 하는 여러 말이 나오게 되었다. 나는 그의 아들보고
도 그런 말을 했는데 아들도 수긍을 했다. 국문학자 중에 그
말에 반감을 가지는 자도 있으나 그렇지 않다. 사람은 죽을
때를 잘 만나야 한다.

문 : 작품 〈여성의 미〉 중 "40이 넘은 여자에게는 아름다움을 느
끼지 못한다"고 했고 '사랑은 영원하다' 했는데 선생님의 로
맨스도 영원한가?

답 : 40대 여인 중 미인은 드물게 본다고 했지 매력이 없다고 안
했다. 사랑은 한 사람이라야 영원하나 눌은 밥은 먹어볼 때
가 있어야 한다. (웃음)

문 : 선생님의 작품 속의 로맨스와 관련된 여인들도 영원한가?

답 : 첫 번같이 가슴이 떨리면 어떻게 살아가나. 밤낮 같은 감정
이면 영원하더라도 견뎌내지 못할 것이다.

문 : 일제 때 절필을 했는데 이유는?

답 : 그때 일본 사람에게 대항해서 저항문학을 한 사람들이 있었
다. 서대문 형무소에서 고초를 당하다 죽은 사람에 비하면
부끄럽지만 그러나 앞장서서 일본의 앞잡이 노릇을 한 것은
아니다. 어찌 보면 베드로보다 더 부끄러운 사람이지만 적극
적인 앞잡이 노릇을 안 한 것을 다행으로 생각한다. 나는 그
시절 금강산에 들어가 숨어서 불경을 읽으며 지냈다.

문 : 미국인 로버트 프로스트와의 만남에 대하여 이야기해달라.

답 : 미국의 케임브리지〔하버드 대학이 있다〕에 문학강의차 갔었을
때 하워드 존스 교수를 만났다. 그는 나를 보고 퍽 좋아했다.
존스는 프로스트와 나를 자기 집으로 초대해 주었다. 그 자

리에서 프로스트에게 당신의 시 〈가지 않는 길〉을 번역하여 교과서에 실었고 그래서 우리나라 사람들은 당신의 글을 많이 애송한다고 했더니 대단히 좋아했다. 프로스트는 대학을 중퇴했다. 그는 순진하고 착한 사람이다. 하워드는 TV에 나가는 것을 싫어했다. TV에 나가면 끝장이라고 했다. 그런데 프로스트는 나갔다. 그 결과 케네디 대통령 취임 때 자작시를 낭송하는 기회를 얻어 세계적으로 유명해졌다.

문 : 살아오면서 황진이 같은 여인을 만난 적이 있는지. 사모님이 질투하지 않았는지?

답 : 우리 집사람은 황진이를 잘 모른다. 설사 안다 하더라도 그런 데 신경 쓰지 않는다. 내가 없을 때 여자들이 찾아오면 저녁 먹고 만나고 가라고 한다. 역사는 밤에만 이루어지는 줄 안다. (웃음) 한번은 사정이 생겨 자고 간다고 전화를 했더니 뒷산에 목을 멘다고 야단을 해서 부랴부랴 돌아갔다. 돌아가서 한마디 했다. "기득권이란 할 수 없군." (웃음)

문 : 함석헌 선생님을 어떻게 생각하나?

답 : 나 같은 사람에 비하면 함석헌 선생은 거인이시죠.

(문책기자 정리)

(《수필문학》 2002년 6월호에 게재)

제 4 부
가상 대담

# 인생은 작은 인연들로 아름답다

가상 대담 : 정정호(2021)

정정호 : 선생님, 아주 어렸을 때 기억나는 이야기 좀 해주세요.

피천득 : 한 가지가 생각나는군요. 나는 어려서 서울 청진동에서 글방(서당)이나 유치원에 다닐 때 집에서 심부름하는 여자아이 '순이'가 나를 감시하는 건지 보호하는 건지 졸졸 따라다니는 것이 성가셔서 어느 날 몰래 순이를 따돌리고는 근처 거리를 마음껏 돌아다녔지요. 약장수들이 약 파는 것을 구경하기도 하고 어떤 청년들이 거리에 서서 열변을 토하는 것을 듣기도 하면서 혼자 있다가 집에 왔지요. 그런데 엄마가 집에 없었지. 엄마가 있나 하고 벽장까지 뒤지다가 그만 피곤해서 거기서 잠이 들어버렸어요. 잠이 깨어 나가보니 엄마가 나를 잃어버렸는 줄 알고 큰 난리가 난 거예요. 엄마가 얼마나 놀라셨겠어요. 그때 내가 생각이 깊지 못했지요. 지금도 그 생각만 하면 엄마한테 너무 속 썩여드려 미안할 뿐이에요.

정정호 : 얼마 전에 제가 1924년 5월 8일자 《동아일보》에서 피 선생님 기사를 점검하다 흥미로운 기사를 찾아냈어요. 기

사 제목은 〈고무풍선 유희 3등까지 상을 준다〉입니다. 기사 내용은 다음과 같습니다. "지난 5월 1일 어린이날 이 시내 천도교당에서 여러 아이들의 이름을 적은 고무 풍선을 날렸는데 그것을 누구든지 먼저 잡아오는 이와 잡아온 풍선의 주인에게는 상품을 주기로 하였던 바 지 난 4일까지 소년운동협회에 들어온 것은 계동 설정식의 풍선은 한강 사는 이영희가, 후하동 도수연의 것은 수송 동 이상태가, 청진동 피천득의 것은 익선동 김춘기가 잡 았다더라." 1924년이니까 선생님의 나이가 만 14세 때였 습니다. 우리나라 어린이 운동의 발상지인 지금의 민족 종교인 천도교당이 있는 수운회관에 고무풍선 날리기가 있었던 것 같습니다. 선생님이 기억하시는 어린시절은 어떠셨나요?

피천득 : 예, 지금 수운회관에서 그 풍선 날리기 대회에서 상을 받 은 기억이 어렴풋이나마 기억나네요. 나는 어려서 종로 구 청진동 일대에서 동네 친구들과 놀았어요. 유치원도 다녔고 서당도 다녔어요. 그러니까 서양식 교육과 전통 교육을 함께 받았지요. 서당에 다닐 때 천자문을 끝내고 사서삼경(四書三經)으로 들어가기 전에 끝내야 하는 《통 감절요(通鑑節要)》라는 책이 있어요. 한문 공부 입문서이 고 중국 역사와 유교사상의 기본을 배우는 책인데, 나는 3장까지 끝마쳤었어요. 그 덕에 내 한문 해독 실력은 괜 찮은 편이었어요. 그중에는 유명한 연설문을 전부 암기 하기도 했지요.

정정호 : 선생님께서는 1919년 어머니마저 돌아가시고 나서 나중에 경성제일고보 부속 소학교, 1923년 화동에 있었던 제일고보(현 경기고, 지금은 정독도서관으로 사용되고 있다)에 입학하셨지요. 그리고 1923년경부터 3년간 춘원 이광수 선생 댁에 사셨는데요. 어떻게 춘원 집으로 들어가게 되셨나요?

피천득 : 내가 당시 잘 알고 있는 부인이 있었는데 그분이 춘원의 부인 허영숙 여사를 통해 춘원에게 나를 소개했지요. 아마도 춘원 자신도 13세 때 콜레라로 양부모를 모두 잃었던 천애고아여서 고아인 나를 어여삐 보았을 거예요. 또 내가 2년을 월반해서 경성고보에 입학하니 나를 준재(俊才)라고 생각하신 것 같고 또 나에게는 2년 연상인 당시 양정고 1학년생이었던 수필가 윤오영과 등사판 동인지 《첫걸음》을 냈지요. 춘원께서 아마도 나에게 문재(文才)도 있다고 생각하신 것 같아요. 그러나 3년 있으면서 매달 하숙비 조로 10원을 냈지. 당시 쌀 한 가마니 값이 5원, 금 한 돈이 5원이었어요.

정정호 : 당시 《동아일보》 편집국장으로 있던 춘원 집에 3년 유숙하면서 춘원에게 시도 배우고 영어도 배우셨지요. 선생님이 후일 영문학을 공부해 대학교수가 되신 것 그리고 시와 수필과 번역을 하게 되신 것도 어떤 의미에서 춘원의 영향이라고 밝히신 적이 있어요. 그 밖에 춘원 선생님께 가장 고마웠던 것은 무엇이었던가요?

피천득 : 지금까지 가장 고맙게 생각하는 것은 나를 당시 대세였던 일본으로 보내지 않고 상하이로 유학 가라고 권한 것이었어요. 나는 그전부터 도산 안창호 선생을 흠모해 왔기에 상하이로 가면 대한민국 임시정부에서 일하시던 도산 선생을 만날 수 있겠다 생각은 하고 있었지요. 그런데 당시 나에게는 더 현실적인 문제가 있었어요. 어머니까지 돌아가신 후 아버지가 남겨 놓은 많은 재산 분배 문제 때문에 시끄러웠어요. 나는 워낙 어렸기에 작은아버지와 고모네들이 재산을 모두 빼앗으려고 했어요. 그런데 마침 토지를 판 돈의 잔금이 나한테 5천원인가 8천원 들어왔어요. 이때 춘원 선생이 나보고 이 돈을 가지고 즉시 상하이로 가라고 강권했어요. 더욱이 춘원은 현금을 들고 가지 말고 그 돈을 지키려면 경성의 조선은행에 예금하고 상하이에 가서 조금씩 찾아 쓰라고 했어요. 만일 그때 그러지 않았다면 그 돈마저 친척들에게 다 빼앗기고 상하이로 유학가서 공부도 마치지 못했을 거예요. 상하이로 그냥 들고 갔으면 독립군을 위한 군자금이나 기부금으로 다 빼앗겼을 수도 있지요. 지금도 이 점은 춘원 이광수 선생에게 매우 고맙게 생각하고 있어요.

정정호 : 선생님이 어린시절에 많이 읽은 작가들을 소개해 주십시오.

피천득 : 고등학교에 들어가 1학년때 가장 많이 읽었던 것 같아요. 주로 일본어 소설이나 일본어로 번역된 서양 문학들

이었어요. 일본 소설가 아리시마 다케오에 빠져 그의 소설을 거의 전부 읽었어요. 그 밖에 일본어로 번역된 세익스피어를 많이 읽었어요. 학교 공부까지 빼먹고 열독했지요.

정정호 : 어린 시절에 선생님에게 가장 영향을 주신 분들은 누구인가요?

피천득 : 일제강점기 중고등학교를 다닐 때 저보다 18년 위인 춘원 이광수 선생에게 많은 가르침을 배웠습니다. 춘원은 내가 조실부모하고 2학년을 월반하여 경성고보에 들어갔을 때 저를 집으로 불러 3년 같이 살았지요. 춘원에게 영어도 배우고 영시도 배웠어요. 중국 도연명의 시도 읽어주셨지요. 춘원 집에 있던 일본 문학과 세계 문학 전집도 읽었지요. 그리고 춘원이 모국어의 중요성을 강조하시기에 알퐁스 도데의 단편소설 〈마지막 수업〉을 일본어 번역본으로 읽었어요. 내가 1926년 9월에 영어본을 참조해 번역해서 《동아일보》에 4회에 나누어 연재했던 기억이 나네요. 당시 《동아일보》 편집국장이었던 춘원의 덕분이지요. 이 번역본은 나중에 개역되어 중학교 국어 국정교과서에 수록되었지요. 무엇보다도 춘원의 강력한 추천으로 상하이로 유학 가고 평소 존경했던 도산 안창호 선생을 만나 가르침을 받았어요. 상하이에서 내가 아플 때면 찾아오셔서 격려해주셨던 도산 선생은 저에게 거짓말하지 않는 정직의 절대 윤리를 가르치셨

습니다. 저는 일생동안 도산 선생을 스승으로 여기며 살아왔어요. 영문학과에 다니면서 아일랜드 시인 예이츠를 좋아했어요. 당시 아일랜드는 영국의 식민 지배를 받고 있어서 독립시인인 그에게 많은 애착을 가졌었죠. 대학 졸업논문도 예이츠를 택했지요.

정정호 : 춘원 이광수에 관해 한 가지만 더 묻겠습니다. 춘원같이 박학다식하고 한때 민족 의식이 강했던 분이 후에 왜 친일로 돌아섰을까요. 너무나 안타깝습니다. 선생님의 견해는 어떠신지요.

피천득 : 당시 1940년대에 들어서 일본 제국주의가 중국 대륙은 물론 동남아 지역과 싱가포르까지 점령하면서 '대동아 공영권'을 주장하는 것을 춘원은 일말의 의심도 없이 그대로 믿은 거예요. 나는 그때 내 마음속으로 "바보!"라고 외쳤지요. 일본만 알았던 춘원은 미국의 힘을 지나치게 과소평가했고 국제 정세에도 밝지 못했지요. 참 안타까운 일이에요. 나는 후에 춘원 이광수 선생이 1938년 홍사단의 수양동우회 사건으로 종로경찰서에 체포되었을 때 일제에 협력하지 않고 목숨을 버렸다면 치욕을 당하지 않고 영원한 별이 되었을 텐데 하고 한탄한 적이 한두 번이 아니에요. 난는 일제 말기에 일본어를 국어로 배우라고 강요하는 것을 보고 놀랐어요. 제가 경성고보 다닐 때 프랑스 소설가 알퐁스 도데의 〈마지막 수업〉을 같이 읽으며 저에게 모국어의 중요성을 강조하셨던 모습을

떠올리며 너무나 안타까웠어요. 지금도 춘원의 변절이 너무나 안타까울 뿐입니다. 그러나 춘원 선생의 문학적 업적까지 무시해서는 안 되겠지요.

정정호 : 선생님께서 1926년 경성고보에 재학 중에 당시 동양의 파리였고 일본과 서구 열강 세력의 각축장이었던 국제도시 상하이로 유학을 떠나셨지요. 경성에서 고등학교를 졸업하지 못해 상하이에서 영어로 수업하는 고등학교부터 다시 다니셨지요. 그 후 상하이대학 전신인 후장대학 영문학과에 입학하셨지요. 그런데 왜 선생님께서는 그 당시 유학지의 대세였던 일본으로 가지 않으셨는지요?

피천득 : 우선 내가 일본이 미워서 그곳으로 유학가기 싫었어요. 그리고 당시 춘원 이광수 선생 댁에서 3년간 유숙할 때 춘원이 자신이 유학했던 식민지 종주국 일본보다 당시 국제도시 상하이로 갈 것을 강력히 추천했지요. 또한 나는 평소 도산 안창호 선생을 마음속으로 흠모하고 있었어요. 그러나 그 후 나는 상하이로 유학하여 영문학을 전공한 것 자체로 요주의 인물이 되었어요. 더욱이 상하이에서 도산 선생님이 만든 홍사단에 입단하였기에 반일 반동분자인 '불령선인(不逞鮮人)'으로 낙인찍혔어요. 그래서 1930년 말에 귀국 후에도 제대로 취업도 못하고 외국회사에 영어 편지 쓰는 사원으로 취직하기도 하고 해방될 때까지 서울대 공대 전신인 경성공전 도서관의

영문 목록 만드는 허드렛일을 했어요. 내가 일본으로 유학했다면 귀국 후 훨씬 편하게 살았을지도 모르지요.

정정호 : 선생님의 주요섭에 관한 수필 〈여심〉에서 상하이 유학 중이던 1926년에 육당 최남선의 시조집《백팔번뇌》를 주요섭 선생과 같이 읽은 것으로 알고 있습니다. 그리고 저는 선생님이 1930년대 시조를 몇 편 쓰셨습니다. 노산 이은상의 첫 시조집《노산 시조집》에 대한 서평을 써서 《동아일보》에 발표하신 것도 알고 있었습니다. 그런데 최근에《한국 시조 대사전》(1992)에서 피 선생님의 항목을 보고 깜짝 놀랐습니다. 1926년에 첫 시조 〈가을비〉를 《신민》에 발표하셨더라구요. 이렇게 되면 선생님의 첫 번째 시 작품은 1930년 9월 4일자《동아일보》에 실린 자유시 〈차즘〉(찾음)이 아니라 이 시조 〈가을비〉가 되는 셈이지요.

피천득 : 아, 그렇던가요. 1920년대는 일제강점기 하에서 문인들이 민족문학에 대한 관심이 높았어요. 그래서 시작된 것이 조선 고유의 정형시인 시조 부흥 운동이었어요. 그 당시 대부분의 시인들이 많은 시조들을 썼지요. 물론 후에 자유시로 바꾸기도 했지요. 한참 후에 나는 영국의 14행의 정형시인 셰익스피어 소네트 104번을 시조 형식으로 3행으로 압축해서 개작 발표한 적도 있었지요.

정정호 : 선생님은 1930년《동아일보》에 발표하신 시 〈차즘〉으로

등단하여 시인으로 문학 인생을 시작하셨지요. 그런데 한참 후에 선생님은 시인보다 수필가로 더 이름을 얻게 되셨지요. 그래서 한때 선생님께서 이에 대해 아쉬워하신 적도 있었지요. 선생님은 "나에게는 시와 수필은 같은 것이다"라고 늘 말씀하셨지요. 선생님의 시와 수필의 관계를 설명해 주실 수 있으신지요?

피천득 : 사실상 독자들이 나의 시보다 수필을 더 좋아하게 되어서 내가 쓴 시들이 수필에 가려진 느낌이 들어 애석합니다. 1998년 내가 시로 인촌문학상을 받았는데 심사위원들이 내 시를 높이 평가해주었습니다. 나는 수필도 시처럼 쓰고 싶었습니다. 그런 의미에서 나에게 시와 수필은 같은 것이지요. 어떤 시와 수필은 행갈이에 따라 각각 수필과 시가 되기도 하지요. 다른 말로 하면 나의 시와 수필은 모두 강렬한 서정성에 토대를 두고 있어요. 내 시와 수필이 대체로 짧은 것도 서정성을 강조하기 위해서이지요.


정정호 : 선생님께서는《동아일보》와의 인연이 많으셨던 것 같아요. 1926년 최초의 번역 소설인 알퐁스 도데의 단편소설〈마지막 수업〉도 그곳에 발표하셨고 1930년 9월 4일에 선생님의 첫 시〈차즘〉도 발표하시고 그 후에도 지속적으로 글을 발표하셨습니다. 특별한 연유라도 있으신가요.

피천득 : 무엇보다 1920년대 중반《동아일보》편집국장을 지내신

춘원 이광수 선생의 도움이 컸지요. 그리고 자매잡지인 《신동아》에도 여러 편의 글을 발표했지요. 그 당시 《신동아》 상하이와 미국에서 공부하고 돌아온 소설가 주요섭 선생이 편집을 맡아서 하셨는데, 그분을 통해 여러 글을 발표하였지요. 또한 자매지인 《신가정》(후에 《여성동아》로 복간되어 지금에 이르고 있다)에도 여러 평설을 실었어요. 그리고 보면 나와 《동아일보》는 엄청난 인연이 있는 셈이네요.

정정호 : 선생님의 작품활동을 보면 '거문고 타는 여인의 아이'라는 뜻의 아호인 금아(琴兒)에서 알 수 있듯이 아기와 어린이에 대한 시편들이 예상외로 많은 것을 알 수 있습니다. 이 밖에도 선생님께서는 특히 한국 동요의 아버지라 불리는 석동 윤석중 선생님과 함께 아동문학 운동에 활발하게 참여하셨지요.

피천득 : 그래요. 1920년대는 일제 식민지 조선의 미래인 새나라의 주인공으로 어린이에 특히 주목했지요. 《소년》지 창간호에 실린 최남선의 한국 최초의 근대시 〈해에게서 소년으로〉(1908)에서도 소년이 강조되고 있지요. 이 시대 조선 어린이 운동에 앞장선 분은 소파 방정환(1899~1931) 선생이지요. 나도 그 당시 어린이 운동에 관심이 많았지요. 이 시기에 석동 윤석중을 만났어요. 나는 서울 종로구 청진동에서 났고 그는 수송동에서 태어난 서울토박이로 나보다 한 살 아래였어요. 윤석중은 어린이 동요

창작에 천재였어요. 나는 그의 어린이 문학 운동을 많이
도와주었죠. 1940년대 후반 윤석중이 창간한 《주간 소
학생》에 너새니얼 호손의 단편소설 〈석류씨〉, 〈큰 바위
얼굴〉 등을 번역 소개하였지요. 또 윤석중이 시작한 새
싹회 운동에도 참여했지요. 그 후 많은 어린이 글짓기
대회와 백일장에 참석하여 여러 문인들과 심사도 자주
했어요. 나는 1970년대에 새싹문학상(번역 부문)을 받은
적도 있어요. 윤석중 선생 덕분에 아동문학 운동에 많이
관여할 수 있었어요.

정정호 : 선생님께서는 일생 동안 깊고 오래 사귄 분들인 도산, 춘
원, 윤오영, 주요섭, 장익봉 교수 등에 관해서는 수필로
그 기록을 남기셨지요. 그런데 1945년 광복 직후 해방공
간에서 가깝게 지냈던 분들인 정지용, 김동석, 이인수 씨
등에 관한 언급은 별로 없으셨는데 한 말씀 부탁드립니
다.

피천득 : 정지용 시인과도 교류가 있었지만 김동석 씨하고는 한
때 가깝게 지냈어요. 그는 경성제국대학 영문학과 학,
석사를 받고 재주가 비상한 사람이었지요. 그는 《상아
탑》이란 잡지를 창간했어요. 그 잡지에 제 시 〈생명〉을
싣기도 했지요. 얼마 후 월북했는데 참 아까운 사람이었
지요. 이인수 씨는 당시 고려대 교수였는데 영국 런던
대학에 유학하여 영문학을 제대로 공부해서 학위를 받
은 실력파였지요. 그이하고 중고교 영어 교과서를 집필

하게 되었는데 이인수 씨에게 집필하기 더 어려운 중학교 영어교과서를 맡기고 나는 상대적으로 쉬운 고등학교 교과서를 맡았지요. 이인수 교수는 국내 최초로 엘리엇의 대표적 장시 〈황무지〉를 번역해서 발표하기도 했지요. 6·25 전쟁 때 북한군에 체포되어 강제로 북한 선전 영어 방송을 진행하였는데 수복 후 남한 정부에 의해 공산당에 부역했다고 처형되었지요. 안타까운 일이었습니다. 그이에게 두 아들이 있는데 큰 아들은 연세대 영문학과 교수를 했고 둘째 아들은 서울대 영문학과 교수를 지냈지요.

정정호 : 선생님의 자녀 교육은 특별하셨던 것 같아요. 1931년에 쓰인 선생님의 초기시 〈아가의 슬픔〉에서도 놀고 싶은데 놀지 못하게 하는 엄마를 원망하고 있고요. 1933년에 쓰신 〈아침〉이란 시에는 일찍 돌아가신 엄마 없이 나혼자 살았지만 "제풀대로 자라서 햇빛 속에 웃는 낯을 보시옵소서" 하며 제멋대로 외로움 속에서도 웃는 낯을 하는 자신을 자랑스럽게 생각하셨어요. 선생님의 시 〈교훈〉(1959)에서 볼 수 있듯이 자녀들에게 훈육 등을 거의 강요하지 않고 많은 자유를 주신 것 같습니다. 자녀 교육에서 강조하셨던 것은 무엇이었나요?

피천득 : 특별한 가훈 같은 건 없었고요. 아이들에게 거짓말하지 말고 정직해야 한다는 것만을 강조했지요. 아이들에게

자유는 많이 주었지요. 아마도 일제강점기의 지나친 억압과 통제에 대한 나의 반발도 작용했겠지요. 이상하게 들릴지 모르지만 우리집에서는 부모 자식 간에도 경어를 거의 쓰지 않았어요.

정정호 : 이번엔 가족 일이라 송구합니다만 선생님의 장남 피세영 씨에 대해 질문 드리겠습니다. 선생님의 글이나 말씀 중에 딸 서영과 둘째 아들 수영 씨에 대한 내용은 많은데 큰아들인 세영 씨에 관한 이야기는 거의 없어요. 더구나 세영 씨는 외가로 보내 그곳에서 자랐다는 말을 들었습니다. 어떤 이유가 있는지 말씀해 주십시오.

피천득 : 기본적으로 특별한 이유는 없어요. 1940년대 초 일제강점기와 일본이 일으킨 태평양 전쟁의 막바지에 한반도는 조선인들이 살기가 어려웠고 일상생활이 매우 피폐했어요. 그래서 어렸을 때 외가로 보낸 것 같아요. 그러다 보니 좀 소원해졌을 수도 있지요. 그리고 세영이가 대학 진학할 때 연극영화과에 들어간다고 고집부렸지요. 결국 대학 졸업하고 연극도 하고 디스코자키 등 연예인으로 활동했지요. 그 당시에는 지금과는 달리 연극, 영화와 대중음악은 딴따라라고 해서 대접을 크게 받지 못하던 때였지요. 나는 그때 장남에 대한 기대가 컸었거든요. 오랜 뒤에 미수 때였던가 내가 공식적으로 아들들에게 "미안하다"고 사과했어요.

정정호 : 선생님께서는 한국 시인, 작가 중에서 누구를 가장 좋아
　　　　하시는지요.

피천득 : 나는 누구보다도 황진이를 존경하고 좋아합니다. 그의
　　　　작품들은 많이 남아 있지 않지만 어떤 시는 셰익스피어
　　　　의 어느 소네트보다도 탁월해요. 황진이는 진실로 세계
　　　　문학 수준의 시인입니다. 그리고 현대 시인으로는 소월
　　　　김정식입니다. 김소월은《진달래꽃》이라는 시집 한 권
　　　　만 남겼지만 우리 민족의 고유 정서를 최적의 모국어로
　　　　가장 아름답게 표현한 최고의 시인입니다. 한분 더 추가
　　　　한다면 애국지사이시며 승려 시인인 만해 한용운입니
　　　　다. 그의《님의 침묵》은 한국 문학 최고의 시집입니다.


정정호 : 선생님의 외국어 실력이 궁금하네요. 1926년부터 근 10
　　　　년간 상하이에서 고등학교부터 유학을 하여 영문학을
　　　　공부하였으니 영어는 당연히 잘하셨을 거고요. 일제강
　　　　점기에 소학교 때부터 일본어를 배웠으니 일본어의 회
　　　　화 실력과 독해 실력은 최상급이었겠지요. 중국에 오래
　　　　사셨으니 중국어도 잘하셨겠네요?

피천득 : 일본어는 오래 했지요. 일제강점기 당시에는 일본어를
　　　　국어(國語)로 배웠으니까요. 영어는 잘 배웠어요. 내가
　　　　1920년 말부터 30년대까지 상하이에서 다녔던 고등학교
　　　　와 대학교는 모두 영미 선교사들이 세운 학교에 다녔는
　　　　데 모두 영어로 수업이 진행되었어요. 원래 1920~30년
　　　　대 상하이는 동양의 파리라 불릴 정도로 당시 동양 최초

의 국제도시였지요. 내가 다니던 영문학과에 학생이 나까지 4명이어서 영국 교수들은 우리들을 거의 개인 지도 형식으로 철저히 받았지요. 영어로 된 숙제를 제출하면 교수들이 매번 새빨갛게 고쳐줘요. 그 덕에 영어 작문은 자신이 있었지요. 그런데 중국어는 일상적 용어 외에는 별로 잘하지 못했어요. 왜냐하면 중국어를 사용할 기회도 많지 않았어요. 대학에서 공식 용어가 영어이기도 했고 영어를 알면 상하이 시내에서 생활하기에 별로 불편이 없었어요. 그리고 무엇보다도 당시는 중국은 지역 간 방언의 차이가 심해서 서로 의사소통이 안 될 정도였어요. 상하이에서 자기들끼리도 영어로 통역해주는 경우도 있었지요.

정정호 : 선생님이 1926년 상하이로 유학 가셨을 때부터 도산 안창호 선생께 정기적으로 가르침을 받으신 것으로 알고 있습니다. 그러다 어느 시점에 도산 선생이 1913년 미국 샌프란시스코에서 민족운동 교육기관으로 설립한 흥사단에 들어가 단우가 되셨습니다. 그런데 흥사단원이 되려면 도산 안창호 선생이 직접 2~3시간의 문답 시간을 하시고 그것을 통과해야 입회할 수 있다고 들었습니다. 그 입단 문답에 관한 이야기를 해주십시오.

피천득 : 하도 오래전 일이지만 입단 문답은 도산 선생님이 직접 거의 2~3시간에 걸쳐 실시하셨습니다. 큰 주제는 조국의 자주독립을 위한 '무실(務實)과 역행(力行)─참과 힘'이

었어요. 대개 이렇게 시작하지요.

문 : ○○군, 그대는 흥사단에 입단하기를 원하시오?

답 : 예. 나는 흥사단에 입단하기를 원합니다.

문 : 왜?

답 : 우리의 독립을 회복하고 민족 영원의 창성을 얻으려면 흥사단주
　　의로 갈 수 밖에 없다고 믿습니다.

문 : 왜?

답 : 우리는 힘이 없어서 나라가 망하였으니 나라를 흥하게 하려면
　　힘을 길러야 하겠습니다.


이번에는 중간 부분을 소개해보지요. 사람에 대한 사랑인 정의돈
수(情誼敦修)에 관한 부분이요.

문 : 정의돈수란 무슨 뜻이오?

답 : 서로 사랑한다는 뜻이오.

문 : 돈수란 무슨 뜻이오?

답 : 두텁게 닦는단 뜻이오.

문 : 두텁게 닦는단 무슨 뜻이오?

답 : 서로 사랑하는 정신을 더욱 기른다는 뜻일까요?

문: 그렇소. 우리 흥사단의 해석으로서는 정의돈수란 사랑하기 공부
　　란 뜻이오. 사랑하기를 공부함으로 우리의 사랑이 더욱 도타워
　　질 수가 있을까요?

답 : 사랑하기를 날마다 힘을 쓰면 그것이 습관이 되리라고 생각합니

다. 습(習)이 성(性)이 되면 그것이 덕(德)인가 합니다.

문 : 우리 민족은 서로 사랑함이 두터운가요?

답 : 우리 민족은 서로 사랑함이 부족하다고 생각합니다.

(이 부분은 피 선생님이 추천해주신 주요한 편저 《안도산 전서》(흥사단출판부, 1999)의 343~382쪽에서 인용하였음을 밝힌다)


정정호 : 선생님은 상하이 유학에서 돌아오신 후인 1938년경 결혼 전에 한때 성북동에 길영희 선생이 운영하는 하숙집에 사신 적이 있지요. 길 선생은 평양 출신으로 경성 의전(서울대 의과대 전신)에 다니다가 1919년 3·1운동을 맞아 독립운동에 참여했다가 퇴학 처분 받았지요. 그 후 길 선생은 청년 교육에 뜻을 두고 일본 광도고등사범학교를 나온 교육자셨지요. 길 선생은 후에 인천중학교 교장을 지내셨고 1945년에 제물포고등학교를 설립하고 교장을 역임하셨지요. 저는 그 중학교와 고등학교를 졸업했습니다. 그때 있었던 일 중 기억에 남는 것이 있으면 말씀해 주십시오.

피천득 : 내가 길영희 교장 선생님을 만난 것은 후에 서울대 교양학부장과 고려대 부총장을 지내신 채관석 선생님을 통해서였지요. 내가 상하이 유학을 마치고 돌아온 후 1938년경에 길 선생은 성북동 산기슭에 토지를 마련해 집을 지어 하숙을 쳤어요. 나도 그때 그 집에서 살았었는데 그분이 열심히 사는 모습에 배운 게 많아요. 그 집 돌담을 쌓기 위해 직접 북한산에 리어카를 끌고 올라가 큰 돌

을 잔뜩 실어다가 손수 미장이 노릇을 하면서 오랫동안 땀을 뻘뻘 흘리면서 끈기 있게 돌담을 완성시키셨어요. 한번은 내 친구가 찾아와 절을 찾아가 비싸지 않은 90전 짜리 절밥을 사주자 길 선생님께서 "그렇게 돈을 헤프게 써서 앞으로 어떻게 살려하느냐"고 꾸중을 들었습니다.

그리고 해방 직후에 길 선생님이 인천중학교 교장으로 계실 때 나는 정 선생이 나온 인천중에서 잠시 영어를 가르쳤어요. 길 선생님의 민족 교육에 대한 의지와 정열에 감동받았어요. 그 후 길 선생님은 내가 근무했던 서울사대에 가끔 찾아오셔서 졸업생 중 출중한 영어 교수를 추천해 달라고 했어요. 제가 당시 석경징, 유완수 군 등을 추천했지요. 그후 길 선생님은 학생들에게 영어 교과서를 모두 암송시키고 매년 암송대회를 열기도 했지요. 길 선생님은 '무감독 시험'을 실시하여 명문 고등학교로 만들고 당시 한국 교육계에 큰 반향을 일으켰지요.

정정호 : 선생님께서 1930년대 초 상하이 유학 중 그곳에서 일본 군이 벌인 상하이 사변으로 일시 귀국하셨습니다. 경성에서 일본이 아닌 중국으로 유학한 선생님을 반일 반동분자인 '불령선인(不逞鮮人)'으로 부르며 감시가 심하자 금강산에 들어가 1년 정도 머무시며 상허 스님과 함께 불경을 읽으셨습니다. 주로 대승불교 경전인《유마경》을 읽으셨습니다. 모두 한자로 쓰인 불경이지만 선생님께서 어린시절 서당 다니실 때《통감절요》를 3권까지 공

부하셨기에 한문 해독에는 큰 문제가 없으셨던 것 같습니다. 혹 기억에 남는 구절이나 부분이 있으시면 말씀해 주십시오.

피천득 : 글쎄요. 《유마경》을 쓴 유마거사란 분은 출가해서 산사(山寺)에서 불도(佛道)를 닦는 분이 아니고 산에서 내려와 자기 집에서 즉 속세에서 불법(佛法)을 공부하고 깨우치는 소위 재가(在家) 불도였지요. 자신의 구제보다 중생의 구제에 더 관심을 가지는 대승불교도였어요.

　　모두 14장으로 된 《유마경》의 제5장 〈문수사리문질풍〉에 석가모니 부처님의 수제자인 문수보살이 병들어 누워 있는 유마거사를 문병하는 장면이 나옵니다. 문수보살이 왜 병이 들었냐고 묻자 대답하기를 "어리석음 때문에 병이 생겼고 중생들이 병들어 큰 연민의 마음에서 나 자신도 병이 들었다"고 했어요. 이 말을 당시 개인적으로 나 자신은 조실부모하고 식민지의 망국민 신분으로 상하이에서 유학하며 고통 속에서 지냈지만 당시 많은 우리 동포들도 일제강점기의 엄혹한 시대를 살고 있었지요. 나는 당시 만해 한용운 선생처럼 우국지사 시인은 아니었지만 내 개인적 고통과 민족의 슬픔을 함께하고 싶었지요. 시를 막 쓰기 시작했던 그 당시 나는 좋은 시를 씀으로써 내 자신과 동포를 이 망국민의 고통이라는 병에서 치유하고 싶었다고나 할까. 문학을 통해 고통, 탐욕, 분노를 치유하고 번뇌를 벗어나 지혜도 얻고 해탈할 수도 있다고 믿고 싶었지요. 불교 가르침의 궁극적인 목표는 '대자대비(大慈大悲)' 즉 나 자신뿐 아니라 생로병사의 굴레에서 고통받는 중생에게 큰 사랑을 베푸는 것입니다.

《유마경》제17장 〈관생생품〉편에 사랑을 무려 28가지로 나누어 자세히 설명하고 있어요. 그 중 몇 가지만 소개할까요. 불타지 않은 사랑의 실천은 번뇌를 없애준다. 견고한 사랑의 실천은 마음의 상처를 없애준다. 지혜의 사랑의 실천은 올바른 때를 알게 된다. 깊은 사랑의 실천은 순수하게 만든다. 거짓 없는 사랑의 실천은 헛된 거짓이 없게 만든다. 공자님도 인애(仁愛)를 강조했고 예수님도 '사랑'을 최고의 가치로 가르쳤지요. 나는 고통과 번민 속에 사는 나 자신뿐 아니라 인류 전체를 구원하고 치유하는 방법은 지금도 사랑뿐이라고 생각해요.

정정호 : 다음으로 《법화경》에서 인상에 남는 구절을 소개해 주십시오.

피천득 : 《법화경》은 불교 경전 중 최고의 경전으로 매우 깊고 오묘한 부처님의 가르침을 28장으로 나누어 설법하고 있어요. 아직도 기억에 생생한 것은 제3장 〈비유품〉에 나오는 '삼계화택(三界火宅)'의 비유예요. 여기서 3계란 음욕과 식욕의 세계인 욕계, 물욕으로 가득찬 색계, 순수한 정신 상태인 무색계예요. 우리는 3계의 세계를 왔다 갔다 하면서 살고 있지요. '불타는 집'이란 우리가 3계 속에 살고 있는 실존적 상황을 말하지요. 집에 불이 나면 문

을 찾아 즉시 빠져나와야 하지요. 여기에서 불교의 기본 교리인 4제(4諦) 즉 4가지 진리가 나오지요. 이것은 석가모니 부처님의 첫 번째 설법의 주제(진리)였지요. 부처님은 순간마다 삼독(參毒) 즉 3가지 본질적인 번뇌인 욕심, 분노, 어리석음에 빠져 살고 있는 우리 삶을 고통으로 정의했어요. 그래서 우선 고통을 공부하라 했지요. 첫 번째는 고통에 관한 진리를 깨달은 고제(苦諦), 두 번째는 고통의 원인을 아는 집제(集諦), 세 번째는 고통을 없애는 멸제(滅諦), 마지막은 고통을 벗어나 해탈과 열반으로 가는 도(道)를 이름하는 도제(道諦)지요.

두 번째는 제12장 제바달다품에 나오는 8세 된 용왕의 딸의 성불(成佛)이야기예요. 이 딸은 어린 나이임에도 불구하고 총명하고 지혜로워 오묘한 부처님의 가르침을 한번만 들어도 불법을 깨닫고 '찰나에' 최고의 경지에 도달해요. 그런 다음 중생을 구제하는 일도 시작하지요. 대부분의 고승들도 일생 동안 불경을 공부하고 참선해야 겨우 불도에 이르는데 어린 용왕의 딸의 득도 이야기는 믿기 어려울 정도이지요. 그러나 내가 여기서 배우는 것은 여성도, 그것도 8세의 어린 나이에 '순식간에' 불도를 터득할 수 있다는 점이에요. 또한 인간이 아닌 동물(용)도 깨달음에 이를 수 있다는 점에서 불도의 보편성을 알게 됩니다. 그러니 우리 모두도 불도를 어렵게만 생각하지 말고 용왕의 8살짜리 딸의 득도한 이야기를 통해 정진해서 불법을 통해 개인의 고통과 번뇌를 치유하여 해탈의 경지에 이르러 열반으로 들어갈 수 있다는 희망을 가질 수 있지요.

정정호 : 피 선생님은 일반 독자들에게 수필가로 가장 많이 알려져 있고 시인으로도 알려지기 시작했지요. 어떤 분은 선생님의 시를 수필보다 더 높이 평가하지요. 선생님 자신도 시인으로서 수필가로 더 알려지는 것에 대해 안타까워하신 적이 있지요. 그러나 저는 피 선생님을 번역문학가로도 높이 평가하고 싶습니다. 우선 번역 작품의 양이 시나 수필에 비해 엄청나게 많습니다. 그리고 국제 PEN 한국본부 회장이었던 주요섭(1902~1972) 선생과 한국 시와 시조를 번역하시어 한국 문학 세계화 사업에 적극 참여하셨더라구요.

피천득 : 예. 1970년 백철 선생이 한국 PEN 회장으로 있을 때 제38차 국제PEN대회가 서울에서 개최되었지요. 그때 대회 주제인 '유머의 사회적 기능'에 대한 논문도 발표하고 한국 시와 시조 여러 편을 영어로 번역하였죠. 그 이전 1950~60년대에도 주요섭 선생이 회장일 때 여러 번의 한국 문학 해외 번역 소개 사업에 적극적으로 참여했지요. 정철과 황진이의 고시 영역에서부터 한용운, 김소월, 윤동주, 서정주 등 여러 시인들을 영역하여 소개했어요.

정정호 : 수필집 《인연》이 1996년에 샘터사에서 처음 출간되자

초베스트셀러가 되었습니다. 그 후에도 여러 해 동안 계속 베스트셀러가 되었지요. 아마도 산업화와 민주화 이후 사람들의 살림도 나아지고 생활도 비교적 여유로워지자 특히 여성들 중심으로 두텁게 새로운 독자층이 생긴 이유도 있지요. 나아가 전업 문인들의 시, 소설, 희곡 이외에 생활 문학의 하나인 수필이란 장르가 대중들에게 확산되어 문학을 소비하고 향유하려는 욕구가 일어난 탓이기도 하지요.

　어느 날 선생님의 제자이며 수필가인 손광성 선생이 수필집《인연》이 베스트셀러가 된 것을 축하드렸더니 별로 좋아하지 않으셨다고요. 손 선생이 그 이유를 여쭈었더니 '대중적 인기보다 몇몇 사람의 극진한 사랑을 더 소중하게 여긴다'는 취지의 말씀을 하셨다고요.

피천득 : 나는 사람을 사귀는 것도 많은 사람들보다 소수의 사람들과 아름다운 인연을 맺고 신의와 의리를 지키며 오래 유지하는 것을 좋아해요. 물론 많은 독자들이 좋아하는 것은 좋은 일이지만 그러한 넓은 대중적 인기보다는 소수지만 깊은 극진한 사랑을 더 원해요.

정정호 : 앞 질문과 관련하여 선생님께서는 남의 작품을 읽을 때 주로 그 시인이나 작가의 핵심적인 요절을 뽑아서 평설하고 있습니다. 예를 들어 선생님의 어려서부터 절친이며 수필가 치옹 윤오영을 논할 때 '금강석같이 빛나는 대목들'을 중심으로 논하였습니다. 저도 선생님의 시와 수필과 번역을 논할 때 비슷한 방식으로 논합니다. 그래서

선생님의 글 중 '금쪽 같은' 구절로 수십 개 이상 따로 뽑아 적어 놓고 그 요절들만 읽곤 합니다. 그러면 선생님의 문학 정신이랄까, 세계가 확연하게 떠오릅니다. 앞으로 이 구절들만 모아도 탁월한 어록이 될 것 같습니다. 사실상 시인이나 작가가 인용할 만한 구절을 많이 써서 일반 독자들이나 대중들이 암송할 수 있게 하여 답답한 일상생활을 풍요롭게 만드는 것이 매우 중요한 것 같습니다.

　어떤 의미에서 언어는 제약이 많은 것이지만 동시에 언어만이 우리를 구원하는 것이 아닐까요. 부처님도 인간의 말로 오묘한 불법을 다 표현할 수 없다 했지만 결국 언어를 통하지 않고는 다른 방법이 없지요. 제가 좋아하는 선생님 글에서 몇 가지 인용해보겠습니다. "신록을 바라다보면 내가 지금 살아 있다는 것이 참으로 즐겁다. 내 나이를 세어 무엇하리. 나는 지금 오월 속에 있다", "나는 작은 놀라움, 작은 웃음, 작은 기쁨을 위하여 글을 읽는다", "과거를 역력하게 회상할 수 있는 사람은 참으로 장수를 하는 사람이며, 그 생활이 아름답고 화려하였더라면 그는 비록 가난하더라도 행복한 사람이라" 등등입니다. 선생님께서는 자신의 어떤 구절을 제일 좋아하십니까?

피천득 : 나에게는 "인생은 작은 인연들로 아름답다"는 말이 으뜸이지요.

정정호 : 저는 대학에서 1970년과 1972년 사이에 선생님께 4과
목의 강의를 수강했습니다. 영문학 개관, 영시, 영작문
입니다. 선생님께서 1974년 8월에 조기 명예퇴직하셨으
므로 저는 운이 좋은 마지막 세대입니다. 선생님 강의는
주로 시 작품 중심으로 분문 텍스트를 꼼꼼히 분석하시
면서 핵심 구절을 찾아내어 그 시인, 작가의 전체적인 문
학 세계와 연결시키는 방식으로 진행되었습니다. 카랑
카랑한 목소리로 유머를 곁들인 역동적이고 전혀 지루
하지 않은 수업 시간으로 기억합니다. 선생님은 먼저 작
품을 낭랑한 목소리로 직접 소리내어 읽어주십니다. 작
품을 눈으로 읽는 것이 아니라 소리로도 듣게 하여 '청각
적 상상력'을 불러일으키셨지요. 그리고 핵심 구절을 뽑
아 음율부터 구문 그리고 기법 등을 꼼꼼히 설명하십니
다.

　　그리고 수시로 감격적인 표정을 지으시면서 "금쪽같
지?", "금강석 같은 구절이야", "금싸라기야", "어떻게 이
렇게 아름답게 표현할 수 있지?" 같은 말씀을 하셨지요.
이런 방식은 19세기 후반 시인이며 비평가인 매슈 아널
드가 말한 '시금석 이론' 방법인데 '높은 진리'와 '높은 진
지성'을 가진 구절을 뽑아 그의 작품 전체, 다른 시들과
관계, 나아가 다른 시인들과의 관계까지 비교 논의하는
자리를 마련하는 것이지요.

피천득 : 그럴 수도 있겠네요. 또 나는 시의 암송을 중시했어요.
머릿속에 있는 시보다 암송을 통해 시와 따분한 일상적

삶에 생명을 불어넣는 작업이지요. 문학은 지식으로 아는 것보다 일상생활 속에서 향유하는 것이지요. 나는 학생들에게 시의 번역도 많이 시켰어요. 번역은 영어도 잘해야 하지만 모국어인 한국어를 더 잘해야 하지요. 번역을 통해 한국어를 더 잘 읽고 쓸 수 있어요.

정정호 : 선생님의 글은 고도의 절제된 언어로 잘 짜여진 견고한 구조를 가진 보석 같은 짧은 글로 정평이 나 있습니다. 선생님은 글을 쓰실 때 오랫동안 깊이 생각하고 마음속으로 생각하고 계시다가 글을 쓰시고 끝내시는지요, 아니면 다시 고치고 수정하는 퇴고 과정은 얼마나 가지시는지요.

피천득 : 나는 나의 글에 대해서 별다른 퇴고를 하지 않아요. 버리는 작품도 많지 않아요.

정정호 : 선생님께서는 1945년 8월 15일 해방이 되자 모두들처럼 너무나 기뻐하셨지요. 특별히 일본이 아닌 중국 상하이로 유학하여 도산 안창호 선생이 1934년에 미국 샌프란시스코에서 결성한 흥사단에 가입하서서 일제의 눈에 났지요. 일제강점기에 불령선인으로 공공기관에 취업도 못 하시는 등 엄청난 불이익을 받으셨기에 감회가 남달랐을 것 같습니다. 차남 피수영 박사의 말을 들으니 해방되던 날 선생님께서 어린 자신을 안고 밖으로 뛰어나가 만세! 만세! 하고 탄성을 지르며 거리를 뛰어다녔다

고 하더라고요.

피천득 : 일제 36년간의 탄압과 착취에서 어느 날 갑자기 해방되어 빼앗겼던 나라를 되찾은 감격은 너무나 벅찼지요. 나는 해방을 맞아 그 감격을 표현한 시와 수필을 각 1편씩 썼어요. 특히 나는 강제 한일합방이 일어났던 1910년에 태어나 망국민이 되었기에 남다른 감회가 있었어요. 내가 한참 후인 1980년에 쓴 산문시 〈1945년 8월 15일〉을 암송해볼까요. "그때 그 얼굴들. 그 얼굴들은 기쁨이요 흥분이었다. 그 순간 살아 있다는 것은 큰 축복이요 보람이었다. 가슴에는 희망이요, 천한 욕심은 없었다. 누구나 정답고 믿음직스러웠다. 누구의 손이나 잡고 싶었다. 얼었던 심장이 녹고 막혔던 혈관이 뚫리는 것 같았다. 같은 피가 흐르고 있었다. 모두 다 '나'가 아니고 '우리'였다."


정정호 : 선생님은 1950년 6·25 한국전쟁 중에 북한 인민군이 서울에 주둔했을 때 하마터면 북송될 뻔했다는 말이 있던데요.

피천득 : 아, 예. 6·25 전쟁 직후 당시 서울대학 당국에서 교수들을 모두 소집한 적이 있었어요. 그런데 어린 아들 수영이와 딸 서영이가 막 울면서 아빠 학교 가지 말라고 나를 붙잡아서 할 수 없이 학교에 못 갔어요. 만일 그날 학교에 갔더라면 북으로 끌려갈 수도 있었지요. 내 동료 교수 한 분은 학교에 갔으나 급히 도망치듯 빠져나와 강

제 북송의 위기를 피했다고 하더군요.

정정호 : 수필 〈인연〉에서는 버지니아 울프의 소설《세월》(1937년)
　　　　이 두 번 언급됩니다. 당시 도쿄 성심여대 영문학과 3학
　　　　년 학생이던 아사코와 두 번째 만남에서 "아사코와 나는
　　　　밤늦게까지 문학 이야기를 하다가 가벼운 악수를 하고
　　　　헤어졌다. 새로 출판된 버지니아 울프의 소설《세월》에
　　　　대해서도 이야기한 것 같다"고 쓰셨고요. 그리고 1954
　　　　년 여름 미국 하버드대학교 교환 교수로 가시던 길에 도
　　　　쿄에 들러 이미 일본계 미국인과 결혼한 아사코를 만나
　　　　셨습니다. 그때도 "그 집에 들어서자 마주친 것은 백합
　　　　같이 시들어가는 아사코의 얼굴이었다.《세월》이란 소
　　　　설 이야기를 한 지 10년이 더 지났었다. 그는 아직 싱싱
　　　　하여야 할 젊은 나이다"라고 쓰셨습니다. 선생님의 수필
　　　　〈인연〉과 울프의 소설《세월》관계를 설명해 주십시오.
피천득 : 1937년에 출간된 버지니아 울프의《세월》은 1880년부
　　　　터 1932~33년까지 50년의 기간을 11개의 부분으로 나누
　　　　어 시간의 불가역성을 주제로 쓴 장편소설이지요. 나의
　　　　〈인연〉은 1973년에 쓴 수필이니 울프의 장편소설과 단
　　　　순 비교하기는 어렵지요. 그러나 전체적인 작품의 구도
　　　　에는 내가 좋아했던 소설《세월》에서 어떤 암시를 받았
　　　　다고 볼 수는 있겠지요.

정정호 : 수필《인연》에 대한 마지막 질문입니다. 선생님은 1920

년대 말과 1930년대 상하이 유학 시절부터 일생 동안 가장 가깝게 지낸 사람은 소설가 주요섭입니다. 어느 날 저는 주요섭 선생이 1938년에 쓴 단편소설 중 〈봉천동 식당〉을 읽다가 깜짝 놀랐습니다. 왜냐하면 그 소설의 구성이 주인공 남자가 당시 만주 봉천역(지금의 심양) 식당에서 어떤 젊은 여성을 처음으로 보게 됩니다. 그 후 2~3년 후에 같은 장소에서 같은 여인을 또 마주치게 됩니다. 이런식으로 2~3년 간격으로 같은 여인을 네 번 만나는 데요, 그때마다 그 여인의 모습이 청순하고 희망찬 모습의 첫 번째 만남부터 점점 그 여인이 변하는 모습을 묘사하고 있습니다. 그 사이에 딸아이를 낳아 봉천역 식당으로 데리고 나오기도 하고 마지막 보았을 때 그 여인의 모습은 얼굴도 많이 상하고 어려운 상황임을 알게 됩니다.

주인공이 시간차를 두고 본 이 여인은 일제강점기에 고국을 떠나 이국에서 사는 조선 여인의 시들어가는 모습을 그린 것 같습니다. 이야기 구성이 수필 〈인연〉과 매우 유사했으니까요. 혹 선생님이 〈인연〉을 쓰실 때 그 단편소설에 영향을 받으셨는지요?

피천득 : 글쎄. 주요섭 선생이 1938년에 그 단편소설을 썼다는 것은 알고 있었으나 내가 수필 〈인연〉을 쓴 해가 1973년인데 특별히 의식적으로 그 소설을 염두에 두지는 않았어요.

정정호 : 선생님의 수필을 읽어보면 엄마와 딸 말고 젊은 시절에
　　　　여성들이 여러분 등장하는데요. 마음에 두었던 사람을
　　　　소개해 주십시오.

피천득 : 첫 번째 여인은 중국인으로 상하이대학 영문학과에 다
　　　　닐 때 동급생이었던 루종 페이였어요. 30년대 초 금릉
　　　　대학에 놀러가서 같이 사진을 찍기도 했지요. 그 사진은
　　　　지금도 가지고 있지요. 두 번째는 한국인으로 저보다 손
　　　　위 여인이었어요. 내가 상하이에서 병원에 입원했을 때
　　　　만났던 간호사인데 주위에서 이룰 수 없는 사랑이니 단
　　　　념하라는 말도 들었지요. 〈유순이〉라는 수필의 주인공
　　　　인 조선인 간호사입니다. 또 다른 여인은 수필《인연》에
　　　　나오는 일본 여성 아사코예요. 수필 〈파리에 부친 편지〉
　　　　에 나오는 내 딸 서영이의 미술선생이었던 여성화가와
　　　　이화여대 작곡가 교수였던 분이 있었어요. 내 시 10편을
　　　　작곡했지요. 그리고 한 사람 더 추가한다면 스웨덴의 영
　　　　화배우 잉그리드 버그만을 좋아했어요. 그 청순한 이미
　　　　지가 너무 좋아 사진을 거실에 걸어 놓고 보았던 내 사랑
　　　　이지요.

정정호 : 선생님께서도 작가, 음악가, 화가 등 많은 예술가 여성들
　　　　과 교분을 맺으셨던 것으로 알고 있습니다. 제가《동아
　　　　일보》기사를 검색하던 중 1995년 11월 5일자에 화가 천
　　　　경자 씨의 대담을 보게 되었는데 거기에 선생님 성함이
　　　　언급되더군요. "자주 만나는 친구들이 있습니까"라는 기

자 질문에 천경자 씨는 "한 10년 전쯤에는 수필가 피천
득 씨와 자주 만났습니다. 수필 쓴 것도 가끔 보여주고
하면서 롯데호텔 커피집에서 데이트도 많이 했습니다"
라고 대답했습니다. 선생님의 다른 여성 예술가들과의
교분은 좀 알려진 편인데 천경자 씨는 처음입니다. 이에
대해 말씀해 주시지요.

피천득 : 아, 예. 한때 자주 만났지요. 천경자 씨는 탁월한 화가
이기도 하지만 문학소녀이기도 했지요. 거의 만날 때마
다 쓴 수필을 들고 나와 나에게 읽어달라고 했지요. 나
는 읽고 평도 해주었습니다. 천경자는 잘 알려지지는 않
았지만《탱고가 흐르는 황혼》등 여러 권의 수필집을 낸
문인이기도 하지요. 한 가지 재미있는 이야기가 있어요.
천경자 씨가 자신의 〈미인도〉그림 중 큰 것을 나에게 주
었는데 한참 후에 그보다 작은 그림을 가지고 와서 바꿔
달라기도 했지요. 몇 번 그러다 보니 지금은 작은 그림
을 가지고 있어요. (웃음) 아무튼 천경자 씨와의 사귐은 아
주 유쾌했어요.

정정호 : 선생님은 영문학을 전공하고 영어 교수로 영문학을 가
르치셨습니다. 그러나 선생님 사유의 토대는 동양적인
것과 한민족인 것이었습니다. 시와 수필을 쓰는 문인으
로서 선생님은 번역문학가로 이러한 토대 위에 영문학
전통을 덧댄 것입니다. 단순히 덧댄 것이기보다 두 개의

문학 전통이 서로 교환하고 나누고 새로 창조하는 과정
에서 나온 어떤 면에서 복합적입니다. 그러나 복합적이
라 해서 불협화음이 나는 것이 아니라 역동적이고 풍요
로운 새로운 비교세계문학적인 양상으로 발전되었습니
다. 이것이 우리가 선생님 문학을 읽을 때 반드시 고려
하고 유의하여야 할 점입니다.

다시 말해 동양 문학 정신이란 유장한 한시 전통과 한
국 전통시의 가락이나 음조가 어우러진 것입니다. 서양
(영국) 문학 정신은 16세기 셰익스피어로부터 19세기 워
즈워스의 낭만시와 찰스 램으로 이어집니다. 따라서 선
생님의 문학은 구심적인 동양 문학 정신과 원심적 영국
문학 정신의 교차점에서 역동적인 대화가 수행되는 과정
속에 있습니다. 그러나 선생님의 구심적인 힘은 원심적
인 힘을 언제나 포월하는(타고 넘어가는) 상태가 아닌가 합
니다. 선생님 생각은 어떠신지요?

피천득 : 영문학을 공부한 나는 셰익스피어, 워즈워스, 찰스 램을
많이 읽고 즐기면서 한글로 글을 쓰는 시인이자 수필가
로서 영향을 받은 것은 분명하지요. 그러나 분명한 것은
나는 동양 전통 특히 중국 한시 전통과 우리 민족의 정서
속에서 모국어로 창작하는 문인이라고 생각해요. 그러
니 저는 아무래도 서양 전통보다 동양 전통 속에 더 가까
이 있다고 보아야겠지요.

정정호 : 제가 1970년 전후 대학 다닐 때 교수님의 영시 강의를
수강했습니다. 선생님은 주로 16세기 영국 시인 셰익
스피어, 스펜서를 읽어주셨고 주로 19세기 영국 낭만주
의 시에 주력하셨습니다. 그래서 웬만한 워즈워스에서
아놀드까지 주요 시인들의 시 작품들을 많이 읽었습니
다. 그리고 20세기 영미 시인으로는 예이츠나 프로스트
를 많이 읽었습니다. 당시 모더니즘의 주지주의 시인인
T. S. 엘리엇의 시는 거의 안 읽었던 것으로 기억됩니다.
그런데 후에 저는 1960년에 선생님께서는 엘리엇의 초
기시 중 대표작인 〈J. A. 프루프록의 연가〉에 대해 길고
상세한 평설을 쓰신 것을 읽은 적이 있습니다. 그리고
1965년 1월 엘리엇이 별세했을 때 선생님께서 《동아일
보》에 엘리엇에 대해 말씀하셨더라구요.

　　짧지 않지만 여기에 제가 소개해볼게요. "세계최대의
시인 엘리어트가 별세했다는 것은 세계문학의 대단한 손
실이다. 그의 시 수법인 고전 인용을 많이 한다거나 영화
적 수법을 쓴다든가 하는 점은 20세기의 시에 큰 영향을
주었다. 그의 시는 전통과 새로운 것, 아카데믹한 것과
첨단적인 것이 잘 융합이 되어 있어 그의 영향은 앞으로
이 세기의 시인들에게 좋은 작용을 할 줄 안다. 난해하다
고는 하지만 인텔리들의 시인이면서도 시인의 시인인 엘
리어트의 작품들은 20세기의 큰 문화적 유산으로 길이
남을 것이다." 이에 대해 한말씀 해주시지요.

피천득 : 예. 내가 강의시간에 엘리엇을 많이 언급하지 않은 것은

내가 그를 과소평가해서가 아니고 시간상의 문제였을 거예요(당시에는 대학가에 군사 독재 타도와 유신 반대 데모가 잦아 대학이 수시로 휴교가 되어 강의할 시간이 절대적으로 부족했다—편집자 주). 엘리엇은 예이츠와 더불어 20세기 초중반까지 영미 문단과 세계 문단에 아주 중요한 시인이었지요. 우리나라에서도 1930년대 주지주의 모더니즘 시 운동이 전개되었을 때 김기림 등이 엘리엇에게 큰 영향을 받았지요.

정정호 : 선생님의 창작품과 번역 작품들이 1960~1970년대에 중고교 국어 국정교과서에 실려서 수많은 독자들을 만들어 냈습니다. 저와 전세대 그리고 1970년도에 중고교를 다닌 후세대까지 선생님 글을 읽고 많은 감동을 받았습니다. 그러나 최근 검인정 국어 교과서에는 선생님의 작품들이 실리지 않아 크게 아쉽습니다. 어떤 작품들이 게재되었는지 소개해 주십시오.

피천득 : 수필로는 〈인연〉, 〈수필〉, 〈은전 한 잎〉, 〈플루트 연주자〉, 〈종달새〉가 있고, 번역 단편소설로는 너새니얼 호손의 〈큰 바위 얼굴〉, 알퐁스 도데의 〈마지막 수업〉, 번역시로는 로버트 프로스트 〈가지 않은 길〉이 실렸어요.

정정호 : 선생님께서는 해방공간에서부터 영어 교과서 집필로 한국 영어 교육에 큰 기여를 하셨습니다. 해방 직후 집필하신 고등학교용 영어 교과서를 언급하신 적이 있는데

제가 아직 찾아보지 못했습니다. 선생님께서는 1971년에 이종수 교수님과 함께 《삼화 콘사이스 사전》(삼화출판사)도 편찬하셨지요. 선생님께서 집필하신 중고등 영어 교과서들을 소개해 주십시오.

피천득 : 예. 한 4종류 됩니다.

《*Our English Readers*》 (동국문화사, 1952)

《*Everygreen Readers*》(동국문화사, 1956)

《*Mastering English*》 1·2·3 (동아출판사, 1961)

《*New Companion to English*》(총 6권, 삼화출판사, 1966)

정정호 : 선생님께서는 단독 저서는 많지 않지만 다양한 선집에 선생님의 글들이 대표 공저로 게재된 단행본들이 많이 있더라구요. 소개해 주십시오.

피천득 : 예, 아래와 같이 여러 권 되는 것 같아요. 《서재 여적(書齋餘適)》(경문사, 1957), 《친구여 내 친구여》(수레, 1970), 《찬란한 기적》(샘터, 1976), 《효》(범우사, 1977), 《바람으로 왔다 바람으로 가며》(민음사, 1978), 《영원한 고향 어머니》(민예사, 1978), 《사랑하며 기다리며》(민예사, 1979), 《사람 그리고 이별》(민예사, 1980), 《술》(도서출판 산하, 1980), 《우정을 나누며 사람을 나누며》(글수레, 1983), 《시간이 쌓이며 슬픔이 고인 자리》(보성출판사, 1984), 《수필의 아름다움》(열음사, 1986), 《행복은 내 가슴에》(성현출판사, 1988), 《자기를 팔 만큼 가난하지도 않고, 남을 살 만큼 부유하지도 않은》(범우사, 1993), 《노인예찬》(평민사, 2001), 《내가 그 나이

였을 때 시가 나를 찾아왔다》(여백미디어, 2001), 《대화》(샘터, 2004), 《내 문학의 뿌리》(답게, 2005) 등이 있었지요.

정정호 : 선생님은 영문학 교수로서 시와 수필도 쓰셨지만 번역도 많이 하셨습니다. 1950년대에 찰스 램과 메리 램의 셰익스피어 극 20편을 산문으로 축약 개작한 《셰익스피어 이야기들》을 번역 출간하셨지요. 1960년대에 셰익스피어 소네트 154편 전편도 번역 출간하셨고 그 후 영미시, 중국시, 인도시, 일본시까지 번역하여 1980년대에 《나의 사랑하는 시》라는 제목으로 출간하셨지요. 나아가 어린이를 위한 영미 단편소설집도 번역하여 내셨구요. 제가 보기에 한국 문단에는 장르 순혈주의가 있는 것 같아요. 선생님과 같이 시도 쓰고 수필도 쓰고 번역까지 하는 다면체적 팔방미인 문인을 높이 평가하지 않는 것 같습니다. 그래서 선생님이 한국 문단에서 크게 인정받지 못하는 것 같기도 합니다. 시인, 작가로서 선생님께 번역 행위는 어떤 것이었나요?
피천득 : 번역은 나에게 한국의 문인이 되기 위한 하나의 훈련이었어요. 처음부터 번역집을 내려고 계획하지 않고 내가 평소 좋아하는 시와 산문들을 조금씩 번역했어요. 나의 번역 원칙은 한국 독자들이 읽고 자연스럽게 한국 시나 산문처럼 느끼게 하고 싶었지요. 일부 외국시, 가령 셰익스피어 소네트의 일부를 자유시와 시조로 개작하기도 했지요. 그리고 저는 1970년대부터 정철, 황진이, 만해,

소월, 동주 등 한국시도 영어로 번역하였지요. 요즘으로 말해 한국 문학의 세계화 작업에도 관심이 있었어요.

번역에 대한 나의 생각은 번역도 하나의 문학 행위이며 번역과 창작은 상보관계에 있다는 것입니다. 번역작업은 나의 창작에도 많은 도움이 되었지요. 번역은 특히 외국어인 영어나 모국어인 한국어에 대한 나의 감수성을 깊고 넓게 해주는 데 큰 도움을 주었다고 생각해요. 내가 시나 수필 한 장르에만 집중해서 썼다면 문학사에서 좀 더 대접을 받았을지 모르지만 저는 번역문학을 비롯하여 여러 장르를 섭렵한 것을 후회하지 않습니다. 내가 하고 싶었고 잘할 수 있는 일이기도 했고요.


정정호 : 선생님은 수필 〈만년〉에서 시간이 나면 프랑스 소설가 앙드레 지드의 소설 〈좁은 문〉을 읽겠다고 하셨습니다. 〈좁은 문〉을 특별히 좋아하시는 이유를 듣고 싶습니다. 저는 이 소설의 여주인공 알리사가 선생님께서 이루지 못한 사랑이었던 상하이에서 만난 간호사 유순이가 아닐까 하는 생각이 얼핏 들었습니다. 중일전쟁이 한창인 1930년대 상하이에서 백의의 천사인 간호사로서 본분을 지키기 위해 선생님의 사랑의 권유를 뿌리친 유순이는, 세속적 사랑을 포기하고 자신의 신앙의 완성을 위해 제롬의 권유를 뿌리친 알리사가 아닐까 하는 생각도 들었습니다.

피천득 : 사람이 나이 들어 만년이 되면 젊은 시절 열정적으로 읽

었던 긴 소설들을 다시 읽어보고 싶어지지요. '긴긴 시간을 혼자서 가질 수 있는 사치'가 생기죠. 그럴 때면 성경 〈누가복음〉에 보면 멸망을 피하고 생명으로 이르는 길 즉 천국으로 들어가는 '좁은 길'이 있어요. 이 소설의 남녀 주인공 제롬과 알리사는 신실한 개신교도이고 서로 사랑하는 사이입니다. 그러나 알리사는 좁은 문을 통과하기 위해 사랑마저 포기하고 금욕주의의 길로 들어가죠. 좁은 길을 택한 영적 열정이 강한 알리사는 제롬과의 인간적 사랑에 대한 갈등과 모순을 느끼며 절망해 죽음을 맞지요. 그러나 알리사는 좁은 문을 포기하지 않고 자신을 소멸시키고 나아가 사랑하는 남자 제롬까지 파멸시키는 현대의 비극적인 주인공이 되지요. 글쎄요. 나의 유순이와 앙드레 지드의 알리사가 그렇게 연결될 수 있을지는 잘 모르겠어요.

정정호 : 선생님은 시 〈고백〉에서 뿐 아니라 수필 〈도산〉, 〈어느 학자의 초상〉, 〈아인슈타인〉, 〈초대〉에서 우리에게 익숙하지 않은 스피노자라는 17세기 네덜란드 철학자에 대해 여러 번 언급하셨습니다. 어떤 연유인지 여쭙고 싶습니다.

피천득 : 나는 젊어서 스피노자의 전기를 읽고 깊은 감동을 받았어요. 그 전기는 나를 승화되는 경지로 초대했지요. 1932년경 《신동아》에 스피노자 서거 300주기 기념 특집이 실린 것이 기억나요. 고적을 사랑하며 살았던 스피노

자는 누구보다도 사유와 학문의 자유를 최고 가치로 평가했지요. 당시 세력가인 대공이 스피노자에게 라이덴 대학 교수 자리를 제의했으나 거절했지요. 제도권 대학에 들어가면 이미 사유의 자유도 억압당한다고 생각했지요. 그래서 그는 생계 유지를 위해 일생 동안 렌즈 깎는 일을 했지요. 안타깝게도 렌즈 깎을 때 나오는 미세 입자가 폐에 들어가 폐진증으로 일찍 돌아가셨지요. 그러나 그의 삶은 진실로 겸손, 단순, 순수, 자유 그 자체였습니다. 스피노자는 유대인이지만 교조주의적이고 형식주의적인 유대 신앙을 반대하다가 유대사회에서 파문당했습니다. 스피노자는 범신론자로 모두를 반대했지요. 그래서 그는 '신에 대한 지성적인 사랑'을 강조했지요. 이러한 생각은 아인슈타인에게로 이어졌지요. 나도 이 생각을 따르고 싶습니다.

정정호 : 선생님은 수필 〈토요일〉에서 "겨울이 오면 봄이 멀겠는가? 새해가 오면 나는 주말마다 셸리와 쇼팽을 만나겠다. 쇼팽을 모르고 세상을 떠났더라면 어쩔 뻔 했을까"라고 쓰셨습니다. 선생님에게 셸리와 쇼팽의 의미는 어떤 것인지 말씀해 주십시오.

피천득 : 19세기 초 영국의 낭만주의 시인 셸리는 이 지상에서 이루어내기 쉽지 않지만 이상주의적이고 초월적인 사회 개혁을 부르짖은 희귀한 시인이었지요. 공감적이고 범인류적인 사랑에 대한 비전도 맘에 들었어요. 천민자

본주의가 발흥하던 19세기 초는 영국에서 현실 문제에 관심을 가지고 피지배, 피착취자인 노동자들을 위한 정치시도 여러 편 썼지요. 21세기에도 불평등을 심화시키는 금융자본주의 등에 맞서기 위해 셸리는 우리 시대에도 우리를 깨우는 살아 있는 고전시인이 될 수 있다고 봅니다.

'피아노의 시인'으로 불리는 쇼팽은 순수하고 여리지만 청아한 그의 음악이 좋아요. 피아노로 시를 쓰는 그의 피아노곡을 들으면 복잡하고 혼탁한 정신이 맑아지고 천상의 세계가 오는 듯해요. 쇼팽은 마음이 매우 여린 음악가였어요. 내 수필 〈여린 마음〉에서 나는 "사람은 본시 연한 정으로 만들어졌다. 어린 연민의 정은 냉혹한 풍자보다 귀하다. 소월도 쇼팽도 센티멘털리스트였다. 우리 모두 여린 마음으로 돌아간다면 인생은 좀 더 행복할 수 있을 것입니다"라고 적었지요. 나는 강해야만 살아남는 황야 같은 현대사회에서 쇼팽의 그러한 면이 좋았어요.


정정호 : 선생님의 수필 〈어느 날〉, 〈어느 학자의 초상〉, 〈아미엘을 읽으며〉에서 보면 요즘 우리에게 비교적 생소한 아미엘의 일기를 자주 읽으시는 것으로 나오는데 선생님과 아미엘의 관계를 설명해 주십시오.

피천득 : 앙리 프레데릭 아미엘은 19세기 프랑스의 문학자이며 철학자입니다. 그는 평생 독신으로 지내며 세속적인 욕망으로부터 벗어나 영혼의 안식과 평화를 추구했어요.

아미엘은 단순함과 순수함을 양날개로 학자의 삶을 청
빈하고 소박하게 살아내고자 했어요. 내가 가지고 있는
가장 오래된 영어책《아미엘의 일기》는 내 친구 장익봉
교수가 영국에서 1940년 5월 16일에 산 책이에요. 장 교
수도 무위(無爲)와 청빈한 삶을 살다가 세상을 뜨면서 나
에게 선물도 남겼지요. 그 후로 나는 이 책을 틈날 때마
다 읽고 중요한 구절은 밑줄을 긋고 적어두기도 했지요.
어찌보면 내가 다 이해하는 것은 아니지만 17세기 스피
노자, 18세기 칸트, 19세기 아미엘은 모두 겸손하고 단
순하고 순수한, 내가 닮고 싶은 사람들이지요.

정정호 : 선생님께서는 자신의 시와 수필 중에서 가장 애착이 가
거나 대표작이라 생각되는 건 어떤 것인지 말씀해 주십
시오.
피천득 : 시의 경우 〈너〉를 가장 좋아합니다. 나의 시 〈이 순간〉
을 더 좋아하는 사람들도 많더군요. 수필에서는 수많은
사람들이 좋아하는 〈인연〉보다 〈파리에 부친 편지〉가
가장 애착이 가요. 그리고 〈수필〉, 〈오월〉도 좋고요.

정정호 : 선생님께서는 1974년 8월에 조기 퇴직하셨습니다. 많은
사람들이 선생님이 왜 조기 명예퇴직하셨는가에 대한
설왕설래가 있었지요. 그 중 하나의 유력한 설명이 선생
님이 미국 보스턴에서 물리학 교수로 있는 딸 서영이를
보러 가기 위해서라고. 하긴 선생님께서는 그 딸과 그

당시 엄청나게 비쌌던 국제통화 하시느라 봉급의 반을 쓴다는 소문도 있었지요. 또 어떤 분은 박정희 정권 때 유신 선포에 저항하기 위해서라고 말씀하시더군요. 선생님께서 그때 왜 미리 조기 퇴직하셨는지 말씀해 주십시오.

피천득 : 글쎄요. 2가지 이유가 조금씩 해당된다고 할 수도 있지요.


정정호 : 선생님은 수필 〈금반지〉에서 세 가지 기쁨으로 "첫째 천하의 영재에게 학문을 이야기하는 기쁨이요, 둘째는 젊은이들과 늘 같이 즐김으로써 늙지 않는 기쁨이요, 셋째는 거짓말을 많이 아니하고도 살아나갈 수 있는 기쁨"이라고 말씀하셨습니다. 그러면 일생 중 가장 후회되시는 일은 어떤 것이 있을까요?

피천득 : 후회되는 일 3가지가 있지요. 첫째는 1938년 경성에서 있었던 도산 안창호 선생 장례식에 참석하지 못했어요. 일경의 감시가 워낙 심했고 나는 그 당시 상하이 유학생이자 홍사단의 회원이었기에 반동분자의 뜻을 가진 불령선인으로 찍혀 있었지요. 그래서 나의 정신적스승이었던 도산 선생의 장례식을 멀리서 지켜볼 수밖에 없었지요. 예수님을 3번이나 부정한 베드로보다 더 수치스런 행동이었지요. 둘째는 내가 1930년대 상하이에 유학하고 있을 때 내가 자주 가던 일본인이 운영하던 우치야마라는 서점 건물 2층에 현대 중국 문학의 아버지 루쉰

선생이 살고 있었는데 만나려고 노력하지 않았다는 거예요. 마지막은 글재주도 있었던 내 딸 서영에게 물리학 대신 문학을 전공시키지 않은 거예요. 물론 서영이는 보스턴대학 물리학교수로 잘 지내고 있습니다만 만약 문학에도 관심과 재능이 있었던 서영이가 나처럼 문학을 전공했다면 나와 가까운 거리에 있어 좀 더 자주 볼 수 있지 않았나 하고 아쉬운 생각이 들어요.

정정호 : 선생님께서 좋아하는 음식은 어떤 것인가요.

피천득 : 나는 생선이나 육류보다는 맑은 국과 채소를 더 좋아하지, 맵거나 짠 음식은 싫어해요. 양식집에 가도 샐러드, 수프를 주문하고 스테이크는 3분의 1정도만 먹지요. 일식집에 가면 맑은 생대구탕을 주로 먹지요. 중식당에 가서 자장면은 그 색깔이 혐오스러워 일생 동안 안 먹다가 96세가 되었던 2005년에야 생전 처음으로 먹어봤어요. 2006년에는 이태리 피자 한 조각을 처음 맛있게 먹었어요.

　　19세기 영국 낭만파 시인 셸리도 채식주의자였지만 나도 기본적으로 소식주의자이며 채식주의자입니다. 《런던 타임즈》지에 실린 채식주의자 버나드 쇼의 일화 하나를 소개하지요. 쇼의 장례식에서 영구차가 출발하자 많은 짐승들이 울면서 따라갔다고 해요. 왠고 하니 자신들을 잡아먹지 않아서 고마워서 그랬다더군요.

정정호 : 선생님과 미국 소설가 펄 벅과의 관계를 여쭙고 싶습니다. 펄 벅이 1960년 11월 1일에 한국에 처음 방문했을 때 둘째 날인 11월 2일에 아서원에서 있었던 한국 영어영문학회 환영모임에서 환영사를 하셨다고 들었습니다. 선생님이 1926년부터 중국 상하이에서 유학하실 때 펄 벅도 남경대에서 영문학을 가르쳤다고 해요. 그리고 1934년에 중국을 영원히 떠났으니 만나시지는 못했지만 체류 기간은 일부 겹치기는 해요. 1950년대 〈미국문학계의 여류작가〉를 소개하는 평설에서 펄 벅을 짧지 않게 언급하셨더라구요. 그리고 당시 이화여고에 다니던 따님 피서영 학생이 펄벅이 이화여고 방문했을 때《대지》의 명구절을 영어와 그 번역문을 암송했다고 하더군요. 선생님은 1938년에 미국인 여류 소설가로는 첫 번째로 노벨문학상을 받은 펄 벅에 대해 어떻게 생각하시나요.

피천득 : 소설가 펄 벅 여사는 미국인이지만 중국 선교사였던 부모님을 따라 중국에서 거의 40년간을 살았습니다. 1938년에 소설《대지》3부작으로 노벨문학상을 받았을 때 열광했지요. 나도 비슷한 시기인 1920년대 후반부터 1930년대 후반까지 10년 가까이 상하이에 유학 중이어서 겹치는 부분도 있지요. 특히 1963년에 한국에 관해 쓴 대하소설《살아 있는 갈대》는《대지》에 버금가는 작품이지요. 펄 벅 여사가 한국전쟁 후 미국 군인들과 한국인 여성들 사이에서 난 혼혈 고아들을 위해 부천에 보육원을 설치하고 많은 고아들을 해외 입양시켜주는 등 인도

주의적인 큰 일을 많이 하셨지요. 작가로서 뿐 아니라 인간으로 큰 일을 많이 하셨지요.

정정호 : 선생님의 작품 중 시에 대한 국내 작곡가들의 작품이 여러 곡 있습니다. 아시지요. 제가 검색 조사해보니 상당수 있었습니다. 이화여대 작곡과 김순애 교수는 선생님 시편에서 〈달무리 지면〉, 〈진달래〉, 〈이슬〉, 〈산야(山夜)〉, 〈생각〉, 〈신록〉, 〈단풍〉, 〈낙엽〉, 〈사랑〉의 10편을 작곡했으며, 김인숙의 〈어린시절〉, 송예경의 〈꿈〉, 임선애의 〈피천득 시에 대한 네 개의 노래〉, 이혁 목사의 〈너〉, 〈오월〉, 〈꽃씨와 도둑〉, 〈기다림〉, 〈무제〉도 있습니다. 대중가요에서 가수 루시아(심규선)가 선생님을 주제로 〈5월의 당신은〉이라는 음반을 내기도 했습니다.

그리고 선생님 작품으로 한국 서예를 펴낸 서예가 조주연 선생의 작품도 있지요. 그런데 요즘은 주요 시인들의 그림 시집이 계속 출간되고 있습니다만 선생님 시와 수필을 주제로 한 그림은 거의 없는 것이 아쉽습니다. 사실 문학과 미술의 깊은 상호관계에 비추어볼 때 선생님의 작품에서 동양화와 서양화를 위한 많은 그림의 소재나 주제들이 나올 수 있을 것 같습니다.

피천득 : 아 그렇군요. 내 작품집 표지 그림을 그려준 화가는 있었어요. 앞으로 젊은 화가들이 내 작품에 관심을 가지고 그려주었으면 좋겠네요. 시와 음악의 관계만큼 시와 그림의 관계도 밀접하니까요.

정정호 : 선생님은 1998년에 인촌상을 받으셨습니다. 선생님께서 예술 부문 수상자이신데 시(詩)로 상을 받으신 점을 강조하신 적이 있습니다. 그 상의 의미에 대해 말씀해 주십시오.

피천득 : 나는 1930년부터 시로 내 문학 인생을 시작했고 1947년 첫 작품집도 시집인 《서정시집(抒情詩集)》이었어요. 그런데 나중에 내가 수필이 더 알려지고 높은 평가를 받았지요. 나는 문학상을 거의 받지 못했지만 1978년에 제1회 한국수필문학대상을 받았어요. 당시 상금 100만 원을 희사하여 한국수필문학 신인상을 만들었다고 해요. 그것은 잘된 일이지만 내 시가 평가를 받지 못해 솔직히 아쉬웠지요. 그러던 중 권위 있는 인촌상 추천위원회에서 내 시를 높이 평가해서 그 상을 받게 되어 기뻤어요.


정정호 : 선생님은 일생 동안 일상 속에서 작고 아름다운 것에 관심을 가지고 글을 쓰셨기에 역사나 정치 같은 큰 사회적 비전이 부족하다는 말이 있습니다. 선생님은 이러한 평가에 대해 어떻게 생각하시는지요.

피천득 : 그 말은 맞기도 하고 틀리기도 합니다. 왜냐하면 나는 기질상 작고 아름다운 것을 많이 노래했지만 일제강점기 한복판을 살아온 문인으로서 소극적으로나마 저항했다고 생각해요. 시대가 요구하는 서정성과 사회성은 달라지겠지만 순수한 서정성이 반드시 사회성, 역사성과 상치되는 것은 아니에요. 진정한 시인은 가난하고 힘없

는 사람들 편에 서야지요. 제가 1930년대에 쓴 시 〈1930년 상해〉, 〈불을 질러라〉 그리고 그 외 〈파랑새〉, 〈그들〉 등과 수필 〈은전 한 닢〉, 〈종달새〉 등에서 초기 자본주의 병폐와 일제의 억압과 차별에 저항했어요. 독자들이 그 작품들을 읽어보면 사회적 저항이나 문명 비판까지도 느낄 수 있을 거예요. 나는 일제강점기에 창씨개명이나 신사 참배도 거부하고 모국어를 더 이상 쓸 수 없어 절필하고 금강산에 들어가 1년간 불경을 읽었지요. 내가 비판시나 저항시를 쓰지는 않았지만 역대 정권들과는 항상 거리를 두었지요.

정정호 : 이와 관련하여 선생님의 수제자 중 한 분이신 고(故) 석경징 교수께서 언젠가 저에게 피 선생님은 마르크스의 《자본론》도 읽으셨다는 말씀을 하셨습니다.

피천득 : 예. 영어로 번역된 《자본론》을 통독했지요. 그런데 나는 그 책에 나오는 공산 사상이나 사회주의 이념에는 큰 흥미를 못 느꼈고 마르크스가 제시하는 역사적인 여러 가지 사실들이 무척 재미있었지요. 사실 1930~40년대는 1929년의 역사적인 뉴욕 증시 대폭락 사태 이후 동서양을 막론하고 사회주의 사상이 젊은 지식인들에게 널리 퍼져 있었지요. 그 후 6·25 전쟁 기간 중 지리산 공산 빨치산 사건을 다룬 《남부군》과 시집 《노동의 새벽》도 읽어봤어요. 민주화 운동의 기수였던 리영희 교수의 책과 말년에는 성공회대의 신영복 교수의 《일기》도 재미있게

읽었어요.

　모든 좋은 문학이라면 순수와 참여(비순수)로 분명하게 나누기는 어려워요. 지극히 서정적인 시 속에도 정치적 무의식이 들어 있고 정치적인 문학에도 치열한 문학성과 예술이 없다면 그것은 선전이지 문학작품은 아니지요. 내가 말년에 노자의 《도덕경》을 즐겨 읽었는데 내게는 '무위자연'의 도(道)도 좋았지만 주류사회의 억압적인 체제 온존적인 사상과 제도를 거부하는 노자의 비판적 태도가 마음에 들었어요. 이렇게 볼 때 나를 역사의식이나 현실 감각이 없는 순수 서정시인으로 보는 분들도 있지만 내 문학에도 저항하는 정신은 분명이 있다고 봐야지요. (웃음)

정정호 : 이번에는 좀 조심스럽지만 선생님의 정치적 성향에 대해 묻고 싶습니다. 선생님께서는 평소 정치적 발언을 거의 안 하신 것으로 알고 있습니다만 2003년 민주화 운동에 앞장섰던 리영희 교수와의 대담에서 자신은 일제 강점기부터 '소극적 저항'을 했고 많은 진보 좌파 성향의 글도 읽은 일종의 좌파적 요소도 있다고 직접 말씀하신 것에 용기를 내어 여쭈어봅니다.

피천득 : 내가 1910년 5월에 태어난 뒤 불과 3개월 뒤인 8월 29일에 강제 한일 합방이 이루어져 나라를 빼앗겼고 망국민이 되었어요. 그래서 나는 해방될 때까지 일제 식민 통치의 억압과 착취에 깊은 반항과 저항의식이 있었어요.

특히 1930년대 일제의 모국어 말살 정책과 역사 왜곡에 저항하여 절필하였고 한때 금강산에 들어가 1년 동안 불경을 읽기도 했지요. 상하이 유학시절 1930년대 당시 동양의 파리로 불리던 상하이의 한복판에서 벌어지던 서구 식민제국주의와 천민자본주의에 반감과 환멸을 느꼈어요. 후에 1930년대 국내외 정세를 회고하며 나는 〈불을 질러라〉, 〈1930년 상해〉, 〈파랑새〉 등을 썼어요. 그 후 1945년 해방이 되고 남북한에 각각 정부가 들어섰는데 모두 독재 전제 정치를 하는 것이 싫었어요. 특히 박정희 군사 독재도 마음에 안 들었지요.

정정호 : 선생님의 시 〈만남〉을 읽어보면 말년의 양식으로 독서, 그림 그리고 음악이 있습니다. 이 중에서 특히 선생님의 일상적 삶 속에서 음악과 미술의 위치는 무엇인가요.

피천득 : 말년에는 눈이 안 좋아 책 읽기보다 지나칠 정도로 음악 듣기에 많은 시간을 들였지요. 나는 국악 등 다양한 종류의 음악을 들었어요. 그 중에서 쇼팽, 브람스, 하이든, 베토벤, 차이코프스키 등을 많이 들었는데 단연 악성 베토벤이 최고지요. 나이가 들수록 베토벤의 말기 작품들에 애착이 많이 가요. 그의 음악은 나로 하여금 신의 존재를 믿게 합니다. 말년에 미술작품으로는 19세기 말과 20세기 초의 인상파 화가들 중 모네와 르누아르 그림들을 좋아했어요. 특히 모네가 많이 그린 '수련' 시리즈는 최고이지요. 인상주의 화가들의 미학은 나의 시학과도

관련이 있어요.

정정호 : 선생님은 1930년대 《동아일보》에 시를 발표한 이래 70
년 이상 문인으로 사셨으면서도 산문과 번역을 제외하
면 작품이 고작 시 100편, 수필 100편에 불과하여 아쉽
습니다. 일부 평자들은 선생님의 과작을 평가 절하하고
쉽고 짧은 시와 수필이 고작 100편도 안 되어 깊이 연구
할 수 없다는 말까지 하는 것 같습니다. 선생님은 자신
의 지독한 과작에 대해 어떻게 생각하시는지요?

피천득 : 나는 그렇게 생각하지 않아요. 나는 많이 쓰시는 분들을
존경하지만 그 쓴 글들이 모두 잘 쓴 글은 아니지요. 나
는 잘된 글만 발표되어야 한다고 믿어요. 나는 시인, 작
가들도 수명이 있다고 생각해요. 전성기가 지나면 글쓰
기를 중단할 때를 아는 것이 중요하지요. 저는 60세가
지날 때부터는 전보다 좋은 글을 쓸 자신이 없어서 거의
절필을 했습니다.

나는 독자들이 나를 생각하며 즐겁게 읽고 암송할 수
있는 시 10편 그리고 수필 10편만이라도 남길 수 있다면
그것으로 만족해요. 만해 한용운 선생도 시집 《님의 침
묵》한 권으로, 김소월도 시집 《진달래 꽃》한 권으로 한
국 문학사에서 불멸의 문인이 되었지요. 영문학에서 월
트 휘트먼도 평생 한 권의 시집 《풀잎》을 냈지만 미국 시
의 아버지가 되었지요. 에밀리 브론테도 소설 《폭풍의
언덕》한 권만 쓰고도 세계적인 소설가가 되었잖아요.

정정호 : 선생님께서 생애 마지막으로 쓴 시는 아마도 〈소망〉
(2004)이 아닌지요. 여기에서 제가 읽어드리지요.

내게는 하나
버릴 수 없는 소망이 있습니다
먼 발치로 가끔
그의 모습을
바라다보는 ……

《동아일보》 기사에 따르면 2004년 12월 17일 서울 정릉의 한 음
식점에서 법정 스님, 최인호 소설가가 함께 모여 2시간가량 식사하
시며 담소를 즐길 때 마지막에 선생님께서 현장에서 써서 읽으신 시
로 알고 있습니다. 당시 선생님의 연세가 94세로 타계하기 2년 반 전
입니다. 모든 것을 이루시고 떠나실 나이지만 선생님께서 아직도 '버
릴 수 없는 소망'이 있다는 것이 흥미 있었구요. 무엇보다도 가장 풀
리지 않는 수수께끼는 이 시에 나오는 '그'가 누구인가입니다. 여기서
'그'는 누구인가요. 일생 동안 애타게 그리워하셨던 '엄마', 아니면 멀
리 미국에 사는 '딸', 그것도 아니면 마음속의 어떤 여인 또는 아주 가
깝게 지냈던 어떤 친구인지요. 아니면 94세까지 사시고도 아직 이루
지 못한 어떤 꿈일까요?

피천득 : 글쎄요. 시는 언어로 푸는 수수께끼 같은 면이 있지요.
'그'가 누구인지 명백히 밝혀 '애매성'이 없으면 이 시는

진정한 시가 아니지요. 이 문제는 독자들이 자유롭게 판단하게 합시다. 그쯤 해둡시다.

정정호 : 선생님은 종교에 대해 어떻게 생각하시는지요. 어떤 특정 종교를 가지고 계신지요.

피천득 : 예, 가끔은 회의가 들기도 하지만 어떤 초월적인 힘을 인정하는 종교를 가지고 싶어요. 대자연 속에서 숭고미를 느낄 때도, 밤하늘의 은하수를 볼 때도 그렇고 위대한 음악을 들을 때도 신의 존재를 느낄 수밖에 없어요. 상하이에서 미국 남침례교가 세운 후장대학을 다녔기에 대학 채플 시간을 통해 개신교 예배에 참석했지요. 그런데 요즈음 교회에서 일부 목회자들이 지나치게 예수님 이름을 팔아 개인적으로 호의호식하는 것을 보면 가슴이 아파요. 예수님은 가난하고 소외된 사람들을 위해 목숨까지 버렸잖아요. 저는 교회에는 많이 출석하지 않고 영어 성경을 꾸준히 읽어왔습니다.

　말년에는 내 짧은 수필 〈기도〉를 읽으신 한 가톨릭 신부의 강력한 추천으로 가톨릭 신자가 되었습니다. 나는 세례명을 프란치스코로 정했어요. 12세기 성 프란치스코는 지극히 가난하게 살면서 기도 속에서 수행했지요. 예수님처럼 가난하고 검소하게 이웃을 사랑하며 사는 것이 신자들의 의무이지요. 천주교에서 가장 껄끄러운 것은 죄도 없는데 고해성사를 해야만 하는 것이에요. 특히 어린이들이 무슨 큰 죄를 지어 고해성사를 해야 할까요.

정정호 : 선생님의 말년에 제자들이나 문인도 아닌 경영학을 전
공하는 대학생과 깊은 인연을 맺으셨지요. 제가 놀란 것
은 당시 그 학생과의 나이 차이가 손자뻘인 64년이더라
구요. 당시 그 학생 이름은 구대회 씨입니다. 그에 따르
면 구대회 씨는 선생님을 처음 뵌 것이 2002년이고 2007
년 돌아가실 때까지 매달 2~3번 만났다고 하더라구요.
그분은 지금 결혼해서 딸까지 낳아 행복한 가정을 꾸리
고 있습니다. 나아가 커피 전문가로 성공하는 경영인이
되었고 커피 에세이집을 벌써 4권이나 출간해 독자들의
반응도 좋다고 해요. 저도 그의 글을 읽어 보았는데 아
주 잘 쓰더라구요. 피 선생님의 지도 결과가 아닐까 생
각 했습니다.

피천득 : 구대회 군은 그 당시 대학에서 경영학을 공부하던 준재
였어요. 다행히 내 글도 좋아했고 내가 글 쓰는 법을 몇
가지 일러주기도 했지요. 이제 결혼도 하고 가정을 꾸렸
다니 잘 됐네요. 구 군은 그때도 글재주가 있었는데 전
문 에세이를 쓰고 있다니 자랑스럽네요. 당시 나는 구군
을 만나 그가 정리해서 내게 말해주던 국내외 정세에 대
해 많은 소식과 정보를 들을 수 있었어요. 앞으로 커피
사업도 잘 되고 좋은 글도 많이 쓰는 에세이스트가 되었
으면 좋겠네요. 유쾌한 소식 참 고마워요.

정정호 : 제가 《동아일보》 기사를 검색하다 보니 2007년 5월 29

일자에 선생님께서는 만년인 2006년경부터 소위 '책읽어주는 여자'로 그 당시 대학생이었고 지금은 수필가가 된 송소정 씨를 매주 2~3번씩 부르셨다는 기자와의 대담을 읽었습니다. 그때 송 양에게 주로 어떤 책을 읽어 달라고 하셨는지요.

피천득 : 나는 눈이 매우 어두워 책의 글자를 잘 못 읽게 되어 낭랑한 목소리를 낭송 잘하는 책 읽어주는 학생을 구했지요. 당시 손소정 양은 대학생으로 작가 지망생이었고 내가 알고 지내던 수필가 김훈동 씨의 제자였지요. 기억이 확실하지 않지만 내가 손 양에게 읽어달라고 부탁한 책들은 나의 수필집《인연》과 단편소설 번역집《어린 벗에게》그리고 신영복 씨의《감옥으로부터의 사색》, 또 수필가 권오분 씨의《제비꽃 편지》등을 읽어달랬어요. 그리고 내가 번역한 외국어 시집인《내가 사랑하는 시》에서 프로스트의 시〈가지 않은 길〉, 테니슨의 시〈모래톱을 건너며〉, 블레이크의 시〈천진의 노래〉등을 읽어달랬지요. 읽는 것을 듣다가 좋은 구성이라 생각되면 접어 놓았다가 나중에 다시 읽어달랬지요. 송 양에게 훌륭한 수필가가 될 거라고 격려와 칭찬을 해주었던 기억이 있어요.


정정호 : 선생님께서 거의 100년 가까이 사시는 동안 가장 잘했다고 생각하시는 3가지만 드신다면 어떤 것이 있을까요.

피천득 : 글쎄요. 우선은 어린시절 중국 상하이로 유학한 것이에

요. 상하이에서 평소 존경했던 도산 안창호 선생님도 만났고 일생 가깝게 지낸 소설가 주요섭 선생도 만났어요. 그리고 1920~30년대 당시 동양의 파리라 불리던 상하이의 여러 조계(組界)를 통해 중국 근대화와 서구 열강의 제국주의식 식민주의를 뼈저리게 경험했어요. 상하이 사변 등을 통해 일본 제국주의의 만행을 다시 한 번 깨달았지요. 후일 내가 일제하에 친일파가 되지 않고 반동분자라는 의미의 불령선인으로 소극적 저항을 하며 살아가는 계기가 되었지요. 무엇보다도 미국 선교사들이 운영하던 고등학교와 대학을 다녀 영문학을 전공하고 영어를 철저하게 배웠어요.

그 다음으로는 내가 대학교 선생으로 직업을 가진 것이에요. 비록 좀 가난하기는 했지만 나 자신을 과히 더럽히지 않으면서 살 수 있어서 고마웠고, 무엇보다도 젊은 청년들을 가르치면서 살았던 것이 즐거웠어요.

마지막으로 내가 글을 쓰는 문인이 된 것이지요. 내가 쓰고 싶은 글을 모국어로 쓰면서 사는 것이 기뻤어요. 시와 수필을 남들에 비해 많이 쓰지는 못했지만 만족합니다. 글을 쓴다는 것은 고통스러운 일이지만 공자님이 말씀하신 '사무사(思無邪)'의 경지로 이끌고 아리스토텔레스가 말한 '카타르시스'를 가져다 주었지요. 내가 만일 글을 쓰지 못했다면 내 인생이 어떻게 되었을지 모르겠어요. 어떤 의미에서 글쓰기는 나에게 일제강점기 등 어렵고 황폐한 시대에서 쓰러지지 않고 살아남는 하나의 생존 전략이었어요.

정정호 : 선생님께서 문인으로 일생 동안 견지하신 문학에 관한 소신이랄까, 신념은 어떤 것이었는지 말씀해 주십시오.

피천득 : 내가 문학에서 가장 중요하게 생각하는 것은 순수한 동심, 맑고 고매한 서정성 그리고 위대한 정신이에요. 이 중에서도 서정성이 시간이 흘러도 변치 않는 것으로 가장 중요해요. 나의 시와 수필도 이러한 서정성에 토대를 두고 있어요. 나는 맑고 순수한 동심과 고매한 정신 세계도 나의 시와 수필에 담으려고 애썼지요. 시인은 어떤 현실의 속리(俗理)와 거리를 두고 자존심이 있어야 합니다. 나아가 시인은 아이들의 영혼처럼 순수하게 삶과 사물을 바라보는 사람들이지요. 그러나 모든 문학은 궁극적으로는 우리를 서로 사랑하는 경지로 이끌어야 하지요. 이웃 간의 서로 사랑함이 없다면 이 세상은 지옥뿐이겠지요.

정정호 : 선생님은 100살 가까이 사시면서 소용돌이 같은 한국 최근세사를 몸으로 직접 겪으며 사셨습니다. 태어나신 지 3개월 후인 1910년 8월에 한일합병으로 한반도가 일본에 강제 귀속되어 선생님은 망국민이 되셨습니다. 1919년 3·1 만세운동, 군수 물자가 한반도로 건너간 1938년 중일전쟁, 1941년 일제의 진주만 공습으로 시작된 태평양전쟁, 1945년 8·15 해방, 혼란의 해방공간, 1948년 대

한민국 정부 수립, 민족상잔의 비극적인 1950년 6·25 전쟁, 4·19 혁명, 5·16 군사 쿠데타, 유신독재를 거치며 산업화와 민주화의 한가운데 계셨습니다. 1988년 서울 올림픽, 2002년 월드컵까지 겪으셨습니다. 선생님께서 일생 동안 가장 어려웠던 시기는 언제였는지요?

피천득 : 아, 내가 살았던 시대는 격동과 혼란의 시대였지요. 그 중 가장 힘들었던 시기는 아마도 일제강점기 중에서도 태평양전쟁이 시작된 1940년 이후였던 것 같아요. 군수 물자 조달을 위해 쇠붙이란 쇠붙이는 모두 징발당했구요. 그 밖에 쌀, 기름, 심지어 술까지도 배급제가 실시되어 궁핍한 생활은 극에 달했지요. 게다가 모국어 말살, 신사참배 강요, 창씨개명, 역사 왜곡 등 문화적 억압도 너무 격심했지요. 쌀 배급은 기혼자 부부에게만 해주어 그것 때문에 결혼하는 사람들도 있었지요. 해방될 때까지의 이 시기가 나에게는 가장 암흑시대였던 것 같아요. 우리 민족에게 외세에 의한 이런 고통과 시련은 다시는 없어야 하겠지요.

정정호 : 우리가 현재 사는 시대와 세계가 점점 더 각박해지고 황폐화 되어가는 느낌입니다. 물질은 옛날보다 훨씬 풍성해졌고 편리한 컴퓨터, 휴대폰, 인공지능 등 각종 문명의 이기들이 속속 등장하고 있는데 우리는 더 행복해지지는 않고 있습니다. 인간의 무절제한 개발로 야기된 지구 온난화나 각종 환경 문제들로 야기된 기후 변화로 고통

받기 시작했습니다. 이러한 후기 자본주의 시대의 금융 자본주의와 소위 4차 산업 시대 또는 디지털 시대에 문학이 어떤 역할을 할 수 있을까요.

피천득 : 요즘 시대가 '풍요 속의 빈곤'이라고 너무 경쟁이 치열하여 남을 누르고 이겨야 살 수 있는 황량한 사회가 되어가고 있어 안타까운 상황인 것 같아요. 그렇지만 그럴수록 우리는 시를 우리 곁에 더 가까이 두고 읽고 낭독해야 합니다. 시는 우리의 영혼을 맑게 해주고 우리의 마음을 깨끗하게 해주는 가장 좋은 양식입니다. 역설적이게도 시가 가장 필요 없는 시대처럼 보이는 우리 시대가 사실은 가장 시가 필요한 시대이지요. 시는 독에 마비된 우리 시대를 위한 해독제가 될 수 있기 때문이지요.

정정호 : 이 질문은 다른 곳에서 여러 분들이 자주 묻는 질문입니다. 98세까지 사신 선생님의 '장수 비결'은 무엇인지요?

피천득 : 다른 곳에서도 말한 바 있지만 소식과 유머가 나의 장수 비결이에요. 소식은 기본적으로 조금 먹는 것이지만 의미를 확대하면 물질적 욕심과 탐심을 줄이는 것이지요. 유머는 정신적 여유예요. 자신의 스트레스를 풀어주고 현대 생활에서 점점 더 어려워지는 인간관계에서 기본적으로 나보다 남을 더 배려하는 마음이지요. 나아가 이웃에 대한 공감과 양보에까지 이르게 되지요.

정정호 : 선생님이 가족에게 남긴 유언이 있으셨나요. 임종 자리

를 줄곧 지켰던 아드님 피수영 박사에게 확인해보았는데 특별한 것은 없었다고 하더군요. 그런데 문예지《한국문인》(2004년 8, 9월호)에서 특집으로 꾸민 명사 문인들의 '가상 유언장'에서 선생님의 가상 유언장을 보았습니다. 선생님은 가상 유언은 "아름다운 사랑을 하고 갔구나"이며 선생님의 이전에 쓰신 수필 〈송년〉(1969)과 〈만년〉(1976)을 묶어서 〈아름다운 사랑을 하고 갔구나〉란 제목을 부치셨어요. 선생님께서는 살아계실 때 마지막으로 낸 샘터사 수필집《인연》(1996)에 맨 마지막 자리에 이 두 수필을 나란히 배치하셨다고요. 그렇다면 이 두 편의 수필이 선생님의 유언이라고 생각해도 되겠지요.

피천득 : 예, 정 선생 말을 들으니 그렇게 보아도 무방할 듯합니다.

정정호 : 이제 선생님이 타계하신 후 있었던 일들을 몇 가지를 보고 삼아 말씀드립니다. 선생님께서 돌아가신 다음해인 2008년에 〈금아피천득기념관〉이 롯데그룹의 배려로 잠실 롯데월드 3층 민속박물관 앞에 마련되었습니다. 비교적 잘 만들어졌습니다. 선생님의 유물, 책 그리고 서재와 침실도 그대로 재현되어 있습니다. 문인들이 그곳에서 정기적으로 모여 시 낭독회 등 모임을 가지고 있습니다. 그런데 선생님의 기념관이 그곳에 계속 유지될 수 있을지 모르겠습니다. 가장 이상적인 것은 선생님이 가장 오래 사셨던 서초구의 어느 지역에 별도의 피천득 기

넘관이 건립되는 것입니다. 워낙 큰 돈이 드는 일이라 쉽지 않습니다. 자제분들은 뜻이 있으나 재정적 문제 때문에 어렵습니다. 제자나 문인들이 기부 찬조금으로도 가능하나 쉽지 않은 상황입니다.

지난 2016년에 주식회사 인풍의 류대우 사장의 발의로 차남이신 피수영 박사께서 "금아피천득선생기념회"가 발족하였습니다. 특히 피수영 박사께서 여러 곳에서 후원금을 받아 기념회의 재정적 기반을 마련했습니다. 초대 회장으로는 선생님 제자이신 석경징 교수가 취임하셨습니다. 창립 회의 때 김우창, 이성호 교수님 등 여러 분이 참석하셨습니다. 선생님께서는 단체 만드는 것은 물론 참여하는 것도 지극히 싫어하셨습니다만 후학들이 선생님의 삶과 문학을 기리기 위해 결성했으니 이해해주셔야겠습니다. 그 후 기념회 이름은 다시 〈금아피천득선생기념사업회〉로 개명하였습니다.

그동안 매년 봄, 가을로 나누어 정기적으로 문학세미나 등도 개최하고 있습니다. 그리고 선생님이 살아 계실 때 자주 산책하셨던 반포 천변에 〈피천득산책로〉가 조성되었고 남양주 모란공원에 있었던 선생님 좌상도 그리로 옮겼습니다. 다행이라는 생각이 듭니다. 저도 가끔 반포 천변 피천득산책로에 들릅니다.

마지막 한 가지는 선생님 이름을 딴 〈피천득문학상〉을 만드는 것입니다. 그런데 생전에 선생님께서 이것도 극구 반대하신 것으로 알고 있습니다. 그러나 선생님의 문학적 업적을 기리고 널리 알리기 위해서는 꼭 필요한 사업인 것 같습니다. 항구적인 재원이 마련되어 피천득문학상이 시작되더라도 놀라지 마시기 바라옵니다.

피천득 : 고맙기는 한데 저는 개인적으로 금아피천득기념관은 모르겠으나 피천득문학상을 만드는 것은 반대입니다. 재원도 문제지만 매년 상을 주려면 수상작의 질 문제가 계속 생길 것입니다. 깊이 생각해주기 바래요.

정정호 : 선생님 제가 지난 2017년에 선생님 타계 10주기를 맞아 부족하지만 《피천득 평전》을 냈습니다. 돌아가신 지 10년이 되었는데 전기나 평전이 나와야 한다는 생각을 하였습니다. 수필 〈반사적 광영〉에서 선생님께서 새뮤얼 존슨의 유명한 전기를 쓴 제임스 보스웰 말씀을 하셨습니다. 저도 송구한 말씀이나 보스웰의 역할을 자임하고 싶었습니다. 지금 준비하고 있는 개정증보판은 훨씬 보완된 읽을 만한 《금아 피천득 평전》이 되기를 기대하고 있습니다.

피천득 : 정 선생, 수고해요. 고마워요.

정정호 : 제가 2017년 5월에 《피천득 평전》을 내고 나서 다음 작업으로 선생님의 문학 전집을 내는 것이었습니다. 선생님이 살아계실 때 샘터사에서 4권으로 된 전집이 이미 나와서 수많은 독자들의 사랑을 받았습니다. 그런데 제가 1930~60년대까지 여러 신문 잡지를 검색하다 보니

선생님의 미수록 작품들을 많이 찾아낼 수 있었습니다. 그래서 일반 독자뿐 아니라 연구자나 고급 독자들을 위해 선생님의 전 작품들을 읽을 수 있는 7권의 전집은 절대적으로 필요하다고 사료됩니다. 혹 선생님께서 살아 계실 때 이미 알고 있었지만 좋은 작품이라 생각이 들지 않으셔서 의도적으로 삭제한 작품들도 있겠습니다. 그러나 피천득 문학이 한국 문학사에 제대로 편입되기 위해서는 전집이 필요합니다. 너그럽게 이해해주십시오.

피천득 : 예, 알겠습니다. 원고 준비하려면 편집 과정에서 잡일들이 많을 텐데 수고하시고 고마워요. 7권 전집이 모두 잘 나와서 고급 전문 독자들 그리고 대학원생들과 연구자들에 큰 도움이 되기를 기대합니다.


정정호 : 선생님, 장시간 노고가 크셨고 깊은 감사드립니다.

피천득 : 이런저런 얘기들을 많이 했네요. 수고 많았어요. 고마워요.

부록

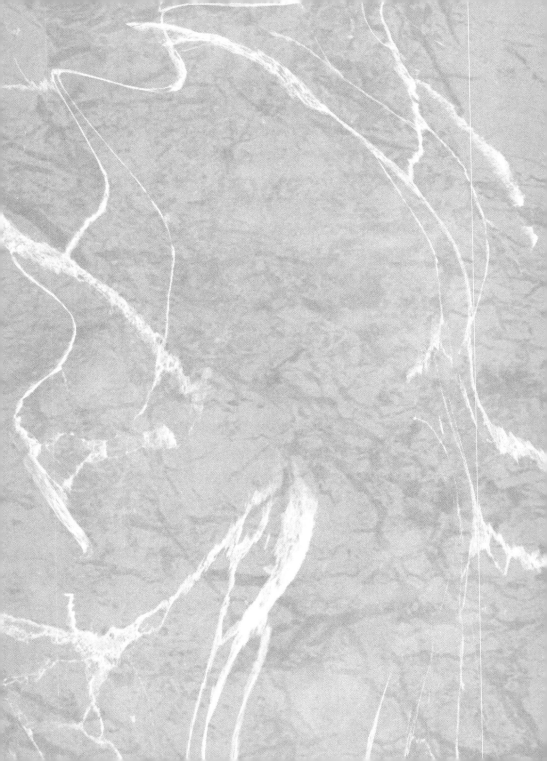

# 1. 나의 아버지, 금아 피천득

차남 피수영[*], 박소현[**] 대담 (2012)


　피천득 선생의 글에는 딸 서영이에 대한 글들이 유독 많다. 〈서영이에게〉, 〈서영이 대학에 가다〉, 〈서영이와 난영이〉 등 딸을 향한 극진한 아버지의 사랑이 여러 편의 수필로 발표되었다. 서영이 미국 유학을 간 후 그 쓸쓸함을 달래려고 딸 서영이가 가지고 놀던 인형 '난영'을 제2의 딸로 생각하며 돌보았다는 이야기는 유명하다. 그래서 피천득 선생한테는 아들이 없다고 생각하는 사람도 많다. 그런데 70여 편의 수필 중 아들을 언급한 글이 딱 한 편 있다. 〈피가지변(皮家之辯)〉이란 글이다.


　피(皮)씨의 직업은 대개가 의원이요, 그중에는 시의(侍醫, 임금·왕족의 진료를 맡은 의사)도 있었다는 것이다. …… 의학을 공부하는 우리 '아이'는 옥관자는 못 달더라도 우간다에 가서 돈을 많이 벌어 가지고 올 것이다.

---

\* 피수영 : 영유아과 전문의, 아산병원 부원장 역임
\*\* 박소현 : 수필가

이 글에 등장하는 '아이'는 피천득 선생의 둘째 아들로 국내외에서 인정받는 미숙아 신생아 치료의 최고 권위자 피수영 박사다. 그는 우리나라에서 극저출생체중아(흔히 미숙아 또는 Premature Baby)들의 생존율이 미미하던 시기에 미국에서 귀국하여 서울아산병원에 신생아 집중치료실(Nicu)을 만들었고 울산의대 소아과에서 신생아과를 분리 독립시켰다.

6월 햇살이 쏟아지던 날, 인사동 하나로재단 그의 사무실에서 눈부시게 하얀 셔츠를 입은 초로의 신사를 만났다. 유명인을 아버지로 둔 그의 마음은 어떤 것일까?

"훌륭한 아버지를 뒀다는 건 자랑스러운 일이지요. 자랑은 아니지만 저도 대한민국 조산아 미숙아의 대부인데 누구에게 나를 소개할 때면 상대방이 시큰둥하다가도 아버지가 피천득이라 하면 '아 만나서 영광입니다' 하면서 악수를 하고 이야기가 많아지는 걸 보면 아직도 아버지의 후광을 많이 받고 있는 거지요."

그는 아버지를 물욕 없이 순수하게 사셨던 분으로 기억했다. 옛날의 아버지들이 대부분 가부장적이었으나 피천득 선생은 아들을 친구처럼 대했고 서로 비밀 없이 지냈으며 어쩌다 감정이 상했을 때도 이야기로 풀었던 것이 다른 아버지들과 다른 점이라고 회고했다.

피천득 생전 그는 따뜻한 물을 좋아하던 아버지를 위해 자주 사우나에 가서 목욕을 시켜드렸던 효자 아들이다. 남양주 모란공원에 있는 아버지의 산소를 자주 찾는다는 그는 고민이 있을 때 조언을 해주고, 재미있는 이야기를 해드리면 배꼽을 잡고 웃으시던 아버지가 보고싶다고 했다.

피 선생님께서 유난히 외동딸을 편애한 것 같은 느낌이 들었습니다. 거기에 대한 질투심 같은 건 없으셨나요?

있긴 했죠. 당시에는 아들 선호 사상이 팽배하던 땐데 아버지가 지나치게 딸을 편애하는 게 싫어서 동생한테 "너만 딸이냐?" 했더니 "그래 나만 딸이다"라고 했어요. "너만 자식이냐?" 할 것을 실수로 잘못 말한 거지요. 아버지가 우리 셋을 다 사랑하셨지만 막내를 유난히 좋아하셨어요.

독자들을 위해서 꼭 하시고 싶은 말씀이 있으세요?

아버지의 수필 〈인연〉에 아사코가 나온 걸 가지고 아버지를 친일파로 모는 사람이 있는데 그건 말도 안 되는 소리예요. 아버지는 상해에서 공부를 했고 일본에서 오래 체류한 적도 없는데 무슨 일로 일본에 가서 그 집에서 묵게 된 걸 가지고 친일파다 뭐다 하는 건 문제가 아닌가요. 아사코란 이름은 픽션이 아니고 글을 아름답게 만들려고 쓴 것일 텐데 그런 말 하는 사람들은 이해가 안 돼요. 해방이 됐을 때 아버지가 그렇게 기뻐하고 일본놈들을 욕하는 걸 봤어요. 인터넷에 올리기만 하면 자기들 이름이 나는 걸로 아는지, 그런 사람들을 보면 도대체 알 수가 없어요.

그는 이 말을 하며 목소리를 높였다. 평생을 어린아이처럼 순수하고 소박하게 살다 간 아버지를 모독하는 사람들에 대한 섭섭함의 표현일 거다.

**피천득 선생님께서 건강하게 장수하신 비결이 무엇이라고 생각하세요. 의사로서 말씀해 주세요.**

아버지는 과식 안 하시고, 술 담배 안 하시고 건강 관리를 잘 하셨지만 밖에 나갔다 오면 꼭 손을 씻으셨어요. 쇼핑 카트나 문고리 같은 곳엔 균이 제일 많아요. 의사로서 얘기하는데 손을 씻는 건 건강 관리에 제일 중요한 요건이지요. 아버지가 말년에 불면증으로 고생은 하셨어요. 내가 정신과 의사가 아니라서 불면증과 장수와의 관계는 밝힐 수 없지만 불면증이 장수와는 관계가 없는 것 같아요.

유명한 수필가 아버지의 자식으로서 수필을 써볼 생각이 없느냐는 물음에 그는 자기가 시인이다, 수필가다 하는 사람들 중엔 이해할 수 없는 글을 써서 작가로 자처하는 사람이 싫다며 아버지처럼 유명해질 수도 없을 것이고 또 그렇게 되지 못할 거면 아예 그럴 생각이 없다고 말했다. 아버지의 작품들을 다 좋아하지만 그중 시 〈이 순간〉을 좋아한다는 그는 내년 6주기 때 김남조, 김우창 등 피천득 선생의 제자들이 회고록을 준비하고 있다며 아버지를 잊지 않고 찾아주는 분들에게 고마움을 전했다.

《한국산문》 2012년 8월호)

# 2. 피천득 선생의 삶과 문학에 대한 평가와 회고

이창국*과 정정호 대담

정정호 : 반갑습니다, 선생님. 우선, 이 교수님께서는 피천득 선
생님을 언제 어디서 처음 만나셨는지요. 첫인상은 어떠
셨는지요?

이창국 : 대학에 입학하여 강의실에서. 왜소하셨지만 유명한 분
이라 그런지 위엄이 있었어요.

정정호 : 피천득 선생은 영문학 교수로서 영시를 주로 가르치셨
는데 교수 방식은 어땠는지요. 오래전의 강의실을 떠올
려 보시지요. 제자로서 재미있는 일화도 소개해 주십시
오.

이창국 : 주로 영시를 한 편씩 읽고, 우리말로 번역하고, 거기에
교수님 특유의 유머와 인생 철학이 가미된 설명과 해설
을 곁들이고. 돌이켜보면 지극히 평범한 강의였지만 지
루하지 않았고, 자주 웃음소리로 교실이 넘쳐났지요. 선

---

* 이창국 : 수필가, 중앙대 명예교수

생님 특유의 매력이 있었습니다.

정정호 : 후일 이 교수님께서 대학에서 직접 영시를 가르치실 때 피천득 선생님께 배운 내용이나 방식을 원용하거나 응용한 것이 있으신지요.

이창국 : 크고 넓게 보면 선생님께 배운 것을 나도 가르쳤으니 그 내용에 있어서 큰 차이는 없지요. 세부 교수 방법에 있어서는 필연적으로 어떤 차이가 있게 마련이지만.

정정호 : 영문학 교수로서 그리고 학자로서 피천득 선생을 어떻게 평가하십니까?

이창국 : 한마디로 훌륭하다. 우선 영문학 교수로서의 뛰어난 영어 실력과 그이만의 독특한 강의 실력과 방법, 모범적인 인격과 인품, 검소한 생활태도. 여기에 우리나라에서 유명한 시인, 수필가로서의 명성과 인기가 대단한 분이었습니다.

정정호 : 피천득 선생은 수필로 이름이 알려지기 훨씬 전 1930년에 이미《동아일보》에 시를 발표한 시인입니다. 선생 자신도 자신이 수필가로만 알려지는 것에 대해 아쉬워하신 적이 있었습니다. 이 교수님은 시인으로서의 피천득 선생님을 어떻게 평가하십니까?

이창국 : 나 개인적인 생각으로는 시인으로서의 피천득이 수필가로서의 피천득보다 더 훌륭하다고 생각합니다. 건방진 말이지만 나는 피 선생님의 수필은 모방하거나 흉내 낼

수 있습니다. 그러나 시는 한마디로 불가능합니다. 차원
이 다르지요.

정정호 : 피 선생의 시와 수필은 어떤 경우 서로 교환할 수 있을
　　　　정도로 유사하다는 생각이 듭니다. 피천득 선생의 시와
　　　　수필의 장르적 특성과 그 관계에 관해 설명해 주십시오.
이창국 : 피천득은 우리나라에서 수필가이자 동시에 시인으로서
　　　　성공한 유일무이한 작가입니다. 조금 극단적으로 말해
　　　　서 피천득에 있어서 시와 수필을 구별 짓는 경계선은 없
　　　　습니다. 피천득에 있어서 시는 수필이요, 수필은 시입니
　　　　다.

정정호 : 나아가 피천득 선생은 영문학자, 시인, 수필가이기도 했
　　　　지만, 무엇보다도 많이 알려지지 않은 문학 번역 부문에
　　　　서도 적지 않은 작업을 하셨습니다. 짧은 시, 셰익스피
　　　　어 소네트, 그리고 어린이들을 위해 영미 단편소설들인
　　　　너새니얼 호손의 〈석류씨〉, 〈큰 바위 얼굴〉 등도 번역하
　　　　셨습니다. 교수님께서는 번역가로서의 피천득을 어떻게
　　　　보시는지요?
이창국 : 우리나라에서 가장 훌륭한 번역가 가운데 한 분이라고
　　　　생각합니다. 다른 것들은 모두 제외하고서라도 셰익스
　　　　피어 소네트 154편을 몽땅 우리말로 번역하신 공로는 그
　　　　분량, 내용, 우리말 번역문의 정확함과 자연스러움에 있
　　　　어 길이길이 우리나라 번역사에 기록되어 추앙받을 만

한 가치가 있는 업적이라고 생각합니다.

정정호 : 이 교수님은 피천득 선생의 애제자로 만나고, 가르침을 받고, 수십 년 동안 서로 말씀을 나누셨습니다. 피천득 선생님이 1980년 후반부터 2007년 돌아가실 때까지 사신 구반포 아파트에 흑석동 중앙대에 근무하셨던 교수님은 특별히 일주일에 거의 2~3회 댁을 방문한 것으로 알고 있습니다. 그래서 몇 가지 개인적인 질문을 드리겠습니다. 주로 어떤 내용과 주제의 말씀을 나누셨나요?

이창국 : 그때그때 사정에 따라, 기분에 따라, 세상 살아가는 이야기, 세상 돌아가는 이야기, 때로는 문학, 정치, 종교, 등 이런저런 이야기들을 자유롭게 하였지요. 특정 주변 인물에 대하여 칭찬도 했고, 때로는 험담도 했고.


정정호 : 일부 사람들은 피 선생이 부인을 딸에 비해 홀대했다고 말들이 있는데요. 사실인가요? 부부 관계에 대해 어떻게 생각하시는지요?

이창국 : 글쎄요. 제가 선생님 댁을 방문하였을 때는 따님은 안 계셨으니 잘 모르겠고. 우리 둘이 이야기할 때 사모님은 다른 방에 계셨고, 가끔 선생님이 불러 이것저것 간단한 심부름을 시켰고. 제가 볼 때는 별로 선생님이 아내를 홀대했다고는 기억나지 않네요. 선생님이 제 앞에서 사모님에게 특별히 곰살궂게 잘하신 것도 없지만 특별히 잘못한 것도 없어요. 그저 평범한 우리나라 전통적인(남편이 아내를 약간 하대하는) 부부 사이였어요. 이기적인 남편

에 헌신적인 아내였다고나 할까. 사모님이 자기를(자기의 문학세계를) 이해하지 못한다고 서운함 비슷한 불평을 저에게 하신 적은 가끔 있었고요. 그렇다고 해서 내 앞에서 딸을 크게 칭찬하거나 자랑하신 적도 없었고요. 남편에 대한 사모님의 사랑과 존경심이 깊고 대단하였음은 분명하였어요.

정정호 : 피천득 선생은 대학교수 재직 때 여학생을 매우 좋아하셨고, 퇴임 후에도 많은 여성 문인들과 교분을 가지고 있었습니다. 물론 거의 플라토닉한 관계이지만 피 선생의 여성들과의 교제(?)에 대해 어떻게 생각하시는지요?

이창국 : 선생님이 여성들을 (여학생들을 포함하여) 각별히 좋아하셨다기보다는 선생님이 영문학 교수로 또 문인으로서 여성들에게 인기가 많았던 것이지요. 피 선생님 주위에 모여든 여성들은 선생님을 흠모하는 제자들이거나, 문인이거나 문인을 지망하는 여성들로서 선생님의 시나 수필을 읽고 반하였거나, 선생님에게 한 수 배우려고, 선생님으로부터 인정을 받으려고 또는 반사적 영광을 누리려고 접근하였고, 그런 과정에서 개중에는 특별한 애정 관계로 발전하기도 하였으리라고 충분히 짐작할 수 있습니다. 여인들 가운데는 자기는 피 선생님의 애인이라고 공언한 분들도 있었지요.

남자 문인들이 여성들에게 인기가 있는 것은 지극히 흔하고 자연스런 현상이지만 피천득 선생님의 경우는 타

의 추종을 불허하였다고 나는 감히 말할 수 있습니다. 그
만큼 선생님의 매력이, 인기가 대단하였다는 것이지요.
그 인기와 매력의 원천이 어디에 있는가 하는 것은 참으
로 간단하면서도 복잡하고 어려운 일입니다. 신비한 일
입니다. 다행스런 일은 이런 와중에서도 그의 이름에 누
가 되는 어떤 종류의 스캔들 하나 없이 97세의 장수를 누
리시고 고고히 행복한 일생을 마치셨다는 사실입니다.
역시 피천득.

정정호 : 조심스럽지만 피천득 선생의 정치적 성향에 대해 여쭙
고 싶습니다. 일부 사람들은 피 선생의 문학이 너무 작
고 사소하고 서정적이라서 역사의식이나 정치의식이 별
로 없다고까지 말하기도 합니다. 그러나 이 교수님께서
언젠가 저와 대화 중에 "피천득 선생은 좌파다"라고 말
씀하신 기억이 있습니다. 이 문제에 대해 고견을 부탁드
립니다.

이창국 : 원체 신중하시고 현명한 분이라 선생님이 생전 나와 만
나시는 동안 어떤 정치적인 이념이나 신념을 피력하신
적은 전혀 없었어요. 선생님이 남기신 글 속에도 그런
이념적인 냄새나 색깔은 전혀 없고요. 현재와 같은 우리
나라의 정치 현실에서 피 선생님을 '우파', '좌파'다 구분
한다는 것은 지극히 적절하지 못한 일이라고 생각합니
다.

　　돌이켜 곰곰이 생각해보니 선생님과의 대화 가운데서

신기하게도 선생님이 나에게 우파적이거나 우파를 옹호하는 말씀을 한 번도 한 적이 없었어요. 그렇다고 좌파적인 생각을 말하거나 주장하신 적도 없었고요. 다만 선생님은 우리나라에서 좌파적인 인물로 알려진 문인들이나 지식인들과도 스스럼없는 교류가 있었고, 이들을 기피하거나 이들에 대하여 비판적이었거나 거부감을 나타낸 적도 없었어요. 내가 보기에 피 선생님은 철저하게 보수적인 나보다는 비교적 진보적인 생각을 가진 분이었다는 생각이 들어요.

정정호 : 다시 가벼운 주제로 돌아와 이 교수님은 피천득 선생의 작품 중 시와 수필로 나누어서 가장 좋아하는 작품을 그 이유와 더불어 소개해 주십시오. 피천득을 좋아하는 독자들에게도 도움이 될 것 같습니다.

이창국 : 이것은 결코 가벼운 주제가 아니라 설문 중에서 가장 어려운 설문입니다. 작품마다 개성과 특징이 있고, 개인마다 호불호가 다른 법인데 그 가운데서 하나를 고른다는 것은 어려운 일일 뿐만이 아니라 불가능한 일이며 불필요한 일입니다. 거기다가 그 이유를 말하라는 것은 더더욱 그렇습니다. 선생님의 작품들처럼 그 뜻이 자명할 때는 더욱 그렇습니다. 그저 나름대로 읽고, 느끼고, 즐길 수 있을 뿐입니다.

　　그래도 정정호 교수의 부탁이니 억지로라도 한 편씩 골라 마지못해 한마디 하겠습니다. 시는 〈아가의 오는 길〉. 이 시는 어떤 면에서 시의 축에도 들 수 없는 시, 시라기보다는 우리가 흔히 말하는 동요, 그러나 피천득만이 쓸 수 있는 동요, 의성어와 의태어를 이처럼 짧은 시에 이처럼 많이 적절하게 효과적으로 사용한 시는 어디에도 없습니다. 한마디로 의성어와 의태어로 이루어진 음악입니다.

수필을 고르라면 〈시골 한약방〉. 지금은 우리 주변에서 사라져 쉽게 볼 수 없지만 나의 어린 시절 기억 속에 남아 있는 한약방 풍경이 너무나 잘 묘사되어 있고 그 내용이 지극히 흥미롭습니다. 짧은 글이지만 그 구성이 탄탄하고, 전개가 자연스럽고, 생소한 한약재의 이름을 적절히 사용하여 끝맺음을 한 점 등은 타인의 추종을 불허합니다.

정정호 : 이 교수님께서는 10세 이전에 아버지와 어머니를 여읜 고아로서 일제강점기, 해방공간, 6·25 전쟁 등 역사적 변혁기를 살아낸 피천득 선생을 인간으로서 어떻게 생각하십니까? 오늘과 같은 혼란의 시대를 살아가는 우리들에게 어떤 의미를 줄 수 있을까요?

이창국 : 일찍 부모를 여의고 어려운 세상을 살아온 사람이 어찌 피천득 선생님뿐이겠습니까. 그 시대를 살아온 사람이라면 모두가 고통을 겪었고 이겨내고 살았겠지요. 피 선생님의 생애라고 해서 특별한 의미를 부여할 수 있나요? 사람은 누구나 언제 어디에서 태어나더라도 세상 탓하

지 말고, 낙심하지 말고, 역경을 극복하고, 바르게 살고,
노력하여 성공하여 이름도 얻고, 좋은 일도 하고, 행복하
게 살아야지요. 피천득처럼.


정정호 : 피 선생에 대해서는 좋게 칭찬하는 말들이 많이 있습니
　　　　다. 그러나 피 선생의 인간으로서 약점이나 한계는 어떤
　　　　것인지 여쭤도 될까요.

이창국 : 선생님은 항상 자신이 우리나라에서 제일가는 시인이
　　　　요, 수필가라는 자부심 속에서 사셨지요. 남다른 명성
　　　　도 얻었고 또 누리셨고요. 선생님은 이 명성과 인기를
　　　　잘 누리면서도 항상 조심하셨고 그 명성과 인기를 스스
　　　　로 잘 다스리고 유지하고, 관리하는 지혜를 가진 분이셨
　　　　습니다. 제가 기억하는 한 인간으로서는 지적할 만한 결
　　　　점이나 약점은 없고, 그의 한계로서는 남긴 작품의 양이
　　　　적고 스케일이 작다는 것. 그러나 그는 누구보다 자신의
　　　　능력의 한계와 약점을 잘 알고 있었다는 점, 그 이상의
　　　　무모한 도전을 시도하지 않았다는 것, 이것은 큰 장점이
　　　　기도 하며 그의 성공의 비결이기도 합니다.


정정호 : 지금까지 피천득 선생은 한국 문학사와 제도권 국문학
　　　　계에서 크게 대접받지 못하고 있지만 앞으로 금아 선생
　　　　의 위상이 어떠하리라 보시는지요?

이창국 : 인간으로서 작가로서 크게 대접받지 못하고 있다니요?
　　　　어떻게 그 이상 대접을 받아요? 한국에 피천득이란 이름

모르는 사람 있나요? 수필 하면 피천득 아닌가요? 세월
이 가고 세상이 바뀌면 아무래도 그의 이름도 서서히 잊
혀가겠지만 그의 아름답고 우아한 작품이 남아 있는 한
소수가 되더라도 상당히 오랜 기간 그의 독자들이 있을
것이고 그의 이름도 기억될 것입니다.

정정호 : 끝으로, 피천득 선생에 관해 말씀하고 싶은 것 있으시면
　　　　무엇이든지 자유롭게 말씀해 주십시오.

이창국 : 피천득은 참으로 독특한 사람입니다. 한 인간으로서 매
　　　　력 있는 사람이었고, 교수로서 제자들을 포함하여 많은
　　　　사람들의 각별한 존경과 사랑을 받았고, 수필가로서 동
　　　　시에 시인으로서 남들이 넘볼 수 없는 훌륭한 글을 남겼
　　　　고(비록 분량은 적었지만), 큰 명성을 얻고 누렸습니다. 당분
　　　　간 피천득 같은 사람은 아마도 이 땅에 다시는 없을 것입
　　　　니다. (2015년 11월 23일)

정정호 : 오랜만입니다, 선생님. 자, 이제부터 좀 긴 답이 필요한
　　　　질문들을 드리겠습니다. 선생님께서 언젠가 피천득 문학
　　　　의 핵심(바탕), 또는 무의식적인 원천 또는 원동력은 '어
　　　　머니(엄마)'라고 말씀 하셨습니다. 왜 그리고 어떻게 그러
　　　　한지 말씀해주십시오.

이창국 : 문인 피천득에게 있어서 어린 나이에 젊은 나이로 타계하
　　　　신 어머니의 존재는 분명 각별하다고 말할 수 있겠습니

다. 누구에게나 어머니의 존재는 아버지에 비하여 정서적으로 그 사람의 일생을 통하여 떠나지 않고 또 떨쳐 버릴 수도 없는 존재이고, 또 그 사람의 성장과 성격의 형성에 있어서 가장 큰 영향을 미치는 것은 부인할 수 없는 사실이지만, 피천득에게 있어서는 보통 사람들의 경우보다 그의 작품을 통하여 표현되어 있기 때문에 이 사실이 더욱 극명하게 부각되고 있다고 말할 수 있겠습니다.

그의 수필 〈엄마〉를 비롯하여 시를 포함한 그의 작품 전체를 통하여 잘 나타나 있듯이 작가 피천득이 '엄마(피천득에게 있어서 어머니는 그가 살아 있는 한 항상 엄마다)'에게 품고 있는 동경, 애정, 존경 그리고 흠모는 보통 사람들의 경우와 그 정서적 강도에 있어서 큰 차이가 있음을 알 수 있습니다. 이와 같은 강렬한 의식 또는 무의식은 우선 그의 딸 서영에게로 자연스럽게 전위되고 있음을 볼 수 있으며, 여기서 더 나아가 이 세상의 모든 여성들(특히 젊고 아름답고 멋스런― 자기의 엄마 같은)에게까지 확대됨을 볼 수 있습니다.

이처럼 피천득의 수필과 시에 엄마의 화신인 여성은 자주 등장하고 또 언급되고 있는 반면, 그가 7세 때 작고하신 그의 아버지에 대한 언급은 거의 없다는 사실은 흥미 있는 일입니다. 동시에 아들에 대한 언급도 별로 없습니다. 이런 관점에서 보면 우연적인 일일 수도 있겠지만 작가의 의식과 무의식 속에 여성이 차지하는 영역은 남성이 차지하는 그것에 비하여 단연 크다고 말할 수 있겠지요.

　선생님은 생전 저에게 말씀하시기를 자기를 보다 잘 이해하려면 자기의 어머니에 대하여 좀 더 알고 있어야 한다고 하시면서 당시 여성으로는 드물게 서화에 능하였고, 도의 경지에 이른 거문고 연주 실력을 갖추었던 어머니의 예술적 재능과 기타 지금까지 세상에 알려지지 않은 사실에 대해서도 말씀하신 적이 있어요.

정정호 : 피천득 선생과는 다른 수필가로 확고한 위치를 차지하고 계신 선생님은 소위 '영향의 불안(Anxiety of influence)'을 어떻게 극복하고 자신만의 문체와 형식 그리고 주제를 가지고 독립할 수 있었는지 말씀해 주십시오.

이창국 : 넓고 큰 의미로 볼 때 모든 예술 행위는 모방이라고 할 수 있고, 또 모방에서 출발한다고도 말할 수 있겠습니다. 쉽게 말해서 남이 하는 것을 보고 좋아서 자기도 따라 하는 것이지요. 자기가 좋아하는 모범이 있게 마련이지요. 미술, 음악, 무용— 모두가 어떤 모범을 따라 하기지요. 글쓰기도 예외는 아니라고 생각합니다. 그런데 여기에 문제가 있습니다. 좋아하는 것을 따라 하다 보면 그 결과가 비슷해지는 문제가 생겨나지요. 모방의 대상이 훌륭하면 훌륭할수록 그 영향을 더 많이 받게 되고, 동시에 그 영향에서 벗어나기 힘들고, 자기도 모르게 비슷한 작품을 생산하게 되지요.

　그렇기 때문에 예술 작품에 있어서 누구의 영향을 받

는다는 사실은 조금 잘못하면 그 사람의 아류가 될 위험이 있지요. 실제로 우리나라에서 수필을 쓰는 많은 사람들이 피천득의 수필을 읽고 좋아하고, 자기도 이런 수필을 쓰고 싶은 마음이 들었을 것입니다. 그렇다 보니까 많은 수필가들이 그의 영향을 받아 피천득류의 수필을 쓰게 된 것도 사실입니다. 저도 그 가운데 한 사람이지요. 그런데 나의 수필을 읽은 사람들이 나의 수필은 피천득의 수필과는 다르다고 말하고 있습니다. 쉽게 말해서 저의 수필에서는 피천득의 냄새가 —전혀 없다고 말할 수 없겠지만— 비교적 덜 난다는 거지요. 저도 그 사실을 인정합니다. 그렇다고 해서 제가 수필을 쓰면서 선생님의 영향에서 벗어나야겠다는 어떤 의식이나 목적을 가지고 글을 쓴 것은 아니고, 그렇게 할 수도 없지만 다행스럽게도 그런 결과물이 나온 것이지요.

정정호 : 선생님 본인이 수필가로서 느끼시는 피천득 수필과의 차이점과 유사점은 무엇인지 말씀해 주십시오.

이창국 : 한마디로 말해서 피천득의 수필이 '시적'이라면 나의 수필은 보다 '산문적'이라고 말할 수 있겠지요. 피천득의 수필이 잘 다듬어진 보석과 같은 것이라면, 나의 수필은 덜 세련된 좀 거친 돌덩이 같다고나 할까요. 길이로 보아도 피천득의 수필은 거의 모두가 저의 수필보다 짧아요. 선생님의 수필이 더 세련되었고 응축되었기 때문이겠지요. 저의 수필이 보다 '남성적'이라면 피천득의 수필

은 '여성적'이고, 기질적으로 선생님이 램(Charles Lamb)이라면 나는 해즈릿(William Hazlitt)이라고 말할 수 있죠. 억지로라도 유사점을 찾아본다면 두 사람의 수필에는 이야기가 있다는 것, 이야기가 신선하다는 것, 술술 읽힌다는 것, 재미있다는 것, 유머가 있다는 것, 진실하다는 것, 솔직하다는 것, 여운이 있다는 것, 교훈은 있지만 훈계는 없다는 것.

정정호 : 2번 질문과 관련하여 선생님께서 수필가로서 피천득 선생에게서 궁극적으로 받은 영향이 있다면 무엇인지 말씀해 주십시오.

이창국 : 제가 비교적 오랜 기간 선생님과 가까이에서 여러 가지 이야기를 나누면서 지냈기 때문에 많거나 적거나, 의식적으로나 무의식적으로나 선생님의 영향을 받은 것은 사실입니다. 제가 여러 모로 선생님을 닮았다고 말하는 사람들도 있으니까요. 저도 혼자 그런 생각을 하기도 하구요. 같은 영문학 전공이고 영문학 교수이고 수필도 쓰고, 키도 작고 목소리도 카랑카랑하고, 치사한 짓 하지 않고, 이야기하기 좋아하고 잘 웃고, 누구 험담하기도 좋아하고. 그러나 문학에서 넓게는 예술 전반에 걸쳐 한 사람의 영향이란 것이 어떻게 다른 사람의 작품에 구체적으로 나타나고 있는가를 지적하기란 지극히 어렵고 광범위하고 막연한 일입니다.

그런데 이런 기회에 곰곰이 생각해보고 따져보고 비교

해보니 나의 수필은 피천득의 수준에는 못 미치지마는 다루고 있는 소재나, 그 서술 방법, 문체 그리고 그 분위기에 있어서 차이가 있어요. 그것은 타고난 체질과 기질의 차이에 기인한다고 생각합니다. 생전 술은 물론 커피조차 입에 대지 않으신 선생님은 체질적으로 저와는 다른 분이었어요. 좀 특이한 분이었지요. 선생님이 문학적인 천재로 태어난 분이라면 저는 아주 평범한 재주와 감수성을 가지고 태어난 사람입니다. 선생님이 영감 속에 글을 썼다면, 저는 좀 힘들여 억지로 글을 썼다고 말할 수 있겠습니다.

제가 선생님으로부터 받은 영향이 있다면 그것은 수필 쓰기와는 차원이 다른— 좀 더 차원 높은 것이라고 생각합니다. 평범한 듯하면서도 비범한 그의 일생, 검소하였지만 궁상스럽지 않았던 생활 태도, 항상 혼자이시면서도 외롭지 않았던 노후, 높은 인기와 명성을 계속 유지하고 어거(馭車)하는 지혜, 낙관적인 세계관, 낙천적인 인생관, 형식적인 종교에 얽매이지 않는 자유와 용기, 죽음 앞에서의 의연하고 담담함— 이런 귀중한 지혜와 모범은 나의 글에 직접적으로나 구체적으로 나타난 증거는 없다 하더라도 보이지 않게 나의 정신 속에 용해되어 나의 수필의 바탕을 이루고 있다고 생각합니다.

(2020년 2월 3일)

엮은이 소개

정정호(鄭正浩) 1947년 서울 출생.
서울대학교 영어교육과 졸업. 같은 대학원 영어영문학과 석사 및 박사과정 수료.
미국 위스콘신(밀워키) 대학교에서 영문학 박사 학위(Ph.D.) 취득. 홍익대와 중앙대 영어영문학과 교수 · 한국영어영문학회장과 국제비교문학회(ICLA) 부회장 · 국제 PEN한국본부 전무이사와 제2회 세계한글작가대회(경주, 2016) 집행위원장.
최근 주요 저서 : 《피천득 평전》(2017)과 《문학의 타작: 한국문학, 영미문학, 비교문학, 세계문학》(2019), 《번역은 사랑의 수고이다》(이소영 공저, 2020), 《피천득 문학세계》(2021) 등.
수상: 김기림 문학상(평론), 한국 문학비평가협회상, PEN번역문학상 등.
현재, 국제 PEN한국본부 번역원장, 금아피천득선생기념사업회 부회장.

# 피천득 대화록

초판 1쇄 발행  2022년 5월 10일


엮은이     정정호
펴낸이     윤형두
펴낸곳     범우사

등록번호   제 406-2004-000048호(1966년 8월 3일)
          (10881) 경기도 파주시 광인사길 9-13 (문발동)
대표전화   031)955-6900,  팩스 031)955-6905

홈페이지   www.bumwoosa.co.kr
이메일     bumwoosa1966@naver.com

ISBN 978-89-08-12480-6 03810

* 잘못된 책은 바꾸어 드립니다.